きみの知らないところで世界は動く

片山恭一

poplar

目次

きみの知らないところで世界は動く

The days are bright and fills with pain
Enclose me in your gentle rain
The time you ran was too insane
We'll meet again, we'll meet again

(The Crystal Ship／Jim Morrison)

第一章　1974年・秋

1　ジーコ

夏休みの終わりに、体育館の裏の金網が一箇所だけ破れているのを見つけた。それ以来、遅刻しそうなときは正門を避けて、この抜け穴を利用することにしていた。穴は何度か塞がれたが、いつも教師たちが針金で修理する程度なので、手で簡単に押し広げて入ることができた。ところが今朝にかぎって、金網は太い針金で念入りに修理されており、押しても引いてもびくともしない。日曜日に暇を持て余した当直の教師の仕業らしかった。なかに入るためには、金網に結び付けられている針金をほどくしかないが、金網のあいだに手が入らないので、肝心の結び目に指が届かない。あきらめて正門にまわれば、生徒指導に遅刻の切符を切られる。三回切符を切られると親が学校に呼ばれる。

体育館の横は小さな裏庭だった。裏庭の中央には噴水があり、噴水のまわりに置かれたベンチでは、放課後などに、ときどき三年生のアベックが噴水の水を見つめていたりした。しかしいまは登校時間なのでアベックはいなかった。そのかわりにもっと厄介な奴がいた。ぼくは同じ一年生の彼の顔を知っていた。彼のあだ名が「ジーコ」であることも知っていた。本名の「コージ」をひっくり返しただけの、ごく安易なあだ名だった。ぼくたちの高校で、ジーコはちょっとした伝説的人物だった。

事の発端は、夏休みも終わりに近い、ある日の午後である。彼は学校から固く鑑賞を禁じられていた映画『エマニエル夫人』を一人で観に行った。映画館を出てきたところで、生徒指導で巡回中の鴨田とばったり出くわした。鴨田というのは、明らかに右翼的な傾向をもつ五十がらみの体育の教師で、何かというと「歯を食いしばれ！」と言って、生徒にびんたを食らわすことを常習としていた。また雨でグラウンドが使えないときなどは、男子生徒を教室に入れて、自分の戦争体験を武勇伝風に語ることでも有名だった。その鴨田と、ジーコはよりによってシルビア・クリステルの艶めかしいポスターの前で遭遇してしまったのである。陰険な鴨田は、その場で「歯を食いしばれ！」をやらずに、ジーコの名前を手帳に控えた。そして二学期の最初の朝礼で、校長の訓示や校歌斉唱がとどこおりなく終わったあと、やおら鴨田自身がお立ち台にのぼり、ジーコの行状を全校生徒に報告したのち、伝家の宝刀を持ち出したのだった。ところがジーコは、鴨田が自己陶酔と紙一重の虚ろな目付きで、「歯を食いしばれ!」と叫んだ瞬間、何を思ったのか、ズボンのベルトをゆるめて尻を出してしまった。男子生徒の爆笑と女子生徒の悲鳴、鴨田の驚愕と良識ある教師たちの苦笑……阿鼻叫喚のなかで、神聖な朝の儀式は無茶苦茶になった。その後、ジーコは鴨田からこっぴどく殴られたかというと、さにあらず。事を重視した校長がなかに入って、めでたく一週間の停学になったのだから、人生何が幸いするかわからない。

そういう奴が、よりによっていま、ぼくが絶体絶命の窮地に立たされているときに、噴水の前のベンチに腰掛けて本を読んでいるのだった。

「おーい」ぼくは金網越しに声をかけた。

彼は本から顔を上げてこちらを見た。それからまた本を読みはじめた。まるで近くの犬の鳴き声に、ほんの一時読書を中断されたというふうだった。

「ちょっと頼みがあるんだけど」金網に手をかけて哀れっぽい声で言った。「ここの針金をはずしてくれないかな」

彼は再び本から顔を上げて、さっきよりは少し長いあいだこちらを見ていた。やがて読書に戻ることは目に見えていたので、彼の視線がぼくをとらえているあいだに、つぎの言葉を繰り出さなければならない。

「頼むからさ、ここんとこをはずしてほしいんだ。そうしないとぼくは生徒指導に遅刻の切符を切られてしまう。人助けだと思ってさ、ちょっと手を貸してくれよ」

ぼくはできるだけ友好的な微笑みを浮かべて彼の出方を待った。いくら相手が、鴨田の前で尻を出してしまうような、命知らずのばかたれでも、いまこの場では彼以外に頼れる人間はいない。ジーコはしばらく膝の上の本を眺めていたが、やがてのろのろベンチから立ち上がると、張り倒してやりたいような速度でこちらに向かって歩きだした。

「ここだよ、ここ」金網の外から結び目の部分を指差した。

彼はわざと相手をじらすような歩調で金網に近づいてきた。両手を金網にかけてじっと待った。行動を起こしてから一分ほども過ぎて、ようやく彼はぼくの前まで来た。そこであらゆる動作が停止してしまった。

「どうした」ぼくはたずねた。

「馬鹿げていると思わないか」と彼は言った。

「何が?」

「誰かが針金をはずす、すると誰かがやって来て修理する。また誰かがはずす、修理する。どこまでいってもきりがない。きみは潔く正門にまわって、生徒指導に切符を切られるべきだ」

こういう状況で正論を吐く人間は信用できない。本能的に、いやな奴だと思った。鴨田の前で尻を出したのも、権威にたいする反抗というよりは、屈折した自己顕示欲に過ぎなかったのかもしれない。

「馬鹿げてるのはわかっている」ぼくは必死の思いで言った。「でもいままでだって、この金網は延々と馬鹿げていたんだ。あと一日ぐらい、馬鹿げたままでいてもらってもかまわないじゃないか」

どうして朝っぱらから、こんな面倒臭い議論をしなくてはならないんだ。彼はなおも「狭き門より入れ、滅びに至る門は大きく広い」などと大仰な文句をぶつぶつ唱えていたが、結局は助けてくれる気になったらしい。とはいえ、いたって不熱心な態度はあいかわらずで、すべてを偶然に委ねるかのような手付きは、「何事も時の運なり」とでも言いたげだった。

「こんな時間に読書とは悠長だね。何を読んでるんだい」彼が作業をつづけているあいだに、精一杯の愛想を振りまいてたずねた。

「きみの知らない本だよ」と彼は言った。

これにはちょっと頭にきた。たしかにそれはぼくの知らない本だったかもしれない。しかしぼくなら、友だちから「何を読んでるんだい」とたずねられれば、たとえ相手が『ノストラダムスの大予言』以外に本というものをまともに読んだことがない人間であっても、「エミリー・ブロンテの『嵐が丘』だよ」というふうにきちんと答えるだろう。気が向けば、ヒースクリフとキャサリンの気違いじみた恋の顛末を簡単に話してやるかもしれない。そして「ほんの暇つぶしさ」とかなんとか言い訳するだろう。「こんな本を読んでいるからといって、ぼくがきみより優れた人間であるってわけじゃないんだぜ」という言外の意味をこめて。

「そいつの中身はなんだい」しばらくすると、今度は彼の方が、ぼくが脇に抱えているレコードの袋をさしてたずねた。

「ニール・ヤングの『ハーヴェスト』だけど」とぼくは言った。本当は「きみの知らないレコードだよ」と言ってやりたいところだったが。

「いいのかい？」

「そりゃもう最高」

「聴いてみたいな」

「友だちに貸す約束をしてるんだ」冷たく答えた。

「その友だちも一緒に、放課後、音楽室のステレオで聴くってのはどうだ？」ジーコは能天気にそんなことを言う。

「岩熊にぶっ殺されちまうよ」ぼくは「滅相もない」というように眉をひそめた。

「あいつは出張だよ」と彼は言った。「金曜日まで帰ってこない」

「どうしてそんなことがわかる？」

ジーコは針金をほどく手を休めて、学生服のポケットから一冊の手帳を取り出した。

「こいつにみんな控えてあるのさ」

「みんなって、先生全部かい？」

「職員室の黒板を見ればすぐにわかることじゃないか」

「あの、手を休めずに話そうね」とぼくは言った。「でもなんのためにそんなことをするのさ」

「たとえば音楽室のステレオを使うため」と彼は言った。「まだ他にも、いろいろと活用法はある。おれはこの手帳を見て、その日一日の行動計画を練ることにしているんだ」

本能的に、こいつと行動をともにしているとろくなことにならないと思った。それで音楽室のステレオを使う計画を、なんとか思いとどまらせようとした。

「音楽室のステレオには鍵がかかってるなあ」さも残念そうに言った。

「心配するなって」彼は大人びた口ぶりで、「きみはレコードを持って友だちと一緒に音楽室へ来ればいい。三人で聴いたあと、レコードは友だちに貸せばいい。そうだろう？」

「まあね」ぼくはしぶしぶ頷いた。「とにかく早いとこはずしてくれよ」

「いまやってるよ」

そのとき始業を告げるチャイムが鳴った。もうすぐ教室には担任の赤木がやって来て、教壇の上で出席簿を広げるだろう。ぼくの名前は前から五番目なので、遅刻は速やかに発覚してしまう。ようやく最初の結び目がほどけた。するとジーコはあっさり金網の前を離れ、噴水の方へすたすた歩きだした。

「どういうつもりだよ」ぼくは険を含んだ声で言った。

「あとは自分ではずせよ」彼はベンチの上の荷物を片付けながら言った。「おかげでおれまで遅刻しそうだ」

「おい、冗談だろう」悲鳴に近い声で訴えた。「この期に及んで友だちを見捨てるのか」

「どっちみちきみは遅刻だったんだ」彼はすでに立ち去りながら言った。「でも新たにもう一人の人間が遅刻することはない。そんなのは馬鹿げているからね。じゃあ放課後」

「おい、ちょっと……」

なんという薄情さ！　なんというエゴイズム！　これだから正論を吐く人間は信用できない。箴言めいた言説を弄して人を煙に巻くやつなんて最低だ。ぼくは必死になって残りの針金をはずしはじめた。針金は思ったよりも簡単に片付いた。よほどうまく結び目をほどいておいてくれたのか、支柱になっている部分はすぐにはずれ、あとは周辺に巻き付けてあるやつを両手で押し広げて、そのあいだからなかに入ればいい。息つく暇もなく、ぼくは教室を目指して走りだした。

2　をとこありけり

野居原はいつにもまして苛々していた。彼の計画によると、二学期中に『伊勢物語』を終わらせ、冬休みの補習では『枕草子』をやる予定だった。ところがみんな予習もろくにしてこないくせに、内容が妙に艶っぽいため、枝葉末節でやけに盛り上がってしまい、授業の進行がいちじるしく阻害されているのだった。微細に解説すればするほど、彼は深みにはまるようだった。そもそもこういう作品を高校一年生の古文の教材に使うというのは、かなり無謀なことではないだろうか。一見格調が高いわりに、語られていることは身も蓋もない男女の情交であったりする。そのギャップが、十六歳の少年少女たちには面白かった。

「それじゃあ立川、読んでみろ」野居原は最初の生徒を指名した。

昇は立ち上がって読みはじめた。ほとんど一文節ごとに間違えている。

「むかし、おとこありけり。女のえ得まじかりけるを、年を経て……」昇はくすくすっと笑った。

「真面目に読まないか」野居原はテキストから顔を上げて言った。

昇は再び読みはじめた。「年を経てよばい……」クラスのあちこちで忍び笑いが起こった。昇も笑いを堪えながらつづけた。「年を経てよばい、よばい、よばい……」

「よばいはもういい」と野居原は言った。

クラス中に爆笑が起こり、授業が中断した。野居原は苦々しい顔で生徒たちを眺めながら、処置なしというようにテキストを机の上に放り出した。そして笑いの渦がおさまるのを待った。

ぼくはテキストの上にノートを広げ、新しいページに手紙を書きはじめた。しばらく書いてからペンを置き、斜め後方の席にいるカヲルを盗み見た。彼女は視線をテキストに落とし、授業が再開されるのを待っている。髪のあいだから覗いているおでこと鼻が可愛かった。手紙の文面は、放課後に音楽室でニール・ヤングの『ハーヴェスト』を聴こうというものだった。そもそも学校にレコードを持ってきたのは、カヲルに貸してあげるためだった。ところが今朝、思わぬ災難が降りかかって、計画が狂ってしまった。ぼくはジーコとの約束が気にかかっていた。いくら相手が約束を履行するに値しない人間であっても、ぼくは基本的に一度約束したことは守る人間だ。それに音楽室のステレオでニール・ヤングを聴くというのは、ちょっとした魅力でもあった。いつも『青少年のための管弦楽入門』みたいなのばかり聴かされる音楽の授業に、いささか食傷していたぼくたちだったから。

昇に愛想をつかした野居原は、かわって村崎ひとみを指名した。こういう場合、女子生徒を指名しておけばまず無難である。そんなことはわかっているくせに、最初にかならず出来の悪い男子生徒を指名する。陰険な奴である。

「ゆくさき多く夜もふけにければ、鬼のある所とも知らで、神さえいといみじゅう鳴り、雨もいとう降りければ、あばらなる蔵に、女をば奥におし入れて、おとこ、弓やなぐいを負いて戸口に居り。はや夜も明けなんと思いつついたりけるに、鬼はや一口に食いてけり。あなやといいけれど、神鳴るさわぎに聞かざりけり。ようよう夜も明けゆくに、見れば卒て来し女もなし。足ずりをして泣けどもかいなし」

さすがに昇などとは違って、村崎は淀みない。まさに立て板に水と言うべきか、途中に折り込まれた歌もすらすらと読み下してしまった。

「白玉かなにかと人の問いしとき、露と答えて消えなましものを」

ぼくは書きかけのノートを閉じ、物語を段の最初から読み返しはじめた。途中で何度も頷きながら読み進んだ。やがて野居原は文法的な説明をまじえて、いま読んだ箇所の現代語訳をはじめた。しかし彼の説明を聞くまでもなく、ぼくはすでにこの短い物語をすっかり理解し、鑑賞し、味わい尽くしていた。それはあまりにも切実で、身につまされることだった。ぼくは将来自分とカヲルの身に起こるべきこととして、この物語を読んでしまったのである。

昔男がいた（つまりぼくだ）。男には好きな女がいて（カヲルのことである）、二人はいい仲になったが、女の父とか兄とかが反対して一緒になれない。そこで男は女を説得して、とうとう手に手を取って駆け落ちしてしまった。暗いところをどんどん逃げた。芥川に沿って行くうちに、女は草の上に置いている露を見て、「これはなんでしょう」とたずねた。男には答えるだけの余裕がない。さらに逃げた。行くさきは遠く、夜も更けたので、鬼のいるところとも知らず、雷も鳴り雨も降るので、荒れた蔵に女を押し入れて、男は弓やなぐいを背負って戸口を守っていた。やがて夜も明けるだろうと、男がほっとしている隙に、鬼が来て女を一口に食べてしまった。女は「キャーッ」と叫んだけれど、雷の音に妨げられて男には聞こえない。ようやく夜が明けた。見ると連れてきた女がいない。足ずりをして泣いたけれど、どうしようもない。男は悲嘆のうちに歌を詠んだ。白玉でしょうか、なんでしょうかと女がたずねたとき、露ですよと答えて、自分も消えてしまえばよかったものを。

ぼくは危うくテキストの上に涙をこぼしそうになった。物語のなかに投影された自分たちが、あまりにもかわいそうだったからだ。とくに女が夜露を見て、「これはなんでしょう」とたずねるくだりでは、胸が苦しくなった。そうなのだ。カヲルは駆け落ちの最中でも、そういう可愛いことを平気で言うやつなのだ。女が「あなや」と叫ぶところでも、ぼくは感涙を惜しまなかった。さぞ辛かっただろうと思った。女は男と一緒にどこまでも行きたかったのだ。女を食べに来た鬼とは、娘を連れ戻しにきた父、あるいは妹を取り戻しにきた兄のことである。こういう連中は、いつでも人の恋路を邪魔するのだ。野居原は、この場合の女は二条の后で、鬼は兄の右大臣基経大納言国経で……などとしたり顔で解説をしているが、まったく人情の機微を理解しない野暮天の言いぐさというほかない。そういう問題ではないのだよ、野居原くん。ぼくには自分とカヲルの恋の行く末が、すっかり透視できるようだった。それは美しくも悲しい物語だった。

3　卵焼きを捨てる

校舎と校舎のあいだに、創立何十周年記念事業とかでできた小奇麗な中庭があった。庭には赤煉瓦が敷き詰められ、例によって池と噴水があり、いくつかの花壇があり、そのまわりにはベンチが置いてある。天気のいい日には、かなりの生徒が庭のあちこちに腰を下ろして弁当を食べていた。夏休みのあいだにちょっとした進展があって、二学期になってから、ぼくはカヲルと週に何度か中庭で一緒に弁当を食べるようになっていた。当然のことながら、弁当の中身には凝るようになった。煮干しとか昨夜のおかずの残りとかを入れないよう、母親に注文をつけた。さり気なく、弁当の見栄えがよくなるように仕向けてもみた。母はそれに気づき、「色気づいちゃって、まあ」と言った。

カヲルのお弁当は、いつも可愛らしかった。自分で作るの、と言っていたが、母の作る弁当とはえらい違いだった。うちの母親の場合、いくら働きかけても、カヲルのお弁当のように可愛くはならなかった。それとなく諭しても、「そんなデカ弁、どうやって可愛くするのよ」と言って、はなから努力してみようという気がないのだ。ぼくは自分が不幸だと思った。

「卵焼き、あげる」とカヲルは言って、弁当箱の蓋にそれを乗せてくれた。ぼくは卵焼きを食べた。

「ハンバーグも半分食べる？」

「いいよ。そんな小さな弁当箱なんだから、全部食べないと発育しないぜ」

「半分あげようと思って、少し大きめに作ってきたの」

結局、ハンバーグも半分もらった。それにしても、とぼくは思うのだった。カヲルのお弁当は卵焼きにハンバーグである。一方こちらは、鯖の塩焼きに竹輪の磯部揚げである。「だからなんなのよ」という母の顔が浮かんだ。

「音楽室のステレオ、勝手に使って大丈夫かしら」カヲルがちょっと心配そうに言った。

「岩熊は出張で金曜日まで帰ってこないんだとさ。それにもしお咎めがあっても、首謀者はジーコだから、ぼくらは知らん顔していいよう」

「わたし、天本くんて苦手だわ」カヲルは浮かない顔で言った。

「知ってるよ」とぼくは言った。「尻を出すからだろう?」

カヲルはうつむいてさっと顔を赤らめた。そんな仕草は、抱きしめたいほど可愛かった。ジーコの尻がカヲルからこんな可愛い表情を引き出すのなら、彼にも(あるいは彼の尻にもと言うべきか)それなりの存在理由はあるわけだ。

「彼を苦手に思わない女の子なんていないよ。何しろ尻を出すわけだから」ぼくは追い打ちをかけるように言った。

「もうその話はよしましょう」カヲルはきっぱりと言った。それから脳裏に焼きついた不浄な光景を振り払おうとするかのように、首を何度か横に振った。

ぼくは誰かが庭に持ち出した薬罐を取ってきて、弁当箱の蓋でお茶を飲んだ。いい天気だった。校庭に植えられた金木犀の匂いが風にのって漂ってきた。赤煉瓦の中庭は美しかった。池も噴水も、殺風景な校舎でさえも、カヲルと一緒に見るものはなんでも美しかった。

ところがまさにそのとき、ぼくの神経を逆撫でするようなものが目の前に出現したのだった。

ジーコ！　彼は両手に弁当と本を持って、ピカソの絵のなかから抜け出したアルルカンのように歩いてきた。その表情は、たとえ9と6がひっくり返っても驚きはしないというような、超然とした傲慢さに満ちていた。彼はそのまま、ぼくたちのちょうど真正面までやって来た。当てつけのように池の縁に腰を下ろし、持ってきた弁当は横に置いて、まず本のページを繰りはじめた。読みかけのページを開くと、目は文字を追いつつ、右手で器用に弁当の包みをほどき、蓋をあけ、箸を取り出して、ほとんど機械的に食べ物を口に運びはじめた。ぼくはじっと彼を観察しつづけた。するとこちらの視線を感じたのか、ふと手が止まり、ジーコはゆっくり顔を上げた。そのまま数秒間、ぼくの顔を無表情に見つめた。

「卵焼きを食べないか」前置きも助走もない唐突さで彼は言った。それから箸の先で卵焼きを一切れつまみ上げ、しげしげと眺めた。「おれは卵焼きが嫌いなんだ。なのに食堂のおばさんは、いつもおれの弁当に卵焼きを入れる。タンパク質をとると頭が良くなるんだとさ。ふん、いくらタンパク質をとっても、おれの頭はこのままさ」そう言って、彼はちょっと肩をすくめた。「卵焼き、食べないのか？」

「せっかくだけど、食事はもう済ませたんだ」

「そうか」彼は箸でつまんでいた卵焼きを、惜しげもなく池に放った。卵焼きはポチャンと音をたてて水に落ちた。

「何を読んでるのかたずねたら、今度は教えてくれるかい？」

ぼくがそう言うと、ジーコは反射的に自分が手に持っている本に目を落とした。それから顔を上げて、「そっちへ行ってもいいかな」と言った。「そしたらきみも、まわりくどい質問を大声でしなくてもすむと思うんだが」

彼は弁当と本を持って、ぼくたちが坐っているベンチへやって来た。

「こんにちは」ジーコはカヲルに挨拶した。

「あっ、どうも」カヲルはどぎまぎして頭を下げた。

「ほら、きみが知りたがっている本だ」そう言って、彼はかなり分厚い本を手渡した。

「ウィリアム・バロウズ『裸のランチ』か」ぼくは表紙のタイトルを読んで言った。「この本なら知ってるよ」

ジーコは「はったりこくな」という目で、鋭くぼくを見た。

「スティーリー・ダンというロック・グループがあるんだ」ぼくは「つまらないことだけど」という口ぶりで言った。「そのグループ名は、『裸のランチ』のなかの一節から取られたものなんだ」

「スティーリー・ダン？」ジーコはぼくから本を取り返すと、ぱらぱらっとページをめくりはじめた。その手付きには、あきらかに動揺の色が見て取れた。

「まあ、本による知識がすべてじゃないってことかな」ぼくは精一杯厭味ったらしく言った。それから「さてさて」という感じで、入学祝いに親から買ってもらった腕時計を見た。色付きのカット・ガラスの腕時計だった。時計の針は、そろそろ昼休みが終わろうとしていることを告げている。

「とにかく放課後、音楽室で会おう」ぼくはカヲルを促してベンチから立ち上がりながら言った。「早く弁当を喰わないと、昼休みが終わっちまうぞ」

しかしジーコは「さっさとあっちへ行けよ」というような一瞥をくれただけで、弁当は蓋を開いて放置したまま、あいかわらず本のページを繰って「スティーリー・ダン」の検索に没頭するようだった。

4　ハーヴェスト

ニール・ヤングのレコードの困ったところは、歌詞カードの文字が読みづらいってことだ。たぶんヤング氏の直筆なのだろうけれど、歌を聴きながら逐一照合していかないと判読できない。とくに三枚目の『アフター・ザ・ゴールドラッシュ』は、ノートに書きなぐった歌詞を貼り合わせてコピーしたような代物で、一目見ただけで読もうという気力が失せる。そんな難点はあるものの、彼のレコードはどれも最高だった。とりわけこの『ハーヴェスト』は最初から最後まで完璧だ。

音楽室のステレオは特製の木箱に入っていた。外国製のスピーカーは、教壇の左右に品良くおさまっている。オーディオのことにあまり詳しくないぼくにも、それがとても高価なものだということはわかった。この高校を何十年も前に卒業した金持ちが寄贈したもので、スピーカーの横に彼の名前と寄贈の年月日が金文字で麗々しく書かれている。ジーコは職員室からくすねてきた鍵で音楽室のドアをあけ、それから別の鍵を使ってステレオの蓋をあけはじめた。木箱は上の蓋がスライド式に開くようになっており、なかにはテクニクスの巨大なプレーヤーが入っていた。さらに下の扉を観音びらきに開くと、アンプとオープン・リールのデッキが収っている。

放課後の音楽室に、カヲルは来なかった。クラブ活動の話し合いが入ったという理由だったが、かるた部でいったいどんな話し合いをするというのだろう。小野小町は本当に白骨と化すまで男を漁り歩いたのか、蝉丸というのはいったい何者なのか、そういうことを話し合うのだろうか。よくわからない世界だ、かるた部というのは。いずれにせよ、カヲルがジーコを避けたことは確かだった。彼女としては、やはり大衆の面前で尻を出すような男は敬遠したいと思ったのだろう。もっともなことである。おかげでぼくはジーコと二人、胸がときめくとは言いがたいレコード鑑賞に臨むはめになった。

箱の鍵を全部あけてしまうと、ジーコは「どうぞ」というような身振りでオーディオをさした。そして自分は教室の中ほどの椅子に腰を下ろした。ぼくは厳かな手付きでプレーヤーの蓋をあけ、中袋からレコードを出してターン・テーブルの上に載せた。つぎに下のアンプを探ってスイッチを入れた。プレーヤーの方のスイッチも入れると、テーブルが回りはじめる。ぼくはカートリッジの端をそっとつまんだ。心なしか手が震えているようだった。しばらくオレンジ色のパイロット・ランプを見ていた。それから針を静かにレコードの溝の端に置いた。アンプのヴォリュームを上げると、重たいベースとバス・ドラムがゆっくりリズムを刻みはじめる。自我を殺した、このリズムセクションは最高だ。思わず身体中の皮膚が鳥肌立った。「ごらん、孤独な少年が週末に家を出ていく。」ジーコは部屋の中ほどからこちらを見ていた。目が合うと「なかなかいいぞ」というように頷いた。ハーモニカの前奏がはじまったところで、思い切ってヴォリュームを上げた。教室中の窓硝子が細かく震えている。

ぼくはジーコの横に腰を下ろした。それはまったく素晴らしいステレオ・セットだった。これだけ大きな音でかけても、ちっともうるさくなかった。ハイハットは右から、スネア・ドラムは左から、ボクサーのジャブやフックのように飛び出してくる。一つ一つの音は、たとえば貝殻やコーラの瓶やりんごのようにはっきりした輪郭をもって、手でつかむことができそうだった。ニール・ヤングのピックがアコースティック・ギターの一本一本の弦にあたる瞬間や、五番や六番の太い弦がぶるぶる震えている様子を、すぐ間近に見ているようだった。ハーモニカの間奏のときの息づきまでが、はっきり聞き取れた。それとなくジーコの様子を窺うと、彼は目を閉じて音楽に聴き浸っている。

ニール・ヤングは黄金の心についてうたった。男と女の関係についてうたった。愛国心についてうたった。A面が終わったので、ぼくはオーディオ・セットのところへ歩いていってプレーヤーの針を上げ、レコードを裏返した。再び針を置いてから席に戻った。スピーカーからバンジョーの音色が聞こえてきた。ニール・ヤングが年老いたカウボーイの死をうたいはじめた。

「どう？」ぼくはジーコにたずねた。

「いいねえ」と彼は言った。「でもどっちかっていうと、おれはプロコフィエフの方が好みかな」

「へえ、それって、どこのバンド？」

ジーコは答えなかった。ぼくたちは黙ってレコードの残りを聴いた。ニール・ヤングはアラバマの人種差別についてうたった。ヘロイン中毒の男についてうたった。やがて最後の曲となり、引っ掻くようなギター・ソロとともにレコードが終わった。ぼくはプレーヤーの針を上げ、レコードを大切に中袋にしまった。あとでかるた部に持っていって、カヲルに貸してやらなければならない。そのあいだにジーコは、ピアノの蓋をあけてぽろぽろ指慣らしをはじめた。音楽室には教壇の左右にピアノが二台ある。一台はアップライトでもう一台はグランド・ピアノだ。ジーコはグランド・ピアノの方に腰掛けて、ほとんど間違えずに、「エリーゼのために」を最後まで弾いた。それからもう一曲、ぼくの知らない曲を弾いた。名前をたずねると、ブルグミュラーの「貴婦人の乗馬」と答えた。

「うまいもんだね」ぼくはちょっと感心して言った。

「習っていたことがあるんだ」と彼は言った。「小学校六年生までだけどね。結構うまかったんだぜ。『貴婦人の乗馬』は最後の発表会で弾いたんだ。『エリーゼのために』は小学校五年生のとき」

「なぜやめたの？」

「なぜかなあ」ジーコはピアノの蓋を閉めて、しばらく考え込んだ。「そのころはピアノが自分にとって大切なものだとは思わなかったんだろうね」

「いまはどう？」

「うまく付き合えそうな気がする」

「なんだか女の子の話をしてるみたいだな」

「つまり楽器として接することができるってことさ」彼は切り上げるように言った。「親から押しつけられた情操教育機械としてじゃなくてね」

5　かひなきことを、ただ夢み

野居原は『伊勢物語』を途中で切り上げて、冬休みの補習から『枕草子』をはじめた。「枕」

というからには、また艶っぽい話かと思ったが、いつまでたってもそれらしくならないので、ぼくは少なからずがっかりした。午前中の補習が終わると、一旦家に帰って昼御飯を食べ、午後は図書館でカヲルと一緒に勉強することにしていた。二学期の成績が良かったので、ぼくは母にねだって、前から欲しかったVANのトレンチ・コートを買ってもらっており、毎日それを着て図書館に出かけた。そのコートが欲しかったのは、いつか『ミュージック・ライフ』でスティーブン・スティルスが同じようなコートを着ているのを見たからで、お年玉ではそのとき彼が履いていたワーク・ブーツも買うつもりだった。しかしいまはまだ十二月なので、アサヒ・シューズのスニーカーを、踵を踏み潰して履くことで我慢しなければならない。

「わたし『枕草子』って好き」古語辞典を引きながらカヲルは言った。

「あっ、そう?」ぼくはノートにせっせと原文を書き写しながら言った。

「清少納言て、すごく趣味がいいと思う」

ぼくはやはり「よばひわたりける」とか「忍びていきけり」といった話の方が好きだったが、あえて異を唱えることはしなかった。なにしろ二人のあいだでは、もっぱらぼくが原文をノートに書き写し、カヲルが辞書を引いて、品詞別に赤や青や緑のボールペンで書き込みをしてくれる、という役割分担になっていたからである。

「わたしの誕生日、うちに来ない?」しばらくして彼女は言った。

カヲルの誕生日は十二月の末で、ぼくはプレゼントに黒のランジェリーを贈ろうかどうか迷っていた。

「いいけど、何かするの」とりあえずたずねた。

「別に何も」と彼女は言った。「一緒にレコードでも聴こうかなと思って」

「他に誰か来るの？」

「いまのところ考えてないけど」

にわかに胸がときめいた。「伊勢物語だぜ、伊勢物語」と心のなかを走りまわっている自分が見えた。「房事」という言葉が頭にひらめいた。「媾合」という言葉がそれに取って代わった。ふと母親の顔が脳裏に浮かんだ。口の形から、その顔は「ばーか」と言っているみたいだった。馬鹿でもいいのだ。

「するとぼくたち二人だけ？」思わず口元が緩みそうになるのを必死で抑えた。

「おばあちゃんと弟がいるけど」カヲルはあくまで無邪気だ。

そうだろうな。ぼくは心静かに頷いた。

「いっそ外に出ようか」

「外って？」カヲルは小首をかしげた。

「それはその日の天気しだい」ぼくは曖昧に答える。こういうのを婉曲表現と言うのだろうなと思いながら、このあいだ習ったばかりの婉曲の助動詞を、頭のなかで「めり、めり、める、めれ」と活用してみた。

「晴れたら海を見にいこう」

「雨だったら？」

「まあ、映画かパチンコだな」

十二月の末だというのに、その日はまるで九月か十月みたいな陽気だった。ぼくたちは二人の家のちょうど中間点にあたる神社の境内で待ち合わせた。朱色の袴を身につけた巫女さんたちが、竹箒で境内のあちらこちらを掃き清めていた。石段の上がり端に大きな石碑があり、石の表面に「汽笛一声新橋を」と刻んである。郷土出身の作詞家が放った、最大のヒット曲の冒頭だった。

「誕生日おめでとう」先に着いて待っていたぼくは言った。

「ありがとう」彼女は息を弾ませながら答えた。

「これ、プレゼント」結局、黒のランジェリーはやめて、ニール・ヤングの『オン・ザ・ビーチ』にした。このレコードはニール・ヤングの最新作で、ぼくはまだ持っていなかった。そこでカヲルにプレゼントして、あとから聴かせてもらおうという魂胆だった。将来結婚すれば、彼女のレコードは二人のものになる、という深遠な読みもあった。

カヲルは袋をあけて中身を取り出し、「ニール・ヤング」と言った。

「まだ聴いたことないだろう？」

彼女はこっくりと頷いた。そしてレコードを大切そうに胸に抱えて、再び「ありがとう」と言った。

ぼくはわざとらしく空を見上げて、「晴れたね」と言ってみた。

「海を見に連れてってくれるんでしょう?」

「もちろん」ぼくは家から無断で持ち出した母親のスクーターをさした。昨夜こっそり磨いておいたので、ダーク・ブルーの車体は冬の太陽に眩しく輝いている。

「乗ってもらいましょう」とぼくは言った。

「だって無免許じゃない」カヲルはちょっと躊躇した。

「そこらのオバチャンよりは安全だぜ」

「どうだか」

「信用しなさい」

「心配だなあ」と言いながら、カヲルはスクーターの狭い荷台に「よっこらしょ」と腰を下ろした。「お尻が痛い」

「ごめんな。この荷台は女の子を乗せるように出来ていないんだよ」

ぼくは慎重にエンジンをかけてスクーターを出した。カヲルは荷台に横向きに坐って、ぼくの腰に腕をまわした。しばらく走るとアスファルトの舗装が途絶え、道は登りにかかる。途中までは快調だった。しかし登りが急になったところで、突然エンストを起こしてしまった。仕方なく、ぼくたちはスクーターを押して埃っぽい農道を歩いた。まるで映画の一場面みたいだった。ぼくはボタンダウンの上にマクレガーのセーターを着ていた。彼女はクリーム色のハイネックのセーターに、グリーン系のチェックのスカートだった。傍目に自分たちを見て、なんて可憐なカップルだろうと思った。中学三年生の夏休みに、年齢をごまかして観た『フレンズ』という映画を思い出した。ああいうカップルみたいだった。あのときのアニセー・アルビナのオッパイのかっこよさといったらなかった。まるい乳房がキュン、キュンと上を向いて「おはよう!」と言っているようだった。あのとき以来、ぼくは女性の乳房に目覚めたのだ。

「本当に海が見えるの」カヲルはきつい口調でたずねた。

「えっ?」一瞬、彼女の顔がアニセー・アルビナのオッパイに見えた。「いや、えっと、この山を越えると見えるはずなんだけど……」

カヲルの疑問は無理もなかった。海を見に行こうと言いながら、もう一時間近く、じわじわと山道を登りつづけていた。本当に海が見えるのかどうか、ぼくもちょっと心配になりつつあった。海なら、ぼくたちの街には腐るほどある。むしろ平たい土地を捜す方が難しかった。千メートル近い山々を背後にひかえながら、裾野はいきなり海という地形だった。にもかかわらず、わざわざ山を越えて海を見に行こうとしたのは、そういうふうにして望見される海というものが、いかにも清々しく、かつまたロマンチックで、マクレガーのセーターにクリーム色のハイネックという可憐な高校生のカップルが海を見るシチュエーションとして、ぴったりだと思われたからである。

　しかしどこまで登りつづけても海は見えなかった。最初は葡萄畑や桃畑といった牧歌的な風景に囲まれていた山道は、しだいに細く険しく殺伐としてきて、可憐な高校生のカップルというよりは、ホステス強姦殺人死体遺棄事件の現場といった雰囲気に近づきつつあった。行き会う人とてなく、人間の痕跡といえば、伐り出されたまま道端に積み上げられている杉の木と、油で黒く汚れたウインチぐらいだった。

「海なんて見えないじゃない」とカヲルは言った。

「見えないね」ぼくも同意した。

「もう、いい加減なんだから」

「心配するな、地球の七十パーセントは海だ」ぼくはもっといい加減なことを言ってお茶を濁した。

　とうとう道がなくなった。これ以上先へ進もうとすれば、杉林のなかを抜けていくしかない。ぼくはスクーターのキーを抜いて、杉の木の根元に立て掛けた。

「とにかく山のてっぺんまで行ってみよう」

「どうでもいいけど咽喉が渇いたわ」

　杉林を抜けて進んだ。林のなかは暗く、杉の脂の匂いが淀んでいた。不意に熊か何かが飛び出してきそうな気配だった。十二月にこんなところへやって来るのは、山の頂きから海を見ようというロマンチックな高校生のカップルか、笹を喰い尽くしてしまった熊ぐらいではなかろうか。やがて杉林を抜けて、松が疎らに生えた禿山の斜面に出た。そこを登れば山の頂上だった。ぼくはカヲルの手を引いて斜面を登りはじめた。山の表面は、父が蘭を植えるのに使っているような目の荒い土で覆われており、ぼくたちは何度も足を滑らせて転んだ。ここまでくるとカヲルは抗議をすることも忘れ、肩で大きく息をしながら、手を引かれるままに進んだ。

こうしてとうとう頂上に立ったが、そこからは海はおろか、人家も果樹園も養鶏場も、その他、目新しいものは何も見えなかった。ただこれまで歩いてきたような山の向こうには、これまで歩いてきたような山が連なり、その先にも、またその先にも、延々と連なっているばかりだった。

「あれ?」とぼくは言った。

「なによ、もう」とカヲル。

「方角を間違えちゃったんだ」

カヲルは松の根元の松葉が降り積もった上に、へたり込むようにして腰を下ろした。ぼくも彼女の横に並んで腰を下ろした。こぼれ松葉をかきあつめ、という佐藤春夫の詩が頭に浮かんだ、というのは嘘で、暖かい冬の陽が降り注ぐ松葉の上に、どういうタイミングで彼女を押し倒そうかといった、邪悪な考えばかりが脳裏をめぐった。

「咽喉が渇いた」カヲルは不貞腐れて言った。

「何か持ってくるんだったな」

「もう死にそうよ」

「おれも」急に男っぽくなって答えた。

「あなたの唾を飲ませてよ」彼女は軽くからむ口調で言った。本気だろうか？　なにげなく使われた二人称が不気味だった。

「い、いいけど……」ぼくはちょっと動揺した。

ぎこちなく顔を近づけすぎたので、歯と歯が当たって音をたてた。子供のころ、よく友だちと歯のあいだから唾を飛ばしっこして遊んだのを思い出し、そのときの要領で歯の裏側に唾を集めようとした。

「どうしたの？」

「唾が出ない」

「海は見えない、唾は出ない」

「しょうがないだろう」

「しょうがないわね」と彼女は言った。「それじゃあ、もうしばらく、こうしていましょう」

ぼくたちは、もうしばらく、こうしていた。

6　手紙

おそらく禿山の松葉の上に長居しすぎたのだ。山道を下っているうちに冬の日はとっぷり暮れて、もとの神社まで帰ってきたときには、あたりはもう真っ暗になっていた。そして翌日の補習に、カヲルは泣きはらした目をしてやって来た。最初、彼女がどうしてそんな目をしているのかわからなかった。たずねても弱々しく首を振るばかりで、一言も口をきいてくれない。ぼくは先生の話にも上の空で、授業中ずっとカヲルのことばかり考えていた。

補習は午前中で終わり、いつものように一緒に教室を出た。帰り道でも、カヲルはあいかわらず口をきいてくれなかった。ぼくは何か自分に落ち度があったのではないかと、昨日のことを一つ一つ思い起こしはじめた。しかしいくら考えても心当たりはない。そうして気まずく歩いているあいだにも、道のりだけは律儀に稼いで、いつのまにか二人の家路の分岐点である白鷺橋までやって来ていた。白鷺橋……たしかに川原はあり、水も流れてはいるが、鷺の姿など一度だって見かけたことがない。それなのに白鷺橋だなんて、まったくサギみたいな名前だ、といつか二人で話したことのある橋だった。橋を渡って、カヲルはそのまま真っ直ぐに進み、ぼくは川沿いの道を右に下る。ときどき寄り道をして、コカ・コーラとペプシ・コーラはどっちが美味しいかとか、ビートルズはいつ再結成されるかといった、他愛のない話をするぼくたちであったが、いまはとてもそんな雰囲気ではなかった。

　やがて橋を渡り終えた。どちらからともなく立ち止まった。カヲルは下を向いて、こちらが何か言うのを待っている。ぼくはこの重苦しい時間を好転させる魔法の言葉を思いつけない。同じ方向へ帰宅していく高校生たちのなかには、顔見知りも何人かいた。彼らの気楽な境遇が羨ましく思えた。

「ごめんなさい」消え入りそうな声で呟いた。

　ぼくは彼女の方を振り向いて、「いいんだよ」と言った。いったい何が「ごめんなさい」なのだろう？　そして何が「いいんだよ」なのだろう？　まるで「こんにちは」と「さようなら」みたいな「ごめんなさい」と「いいんだよ」だった。

「これ……」彼女は何も書かれていない白の封筒を差し出した。ぼくが受け取ると、目を伏せたまま足早に歩き去った。何か言おうとしたけれど、背中で拒絶されたような気がして、言葉をかけることはできなかった。

「ごめんなさい」と、彼女は手紙のなかでも謝っていた。「今日はきっと誰とも口をきく元気がないと思います。だから手紙を書いておきます。昨日のことはとても楽しかったです。てくてく山道を歩きまわったことも、二人でいろんな話をしたことも。だからこれから書くことで、自分を責めたりしないでください。

あのあと家に帰ると、部屋で父が待っていました。父は遅くなった理由をしつこくたずねました。わたしは友だちと図書館で勉強していたと言いましたが、信じようとはしませんでした。父はこのところ、わたしの帰宅が遅くなることに気づいていたようです。そして罰する機会を狙っていたのです。たしかにわたしも、ちょっと羽目をはずしすぎたかなと反省しています。二人で会っているのは楽しいし、会えば少しでも長くいたいと思うから。でもそういうことは、まだわたしたちには早すぎるのかもしれません。

そんなわけで、しばらく会うことができません。父から外出を禁止されてしまいました。年末年始の計画も、残念ながら今年は無理みたいです。こんな手紙でごめんなさい。でも心配しないでください。わたしは大丈夫です。さようなら。


カヲル」

7　目に物見せる

「というわけなんだよ」とぼくは言った。

「なんて親父だ」とジーコは言った。「でもどうして彼女は、正直にきみと会っていたことを言わなかったんだろう」

「さあね、たぶん余計叱られると思ったんだろう」

彼の下宿は駅の近くにあった。大家さんは初老の夫婦だが、夫の方が脳腫瘍か何かで入院しており、夫人はその付添いでずっと病院に寝泊まりしていた。子供たちは独立して家にはおらず、そのため現在は、古い木造二階建ての家に、ほとんどジーコが一人で住んでいるようなものだった。もとは賄い付きで下宿人も何人かいたらしいが、他の住人はどこか別の下宿に移り、彼だけが留守番も兼ねて残っていた。食事は大家の奥さんが近くの食堂に世話を頼んでくれている。ジーコは朝食だけ自分の部屋でパンを焼いたりして済ませ、学校へ行く途中で食堂のおばさんから昼の弁当を受け取り、夜はまたその食堂で他の客に混じって夕食を食べる。彼の弁当にいつも卵焼きを入れるのは、この食堂のおばさんらしかった。

一家が離散した家のなかは暗く、空気は黴臭かった。下宿人のための部屋は、二階に廊下を挟んで四つほどある。そのうちの二部屋をジーコが使っていた。表の路地に面した四畳半に勉強机や本棚を置き、六畳の方を居間と兼用の寝室にしている。といっても、実際は喰い散らかされたパンや空の牛乳瓶やコーヒーのこびりついたカップなどが散在する炬燵の横に、煮しめたような万年床が延べてあるという、きわめて猥雑で非衛生的な空間だった。部屋の隅にコンパクトなオーディオ・セットが置いてあった。驚いたのは、彼が収集しているレコードの数だった。ぼくは中学一年のときから、こづかいのほとんどをレコードに投入してきたが、それでも集めたLPは五十枚といったところだ。ジーコのコレクションは、その三倍か四倍はありそうだった。しかも雑然とした部屋のなかで、レコードを収めたラックの周辺だけはきちんと整理されている。

ただ残念なことに、彼の持っているレコードはほとんどがクラシックだった。これはちょっと異常なことだった。ぼくたちの仲間内では、ブリティッシュ・ロック派、ウエスト・コースト派、ハード・ロック派、プログレッシブ・ロック派、と様々な流派こそあれ、自分のこづかいでレコードを買うからにはロックと相場が決まっていた。たまに「天地真理ゴールデン・ヒット」とか「アグネス・チャン／フラワー・コンサート」という場合もあったが、その多くは、野球部かどこかの連中が年に一度のお年玉で発作的に買うというケースで、彼らは真の意味での音楽愛好家ではなかった。つまりぼくたちの世代にとって、音楽とはロックだったのである。クラシックは音楽の授業で義務的に聴くものだった。ちょうど『伊勢物語』や『枕草子』がそうであるように。

「酒でも飲まないか」しばらくしてジーコは言った。

「飲むとも」ぼくは勢い込んで言った。「あるのか?」

「ちょっと買ってくる」そう言い置いて、彼は部屋を出ていった。

ジーコが帰ってくるまでのあいだ、炬燵のまわりに散らばっている本や雑誌をめくってみた。黄色い表紙の本のタイトルは『ナジャ』で、作者はアンドレ・ブルトンという人だった。ブルトン氏がナニ人なのかわからない。作家よりもプロレスラーにふさわしい名前だと思った。ある雑誌には、こんな詩が掲載されていた。

なみ
　なみなみ
　　なみなみなみなみ
くらい波くるほしい波くづほれる波
もりあがる波みもだえる波もえつきる波
われて
くだけて
さけて
ちる
　なだれうつ波のなみだのつぶの
　なみなみあみだぶつ　ぶつぶつぶつぶつ

ぼくは「いやですねえ」と呟いて本を閉じた。他には『レコード芸術』のバックナンバーがあったが、趣味傾向を異にするため避けて通ることにした。それらのなかにあって、『プレイ・ボーイ』や『GORO』はいかにも健康的で、手にしたときには心からホッとした。グラビアをめくって、女の子の裸や水着の写真を眺めた。可愛い子や、それほどでもない子や、いろいろだった。なかにはぼくたちと同じくらいの年齢の子もいた。

五分ほどして、ジーコがカップ入りの清酒を二つ買って帰ってきた。ぼくは蓋をあけてちびりちびりやりながら、あいかわらず雑誌のグラビアを眺めていた。そのあいだにジーコはレコードをかけた。荘厳な感じの声楽曲だった。ジャケットを手に取ってみると、カール・オルフの『カルミナ・ブラーナ』と書いてあった。ほとんど話らしい話もせずに、ただ音楽を聴きながら酒を飲んだ。オルフはぼくの気に入った。どれを聴いても同じに聞こえるクラシックのなかで、この作品は確かに一つの顔を持っていた。

「許せないな」ジーコが唐突に言った。

「何が」思わずたずね返した。

「彼女の親父だよ」そう言って、義憤にかられたみたいに残っていた酒を飲み干した。「なんとかすべきだ」

「どうしよう」

彼は腕を組んで宙を睨んだ。部屋のなかを狂騒状態のオルフが駆け回っている。金管楽器の強奏、炸裂する打楽器群……。

「彼女の処女を奪うってのはどうだい」

ぼくはギョッとして読んでいたレコードの解説から顔を上げた。

「いま、なんて言った？」

「処女だよ、処女」彼は面倒臭そうに、「彼女の処女を奪っちまうんだ」ややあって、「まだなんだろう？」

「まあね」できるだけ曖昧に答えた。

「だからさ、そいつを一気に陥落させてしまうんだ。つまり娘の貞操を奪うってこと。それが父親にたいする最大の復讐なんだからな」

なんとなく、彼の幼児期は不幸だったのではないかと思った。

「いずれそうするつもりだよ」酒の勢いもあって、ぼくは言った。

「結構」と彼は言った。「目に物見せてやれ」

ジーコは炬燵の上の煙草を引き寄せると、箱を振って一本くわえ、慣れた手付きで火をつけた。そして炬燵に身体を突っ込んだまま横になり、腕枕をして煙草をふかしはじめた。ぼくはオルフを聴きながら、ぼんやりカヲルのことを考えた。

「明日から実家に帰ってくる」ずいぶん時間が経ってからジーコは言った。「田舎の正月なんて退屈なだけだけど、親がうるさいんでね。ここの鍵を預けとくから、おれがいないあいだ自由に使っていいぜ」

「この部屋をかい？」彼の意図が呑み込めなかった。

「おれは六日か七日まで帰らない」ジーコは煙草をくわえた唇を二ミリほど横に動かして言った。「そのあいだに目に物見せてやれ」

「そんなことを考えてたのか……」

呆れて二の句がつげなかった。ふと、炬燵のまわりに散乱している本や雑誌が目に入った。それは「地下文学」であり、わけのわからない詩の雑誌だった。ジーコはいい奴だけど、ちょっと悪い本の読み過ぎってとこがあるな、とぼくは思った。

8 インディアン・サマー

その年の暮れと正月は、いつになく憂鬱だった。ぼくは気心の知れた仲間と、大晦日に忘年会をすることにしていた。医者の息子で、親がそういうことに寛大な友だちがいて、自宅の居間を会場として提供してくれることになっていた。何人か女の子も交えて、夜中まで大騒ぎする予定だった。もちろんカヲルも来るはずだった。ぼくたちは途中でそこを抜け出し、二人だけで除夜の鐘などを聞きにいくつもりだった。そして年の締め括りともいうべき、ロマンチックなキスをして別れるという段取りだった。元旦はお昼過ぎから一緒に初詣に出掛け、帰りに靴屋さんに寄って、念願のスティーブン・スティルスのワーク・ブーツを買う。そして『アップル』という喫茶店で、ビートルズを聴きながらお正月料金のコーヒーを飲む……。

こうした計画がみんな狂ってしまった。忘年会では、赤玉ポートワインで酔っぱらった別の高校の知らない女の子に唇を奪われそうになった。揚げ句の果てにひどい二日酔いで、元旦は雑煮も咽喉を通らず、梅干しを入れたお茶と太田胃酸を飲んで初詣に出掛けたものの、社の裏手で隣町の不良高校生に因縁をつけられて二千円ばかり巻き上げられた。

正月も四日ほど過ぎた日の朝、突然カヲルから電話がかかってきた。すぐに会いたいと言う。ぼくはてっきり、また父親と衝突し、たまりかねた彼女は家を飛び出してきたのだと思った。もしそうなら、じっと手をこまねいているわけにはいかない。『伊勢物語』のように、駆け落ちだって辞さないつもりだった。ところが待ち合わせの喫茶店に行くと、カヲルはにこにこしながらぼくを迎えた。

「どうしたんだい」開口一番たずねた。

「あけましておめでとう」と彼女は言った。

「大丈夫なの、こんなところへ出てきて」

「今日は父が家にいないの」そう言って、彼女は紙ナプキンでテーブルの上の水滴を拭いながら、つぎのような話をした。

例の一件以来、ずっと外出を禁じられていた。年末年始は終日父親が家にいるので、電話をかけることすらできなかった。ところが今日になって、父親は所用で一日家を空けることになった。隣の県の親戚の家まで出かけるので、どうしても帰りは夜になる。そこで日頃、カヲルのことを不憫に思っている祖母と母親が、今日一日外で好きなことをしてらっしゃいと、彼女に勧めたのだという。

後ればせながら初詣に出かけるとか、レコード屋を覗いてみるとか、映画を観に行くとかいった、迂遠な時間の過ごし方は脳裏をかすめもしなかった。ぼくの頭のなかには、猥雑かつ非衛生的なジーコの下宿の光景が、まるで前世からの約束事みたいにこびりついていた。喫茶店を出ると、行く先も告げずに歩きはじめた。カヲルもまた何事かを覚悟しているかのように、黙ってあとに付いてきた。二人ともほとんど話らしい話をしなかった。ぼくにかんして言えば、まわりの景色に目をやる余裕すらなかった。やがて商店街を抜けて、駅前の大通りに出た。そこから細い路地を一つ入るとジーコの下宿だった。

下宿の玄関には日の丸の旗と門松が立ててあったが、幸い家の人たちはいないようだった。ジーコから預かった鍵をぐりぐりまわして玄関の錠前を外した。油の切れた横開きの硝子戸をあけると狭い土間があり、その奥が大家さんたちの居住区域だった。ぼくたちは脱いだ靴を手に持って、左側の暗い階段を上がった。廊下に面した襖をあけると、汗臭いむっとする空気が鼻をついた。ぼくが先に入り、つづいてカヲルが入った。襖をきちんとたてて、なかから紐に釘を結び付けただけの閂をかけた。四畳半との境の襖も閉めた。六畳の方には窓がないので、部屋のなかはほとんど真っ暗だった。しかしどこからか射してくる光はあるとみえて、目が暗がりに慣れてくると、電気をつけなくても部屋の様子はわかった。

暮れの大掃除などという観念のないジーコは、部屋のなかを普段と同じように散らかし放題に散らかしていた。炬燵の上には空の牛乳瓶やコーヒー・カップの他に、二人で飲んだカップ酒の容器もそのまま残っている。女の子の裸体をちりばめた雑誌も、炬燵の周辺に散乱している。そのような環境のなかで、ぼくはつぎにとるべき行動を考えあぐねていた。どんなふうに事を起こしても、唐突な感じは免れないような気がした。そのときカヲルが、ふと部屋の隅の万年床に目をやって呟いた。

「すごいわね」

「すごいだろ」

二人で声を合わせて少しだけ笑った。それをきっかけに、ぼくはカヲルの手を取って、この凄まじい褥に誘った。彼女はちょっと躊躇ってから、布団の上に膝を折った。ぼくたちは膝立ちしたままの恰好で、長い抱擁をした。ときどき互いの頬やうなじにキスをした。耳たぶを噛むと、彼女は深い溜め息をついた。それから身体を布団の上に横たえ、唇を合わせながら、服を脱がせていった。セーターを脱がせ、ブラウスのボタンを外し、スリップの肩紐を落とし、ブラジャーのホックを外した。途中でカヲルがくすくすっと笑った。

「どうしたの」唇を離してたずねた。

「だって、あんまり手際がいいんだもの」

彼女の口ぶりは、ちょっと寂しそうだった。まるでそのことによって、二人のあいだの純粋なものが失われていくとでもいうかのように。ぼくはぼくで、「女の服を脱がすことばかり上手くなってどうすんのよ」という母の嘆きと、それにつづく小さな舌打ちを聞いたような気がした。しかしいまはどんな自省心も紛れ込ませてはならなかった。ここで母などに出てこられては、なんと言うか、立つべきものが立たなくなってしまう。

布団のじめじめした冷たさと、男子更衣室のような臭いは、もう気にならなくなっていた。カヲルの咽喉と肩にキスをして、掌で乳房を包みながら固い乳首を口に含んだ。彼女は耐えかねたように、細い喘ぎ声を洩らした。しばらくして彼女は不意に身体を起こし、今度は自分が上になってぼくの服を脱がせはじめた。シャツも全部脱がせてしまうと、ぼくの胸に長いキスをして、そこに耳をあてた。

「心臓の音が聞こえる」と彼女は言った。

「あったりめえよ」とぼくは言った。

「へんなの」彼女はふふっと笑って、「何か小さな動物でもいるみたい」

「もうよせよ。恥ずかしいじゃないか」

「わたしのも聞いてみて」

身体を入れ換えて、カヲルの左の乳房の下に耳を置いた。

「どう?」

「聞こえる」

「あったりめえよ」と彼女は言った。

ぼくは耳を離して、片方の手でスカートのホックを探った。カヲルの手が素早く手首をつかんだ。それは明確な拒絶というよりも、反射的な防御の仕草のように思えた。

「いい？」

カヲルはいいとも悪いとも言わなかった。ぼくはもう片方の手も借りて、スカートのホックを外した。少し時間がかかった。そのあいだカヲルの手は、ずっとぼくの手首をつかんでいた。こちらの手の動きに抗するというよりは、むしろ自分の身に起こりつつあることを、男の側から認識しておきたいというような力の込め方だった。その従順な介助の素振りに勇気づけられて、ようやくこの複雑な仕掛けを突破した。細かいジッパーを静かに下ろし終えたところで、彼女の手は手首を離れた。

カヲルは泣いていた。嬉しいからか悲しいからかわからない。表の路地で、子供たちの遊ぶ声がしている。きっちり立てたはずの、四畳半との境の襖がわずかに開いて、そこから冬の柔らかな日差しが洩れていた。カヲルが名前を呼んだ。ぼくは彼女の穏やかな目元に顔を近づけた。

どのくらい時間が経ったのだろう。彼女は目を閉じて、静かな寝息をたてている。顔に掛かった髪の毛を、指でつまんでそっと掻き上げた。そろそろ起こすべきなのに、正確な時間を知りたくなくて、枕元の腕時計に手を伸ばす勇気がない。襖のあいだから差し込む日差しは長く、いまでは畳の上に乱れたカヲルの髪に届きそうだ。光の帯のなかで、小さな埃が舞っていた。うつ伏せに組んだ腕に顎をのせて、ぼくはいつまでも、このささやかな舞踏に見入っていた。

第二章　１９７５年・夏

１　夏祭り

　その年の夏、ぼくたちの街にはじめてストリーカーが出現した。街の中央部に居住まいを正した城山の北側、東西に約一キロのアーケードが走っている。新橋銀天街とか恵比寿町とかいう名前で呼ばれる商店街である。そのちょうど真ん中あたり、城山寄りに市役所の庁舎を控えた大通りの陰から、男は大胆にもリチャード・ニクソンのお面をかぶり、スニーカー以外は一糸まとわぬ素っ裸で駆け出した。そして新橋銀天街から恵比寿町の手前まで、五百メートルあまりを疾風のように走り抜けたというから、陸上部の男子が目をつけられたのも、故なきことではない。

どうしてぼくたちの高校の陸上部がとくに睨まれたかというと、まず男がリチャード・ニクソンのお面をつけていたこと。これはあきらかに政治批判的な意図の現れである。さらに目撃者によると、男は走りながら、両手でVサインを作って「ピース、ピース」と叫んでいたという。このことから「反体制的インテリ」という犯人像が浮かび上がってくる。ぼくたちの街で「反体制的インテリ」なるものが生息している可能性があるのは、うちの高校ぐらいしかない、というのが捜査当局の読みだった。ちなみにストリーカーは犯罪者か、という問題にかんしては、地元の警察署長が記者会見をして、「刑法の公然猥褻罪を適用して検挙する」という方針を発表していたので、あえて「犯人」という言葉を使わせていただく。

ぼくはこのニュースを耳にして、犯人はジーコに違いないと直観した。まずリチャード・ニクソンのお面という発想が、まさに彼のセンスにぴったりである。さらにわが国では、せいぜい六本木周辺で突発的に発生しているに過ぎない海の向こうの風俗を、いきなり地方都市の商店街に持ち込むという、いささか脈絡のない大胆さは、全校朝礼で尻を出してしまう彼にこそ、ふさわしいものではなかったろうか。しかもストリーキングという現象は、地方都市の感覚でいっても、すでに過去のものになっていた。それがテレビや新聞を賑わしたのは、ぼくたちがまだ中学生をやっていたころである。だから「新橋銀天街にストリーカー出現」というニュースを耳にして、まず最初に浮かんだ感想は、「なにをいまさら」というものだった。こうしたアナクロニズムも、けっこうジーコにふさわしかったりして。

「犯人はきみだな」とぼくは言った。

「なんのことだよ」とジーコは言った。

「とぼけても、ちゃんとわかってるんだぞ」

「だからなんのことを言っているんだよ」

「まあいいさ。公然と事実を認めるのは具合が悪かろう。でもこれだけはおぼえておいてくれ、ぼくはきみの理解者だからね」

「理解なんかされるおぼえはない」と彼は言った。

七月だった。期末試験も終わり、夏休みの補習がはじまるまでの消化試合のような日々だった。そんななかにポツンと、ぼくたちの街の夏祭りは置かれていた。政権抗争の末に謀殺された家老の霊を祀ったのが祭りの起源だという。なんでも家老が殺されたあと、飢饉や天変地異がつづいたらしい。これは家老の祟りに違いないということで、急遽祭りが執り行われることになった。発祥にかんしては、かなりご都合主義的な事情が絡んでいたと見られる。でも、とにかく祭りである。

舗道の脇に、古い柳の並木がつづいていた。明治か大正の初期に城の堀を埋めたとき、この柳だけは残すことになったのだそうだ。だからどの木も、樹齢二百年くらいにはなっているはずだった。かつてのお堀端を商店街の方へ歩いていった。堀の左側は旧城内なので、細い格子目の戸を持つ旧家や、落ち着いた前庭を配した旅館などが軒を連ねている。車道を挟んで右側は、病院や商店など、新開の家屋が並んでいる。カヲルは紺の地に花柄の浴衣を着て、長い髪を後ろで一つにまとめてアップにしていた。ときどき石鹸の匂いがしてくるのは、家を出る前にシャワーを浴びてきたからだろう。

「わたしはジーコさんじゃないと思うな」舗石に軽い下駄の音を響かせながら、彼女は言った。わが街における前代未聞のストリーカーはジーコである、というぼくの見解にたいする反論である。「だってそういうのは、ジーコさんにはふさわしくないもの」

「そういうのこそ、彼にはふさわしいと思うのだが」

「ストリーカーって、どっちかっていうと変質者でしょう。でもジーコさんには変質者的なところはないと思うの」

「そう言われれば、そうかもしれないな。多分に変人ではあるけど」

いつのまにか商店街を抜けて、露店の並ぶ参道へやって来ていた。狭い道を挟んで、幾つもの店が軒を連ねている。安っぽい玩具を売っている店があった。籤を引かせる店があった。ソースや醤油の匂いをもうもうと立てる食べ物屋があった。着色したヒヨコを売っている店があった。お面とゴム人形を売っている店があった。「東京ケーキ」などというわけのわからないものを売っている店があった。その他、お化け屋敷があり、景品撃ちがあり、輪投げがあり、ボール投げがあり……要するに祭り、縁日の類に出店すべき店はみんなあった。まだ陽は高く、祭りが本格的に加熱しはじめるまでには時間があったけれど、参道はすでに人で溢れていた。

カヲルは安っぽい玩具類を売っている店を丹念に覗いていった。さも欲しそうに物色するものだから、一目でその筋の方とわかる店の男が、彼女に気安い言葉をかけてきて、あれこれの品を勧めた。

「何か欲しいものがあるの？」ぼくは軽く咎めるように言った。

「弟にお土産を買っていってあげようと思って」カヲルは定まらない視線を店の品々に投げながら答えた。

「こんなところで売ってるものは、すぐに壊れてつまらないよ」小さく耳打ちするように言った。「ちゃんとした玩具屋さんで買った方がいいんじゃない？」

「そうね」と頷いて、ゼンマイを巻いて走るブリキのボートを手に取った。「これなんかどうかしら」

彼女はいったい人の話を聞いているのだろうか。カヲルの思わせぶりな素振りに勢いづいたのか、店の男が「姐さんたち、隠し子でもあるの」などと言って、いまにもカヲルが手に取ったボートを包みそうにしている。

「それじゃあ帰りに買おう」ぼくは慌てて言った。「いま買うと荷物になるしさ。人込みで押されて壊れたりしたら大変だぜ」

「それもそうね」と言って、ようやくカヲルは玩具を手放した。

ぼくたちが立ち去ろうとすると、店の男はびっくりするほど大きな声で「帰りに待ってってっからね！」と怒鳴った。商談が成立しなかったことにたいする腹いせだったのかもしれない。カヲルは律儀に後ろを振り向いてちょっと会釈をした。ぼくは心のなかで「二度と来ないよ」と捨てぜりふを吐いた。

巨大な石の鳥居を抜け、太鼓橋を渡ると、小高い山を背にして神社がある。橋を渡りながら川下に目をやると、川の上には幾つもの仕掛け花火が張り渡され、両岸に組まれたベニヤ板の観覧席には、すでに花火見物の人たちが陣取っていた。街を練り歩いた神輿が一度舟で海に出て、小さな岬をまわったあと、河口から遡ってここまでやって来る。そのとき川に仕掛けた花火に火が放たれ、同時に神社の裏山から盛大に打ち上げ花火が上がる。二日間にわたる祭りのクライマックスだった。

ぼくたちは長い石段を登って神社の境内に入り、社をひとまわりした。そこは正月に一人で初詣に来て、隣街の不良高校生から金を巻き上げられた場所だった。しかしいまは不良高校生はいなかった。社の正面まで戻ってきたところで、お賽銭をあげて掌を合わせた。そして高校生のアベックらしくおみくじを引いた。

「小吉だ」ぼくは自分のぶんをひろげて読んだ。「発見、予見で先見の明が冴える。迅速な行動、早めの処理が大切。口禍いが生じ易いので人の批評や悪口禁物。不動産、異性問題注意。甘言、誘惑には充分慎重に……どこが小吉なんだろう？」

「そういうことに注意すれば、あとはほどほどってことじゃないの」

「そっちも読んでみろよ」

「なんだか怖いな」と彼女は言った。「大凶だったらどうしよう」

「読んでやろうか」

カヲルは紙片を指でつまんだまま思案した。そして「やっぱりやめとく」と言った。「このまま木の枝に結んで帰る」

「それじゃあ、なんのために引いたかわからないじゃないか」

「いいの」彼女は未開封のおみくじを木の枝に結び付けながら、「こうしとくと悪い運勢は祓われるっていうから」

「いい運勢まで逃げちゃうよ」

「悪い運勢に捕まるよりいいわ」

カヲルは先ほどと別の店で弟の玩具を買った。ゼンマイで走るブリキ製の戦闘機だった。走るときに操縦席の機銃から火花が出るようになっている。ぼくが何気なく手に取って、昔こういうので遊んだことがあると言ったら、彼女はそれにすると言って、すぐに決めてしまった。さっきあれほど迷ったわりには、あっけないような決め方だった。疲れたので、地元の青年団や婦人会がやっている店の一つに入った。

「夏休みになったら一緒に海へ行かない？」搔き氷を注文してから、ぼくは切り出してみた。「ジーコと早川さんも誘ってさ」

早川さんというのは、カヲルと同級生の女の子で、二人は仲が良かった。さらに付け加えれば、早川さんはそのグラマーな肢体ゆえに、われわれ男子生徒のあいだでは、ちょっと悩ましい存在だった。

「どうしてそこで早川さんが出てくるわけ」カヲルはテーブルから不審そうな顔を上げてたずねた。

「いや、ジーコには女の友だちがいないみたいだからさ、このさい彼にも一人紹介してあげようと思って。早川さんていい子だし……」

カヲルはぼんやりした表情で店の入口の方を見ていた。それからひとりごとみたいに、「でも、ちょっと恥ずかしい」と言った。

「何が?」

「水着になるの」

「水泳の時間にいつもなってるじゃないか」

「それとこれとは別よ」

どう別なのだろう?

「とにかく早川さんに話しといてよ」

「そうね……」カヲルは浮かない顔で相槌を打った。

やがて掻き氷が運ばれてくる。ぼくたちはしばらく黙って氷を食べた。カヲルの食べ方は几帳面だった。砂糖のかかった山のてっぺんから、裾野の家々に雪崩が及ぶのを恐れるかのように、慎重にスプーンで掬い取っていく。賞味することよりも、スプーンの操作に重きを置いたような食べ方だった。

「いま何時？」氷の山を半分ほど始末したところでカヲルがたずねた。

「五時半ちょっと過ぎ」ぼくは腕時計を見て言った。

「そろそろ帰らなくちゃ」

「もう？」

「七時までには家に帰ってなきゃいけないの」

「お祭りだぜ」

「よその家とは違うのよ」カヲルは寂しそうに目を伏せた。

「いったいいつになったら、お父さんはきみを自由にしてくれるんだい？」

「さあ、いつかしら」他人事みたいに言った。

「いつか本格的に奪ってやるからな」ぼくはちょっとすごんでみる。

「奪って」彼女は軽くいなした。

冗談だと思ったのかもしれない。

「しょうがないな」

カヲルは薄く微笑んだだけで何も言わなかった。やがて浴衣の裾を気にしながらゆっくり腰を上げた。掻き氷は半分近く残って、器のなかで赤い水になりかけていた。

2　泳ぐ

夏休みになると、午後の多くの時間を、ジーコと一緒にプールで過ごすようになった。彼は泳ぐのが好きだった。とりわけ今年の夏は、クイック・ターンを完璧にマスターすることに最大の目標を置いているらしく、傍で見ていて目がまわるのではないかと思うくらい、何度も何度も同じ練習を繰り返した。ぼくはクロールで二十五メートル泳ぎ、一休みしてから、またもとの場所まで泳いできた。ジーコは何十回目かのターンに入るところだった。スタート台に向かって、残り十メートルくらいを全速力で泳ぎ、適切な位置で身体を回転させると、足で思い切りプールの端を蹴る。そのまま水中を五メートルほど進み、「ぷはーっ」と息を吐きながら顔を出した。

「素晴らしい日じゃないか」と彼は言った。「青空、眩しい太陽、木立を渡る風、若者たちの歓声……これ以上何が必要だろう」

「女の子ってのはどうだい」ぼくは控えめに言ってみた。

案の定、彼は塩素で充血した目をぱちぱちさせながら、たっぷり十秒ほどもぼくを見つめた。

それからちょっと批判的な口ぶりで、「きみの腐った頭のなかにはそれしかないのかい」と言った。

「青空も太陽も木立を渡る風もいいけどさ、そういうものはやはり女の子とともに享受すべきだと思うんだ」喋りながら、自分がニキビ面の色ガキになったような気がした。

「女なんて煩わしいだけさ」

「よく言うよ」

　腹いせに頭から水に潜った。

「ちょっと考えれば、誰にだってわかることさ」灰色の苦行僧たるジーコは、ぼくの頭が水面から出るや否や言った。

「いつもそうやって考えるだけなんだ。そして何もしない」

「いや違うね。やるべきことはちゃんとやる。ただそれが女の子といちゃつくってことじゃないだけでね」

「それじゃあ、いちばんやりたいことはなんだ？　そのいまいましいターンを完璧にマスターすることかい」

　しばらく会話が途切れた。ぼくは頭を叩いて、耳のなかに入った水を出した。ジーコはコース・ロープにもたれて、なにやら思案深げに考え込んでいる。

「そんなに女の子がいいのかねえ」やがてジーコは言った。その口調には、いつものように超越的な響きがあった。

「きみは病気だよ」とぼくは言った。「十七、八の健康な男子の頭のなかには、女の子と模擬テストのことしかないもんだぜ」

「どっちにも興味がないな」

「だから病気なんだよ」

「ファシズムって知ってるか」

「ヒトラー、ムッソリーニ、東条英機」

「いやいや、おれが言っているのはもっと本質的なことだよ」

「第一次世界大戦後、イタリアに起こったファシスタ党の……」

「きみの知識は受験勉強の枠を出ないんだな」

「悪かったね。どうせぼくは校内模試八位だよ」

「卑下するふりして自慢する」

「慇懃無礼」

「わかっているんじゃないか」

ぼくは一人で水から上がり、プール・サイドに寝ころんだ。そもそもジーコに女の子を紹介してやるという発想が間違っていたのだ。彼を早川さんとデートさせるなんて、いわば豚にジルバを踊らせるようなものだ。しばらくしてジーコがプールから上がってきた。どういうつもりか口笛なんか吹いている。

「ファシズムってなんだい」今度はこちらからたずねてみた。

「自分の理解を超えたものを異常とみなす心の働き」と彼は答えた。

「誰が言ったの？」

「おれが言ったの」

「じゃあ嘘だな」

「きみの単純さはほとんど犯罪的だね」

「それもファシズムかい」

「何が？」

「いいんだ。ちょっと言ってみただけだから」

ぼくは黙ってプール・サイドでひなたぼっこをつづけた。七月の強い日差しが、冷えた身体に心地好かった。ときどき目をあけて様子を窺うと、ジーコは少し離れたところに膝を抱えるようにして坐り、澄んだ眼差しを遠い積乱雲に向けていた。

「もう一度泳ぐかい」ぼくは身体を起こしてたずねた。

「人間はどうして神になれないんだと思う？」彼はまったく関係のないことを言った。

「牧師や神父が神様の値段をつりあげ過ぎてしまったからかな？」三十秒ほど考えてから答えた。

「人間はいざってときに、下半身の存在を思い起こさせるようなことを仕出かす」彼はぼくの答えを無視して言った。「だからいつまでたっても神になれないんだ。もうそろそろなってもいい時期に来てはいるのだが」

「神様になんかなりたくはないね」とぼくは言った。「下半身の存在によって自己を触発されつづける人間のままでいたいよ」

「それも一つの見識ではある」

「そろそろ帰ろうか」馬鹿ばかしくなってきた。

「海へはいつ行くんだい」彼はたずねた。

「どうして?」

「一緒に行ってほしいんだろう」

「まあね」

「おれにも都合があるから、一応予定を聞いておこうと思ってね」

ぼくは大人だから、こういう場合も鷹揚に頷いて言った。

「なるほど、きみもたまには自己を触発してみたくなるわけだな」

3　海へ

　十七歳の高校生がはじめて体験するダブル・デートの場所として、ぼくはＴ海水浴場を選んだ。海がきれいだとか、人目を遮る藪や林があるといった理由の他に、船で行かなければならないというのが最大の理由だった。もしバスで行くことのできるＡ海水浴場にすると、行き帰りのバスのなかで、二人掛けの座席にぼくとジーコ、カヲルと早川さんというふうに腰掛けることになりそうな気がした。落とし穴はそこにある。つまりダブル・デートというものは、えてして男は男、女は女でくっついてしまうものなのだ。しかしダブル・デートの本分は、けっして男同士の友情を確認し合ったり、女同士の親睦を深め合ったりすることにあるのではない。ゆえに船の上ではできるだけジーコから離れ、カヲルとだけ一緒にいることにした。

「早川さんて、けっこう積極的なんだね」ぼくは並んで椅子に坐っている二人の方をそれとなく見やりながら言った。早川さんは先ほどから、自分の持ってきたチューインガムを勧めたりして、さかんにジーコに話しかけている。

「気をつかってるのよ」とカヲルは言った。

「案外うまくいくかもしれないね、あの二人」

「でもジーコさんて、女の子が嫌いなんじゃないかしら」

「どうして？」

「なんとなく、そういう気がするの」

「男が好きなのかな」

ぼくたちは海の家を借り、弁当や荷物をそこに置いてから、更衣室で水着に着替えた。カヲルの水着は学校の水泳の時間に着ている紺のワンピース型だった。ぼくとジーコのも学校指定の地味な水泳パンツだった。ところが早川さんだけは、何を思ったのか黄色の地に真っ赤なハイビスカスの花をあしらったセミ・ビキニだった。いったい彼女の家の性風俗規範というものは、どうなっているのだろう。しかも、そうした水着にも増して刺激的なのは、早川さんの肉体だった。ある程度予想はしていたものの、期待以上の現実に、ぼくはかえって当惑してしまった。反射的に「妖婦」という言葉を思い浮かべた。とにかくバストといいヒップといい、ほとんど高校生ばなれした発育を示している。

「見たかい」ぼくはジーコに忍び寄りながら言った。

「何を」彼は面倒臭そうに答えた。

「あれだよ、あれ、早川さんのボディ」

「どうでもいいけど、肌を擦り寄せるのはやめてくれないか」

「しかしたまげるよな。あんなおとなしそうな子が、セーラー服の下に、かくも豊満な肉体を隠し持っているなんて。神様もけっこう好色だと思わないか?」

「好色なのはきみだろう」

「そんなこと言ってないで、ちょっと冷静に現実を直視してみろよ。つまらん冗談なんか言ってる余裕はなくなるぞ」

ジーコはまじまじとぼくの顔を見つめ、つぎに「ハアーッ」と大きな溜め息をついた。それから踏絵をさせられるキリシタンといった気乗りのしない様子で、頭を三十度ほど回転させ、目の隅に早川さんの姿をとらえた。

「どうだい」ぼくは思わせぶりにたずねた。

「でこぼこでこぼこ忙しい身体だな」ジーコは頭をもとの位置に戻しながら言った。

「もう少し審美的に女性の身体が見れないのか」

「リアリストだからな、おれは」

さてさて、リアリストにして、はたまた青空と太陽と木立を渡る風の人であるジーコは、かくも魅惑的な早川さんの肉体には目もくれず、海に入るなり沖の筏を目指してぐんぐん泳ぎはじめた。筏まではざっと目算して百メートルはある。妖婦はと見ると、汚れを知らぬ白い足を水に浸したまま、ジーコが泳いでいく沖合を恨めしそうに見つめている。泳げないのか、それとも妖婦はもともと泳がないものなのか。彼女一人を残してカヲルと戯れるわけにもいかないので、仕方なくジーコを追いかけて泳ぎはじめた。彼は得意のクロールでかなり先を泳いでいる。ぼくはときどき岸の方を振り返って、妖婦とカヲルの姿を確認しながら筏を目指した。すでにジーコは竹に手を掛けて筏によじ登ろうとしている。ぼくの方は、準備体操もせずに泳ぎだしたものだから、半分くらい来たところで、右足の親指がぴくぴく痙攣しはじめた。冷たい水に入ると、いつもそこが引きつけを起こすのだ。ぼくは一旦泳ぐのを止め、水のなかに潜って痙攣している指をよく揉みほぐした。それから再び泳ぎはじめた。

ようやく筏に辿り着き、白い発泡スチロールの浮きを足場にしてよじ登ると、ジーコは中央部の踏み板の上に仰向けに横たわり、顔を射る太陽の光に固く目を閉ざしている。

「どういうつもりだよ」その頭に非難の言葉を浴びせた。「彼女たちを置いて一人で沖へ出るなんて」

彼は目を閉じたまま、死んだように動かない。ぼくは近くに腰を下ろして海岸の方を見た。他の海水浴客に混じって、カヲルと早川さんが、胸のへんまで水に浸かり、ときどき波に身をまかせて泳いでいるのが見えた。

「このさい言っとくが、早川さんの面倒はきみが見ろよな」憤懣やるかたなく言った。「こんなところで男が二人、仲良く日光浴してどうするんだよ」

ジーコは「すべては神の御心のままに」といった風情で目を閉じている。ぼくの方も投げやりな気持ちになり、踏み板の上に大の字に横たわった。真っ青な空には雲一つなく、どこもかしこも夏の眩しい光で溢れている。目を閉じると、瞼の裏側が真っ赤だった。しばらくして近くに人の気配を感じた。目をあけると、至近距離にジーコの顔があった。

「重力の問題だな」彼はにこりともせずに言った。

「ああそうとも」取り合わないことにした。

「地球の重力は重すぎると思わないか」とジーコ。

「月へでも行って暮らすんだな」

「水のなかで気分がいいのは、重力を感じないからかもしれないな」

「水母はさぞかし気分がいいんでしょうね」

「水のなかで暮らせたら素敵だと思わないか」

ぼくは目をあけて、じっとジーコの顔を見つめた。そのまま十秒ほど視線を逸らさなかった。

「もっと地上の生活に目を向けろよ」親身な口調で言った。

「きみの言いたいことはわかる」彼はぼくの言葉を遮るように、「つまり女の子だろう？」

「どうしてわかった」

「一次関数だよ」

「どういうこと？」

「Xの値にたいしてYの値が一つだけ決まる」

「なんだか馬鹿にされてるみたいだな」

「馬鹿にしているんだよ」

「ありがとう」

「どうして礼なんか言うんだ」

「右の頬をぶたれたら、左の頬も差し出せ」

「聖書を冒瀆するな」

「敷衍したつもりだけど」

「イスラム教徒なら血を見ているとこだ」

　血を見ることこそなかったが、ぼくの親指は筏から帰る途中でも何度かぴくぴくするので、そのたびに水中に潜ってよく揉みほぐさなければならなかった。ジーコはというと、友だちが胃痙攣を起こしたタツノオトシゴみたいな恰好で指を揉みほぐしているあいだも、『鏡の国のアリス』でいたいけな牡蠣を貪り喰ってしまうセイウチのように、ぼくのまわりをぐるぐる泳ぎまわっていた。

　岸に辿り着くと、女の子たちはすでに海の家に引き上げて、昼御飯の支度をしているところだった。ぼくたちは急いでシャワーを浴び、さっそく昼食の席に臨んだ。弁当は彼女たちが分担して作ってきてくれていた。腹が減っていたので、黙々と弁当を食べた。ジーコも、まあ食べるには食べていたのだが、おむすびを食べている最中に、妖婦から「塩加減はどうかしら」とたずねられて、危うくご飯を咽喉に詰めそうになったり、彼女が素早く差し出した麦茶をこぼしてしまったり、一息ついたところで、タッパーウェアにずらりと並んだ卵焼きを目の前に突きつけられ、しばらく薄気味悪そうに眺めていたが、ここで挫けては男がすたるとばかり、あれほど嫌っていた卵焼きを三つほどつづけざまに賞味するはめになり、さらに「どう？　美味しい？」などと畳み掛けられて、目を白黒させていた彼のことであってみれば、おそらく弁当の味などわかったものではなく、「ごちそうさま」と掌を合わせたなり、海へ向かって突進し、汗まみれになった身体を冷たい海水に浸すまでは、ほとんど生きた心地すらしなかったのではないかと推測される。

帰りの船のなかで、ジーコはけっして早川さんのそばへ近寄ろうとしなかった。まるで背後霊のように、ぼくの後ろにくっついてまわるので、鬱陶しくてしょうがなかったが、あれだけの試練に耐えたことだから、この際大目に見てあげることにした。

「楽しかったかい」甲板の手摺にもたれてたずねた。

彼は「なんてことを聞くんだ」というような表情でぼくを見た。それから目を伏せて、今日一日の艱難辛苦をあらためて辿り直すようだった。

「女の子に負けるなんて情けないやつだな」とぼくは言った。

「あの子は苦手だ」ジーコはちょっと口を尖らせた。

あの子もこの子も、それに卵焼きも、みんな苦手なくせに、と思ったけれど口には出さなかった。それがまあ友情というものかしら、と日溜りのようなやさしさに浸りながら思った。

4　姉

夏休みの補習が終わるとジーコは田舎に帰ってしまい、カヲルとも毎日顔を合わせるわけにはいかなくなった。二人のあいだでは、電話は基本的に彼女の方からかけてくることになっていた。おかげで毎日が、カヲルからの電話を待っているだけのものとなった。ぼくは朝起きると自分でアイス・コーヒーを作って飲み、夜はニール・ヤングの『今宵その夜』を聴きながらアイス・クリームを食べた。そのあいだに数学の問題を解いたり、英語の単語カードを作ったりした。カヲルからの電話のなかった日には、一日がアイス・コーヒーとアイス・クリームのためだけに費やされたような気がした。一週間も電話が途絶えると、朝起きてコーヒーを作る気力さえ失せた。ぼくはついに意を決してこちらから電話をかけることにした。

「もしもし」

「小林ですが」

「あ、ぼく」

「あら」

「元気？」

「元気よ。いまどこ？」

「家さ。今日、学校で一緒に勉強しないか」

「勉強……あなたカヲルのお友だち？」

「へっ？」

「わたし、カヲルの姉です」

「あっ、どうも……」

「ちょっと待ってね」

カヲルを呼ぶ声があり、ややあって電話口で若い女の笑い合う声が聞こえ、ようやくカヲルが電話に出た。

「お姉ちゃんを口説いてどうするの」とカヲルは言った。

「そんなことしてないよ」

「一緒に勉強しないかって誘われたって」

「てっきりきみだと思ったから……」

「そんなに似てた？」

「だから間違えたんじゃないか」

「顔は全然似てないのよ」

「きみのお姉さんも人が悪いよ」

「お姉ちゃん、人が悪いって！」と言いつける声が聞こえ、それからカヲルは電話口に戻ってきた。「言いつけちゃった」

「よせよ、馬鹿だな」

「三十分ほどしたら学校へ行くわ」

校舎は三階建てで、ぼくたちの教室は二階だった。教室と廊下の窓を全部あけ、廊下に机を出して勉強すると、風が吹き抜けて涼しかった。市立図書館は建物が古く、とくに夏休みは人も多いので、よく学校へ勉強しに来た。そして友だちを見つけては、屋上でキャッチボールをしたり、近所の食堂へラーメンを食べに行ったりした。

その日、カヲルは律儀に白のブラウスに制服のスカートをはいて学校へやって来た。原則として、夏休みでも学校へ来るときには制服というきまりになっている。ぼくの方はパッチワークのついたジーンズに、チェックのシャツという出で立ちだった。髪は始業式の前日まで伸ばすつもりでいる。

「何からする？」カヲルは机の上に問題集やノートを出しながら言った。

「久しぶりに会ったんだから、少し話をしようよ」

「いいわよ」カヲルはぼくの方を向き直った。「それじゃあ話して」

「お姉さんて美人？」

「わたし帰る」

「冗談だよ」

「冗談ね」

「でも会ってみたいな」

「いつか会わせるわ」カヲルは素っ気ない。

「バストはどっちが大きいの？」

彼女は机の上に出した荷物を鞄に詰め込みはじめた。

「冗談だよ」ぼくはその手を押しとどめて、「久しぶりに会ったから嬉しくて、平常心を忘れてるんだよ」

「早く思い出してね、その平常心とやらを」カヲルはぼくの手を邪険に払い除けながら言った。

「わたしはそんなに気の長い方じゃないから」

しばらく英語の長文読解をやることにした。テキストの文章を二人で訳して検討し合うのである。しかしすぐに飽きて、テキストから顔を上げ、辞書を引きながら訳を進めているカヲルの横顔を眺めた。彼女もぼくの視線に気づいて顔を上げた。そして「なあに？」というように首をかしげた。

「お姉さんはぼくを誰だと思ったんだろう」

カヲルは大きな溜め息をついた。

「だって誰かと間違えているような話し方だったからさ」言い訳がましく申し添えた。

「自分の彼氏と思ったんじゃない」カヲルは面倒臭そうに言った。

「そういう人がいるの？」

「大学の人なんだって」

「声が似てたのかな」

「たぶんね」

「顔は全然似てないんだぜ」

「馬鹿ね」と言って、ようやく笑った。「お姉ちゃん、その人と結婚するつもりなの。夏休みに帰って父に話したの。相手の人は父に会いに来るって言ってるらしいんだけど、父は絶対会わないって」

「どうして？」

「学生なの、その人。大学院なんですって。そういう人と結婚の話はできないって言うの。父とすれば、学生の分際で結婚なんてとんでもないってことなんでしょう」カヲルは意外と突き放した言い方をした。

「お姉さんはいくつ？」

目が険しくなった。

「ただ単純にきみとの年齢差を知りたいだけだよ」

「二十一。わたしとの年齢差は四つってことになるわね」

「四年後には、ぼくのことを結婚相手としてお父さんに紹介してくれるかい？」

「父と結婚の話なんかするのはいやだわ」彼女の口調からは、あからさまな嫌悪というよりも、むしろ父親にたいする気後れのようなものが感じられた。

「お姉さんはいやじゃなかったのかな」

「意地悪ね」と彼女。

「いや、そういう意味じゃなくてさ」

「姉は強い人だから」

「きみは弱い人なの？」

「父にたいしてはね。どうしても消極的になってしまうの」

「どうしてだろう」

「姉が言うには、父の愛情が強すぎるんですって」

「きみにたいする？」

「そう。姉は、自分はあまり父に愛されていないと思ってるの。だからある程度父に逆らえるのよ。でもわたしは父に愛されているから、そのぶんだけ父の言いなりになってしまうの」

「愛することと所有することは違うと思うけどな」

「不器用な人なのかもしれないわね」彼女は浮かない顔でつづけた。「よく子供が小さな生き物を殺してしまうことがあるでしょう。あれは本当は残酷なんじゃなくて、不器用なんじゃないかと思うの。可愛いさ余って掌で握り潰しちゃったりとか」

「黙って握り潰されているのかい」

「助けてくれる？」

「助けるとも。さっきからその話をしているんじゃないか」

ぼくがそう言うと、カヲルはちょっと寂しそうに笑った。海に行ったときの名残りか、頬のあたりが少し赤く日焼けしている。顔に生えている産毛が、廊下の窓から射し込む太陽の光にうっすらと輝いた。

5 滝

夏休みも残り少なくなっていた。ぼくたちは平均して一週間に一度くらいの割合で会っていた。それもたいてい学校で一緒に勉強するという健全さだった。去年暮れの一件以来、二人の関係を自重していた。学校の帰りなど、あまり寄り道をしないようにし、日曜日に会ったときも、早めにカヲルを帰宅させるようにしていた。ぼくは父親の干渉を恐れていた。彼が再び外出禁止といった暴挙に出ることを恐れていた。ここで父親と衝突するのは得策ではない。それにぼくとしては、ちょっとばかり余裕もあったのだ。ジーコの言いぐさではないが、カヲルの処女を奪ってしまったことが、ぼくの気持ちを大きくしていた。父親がなんと言おうと、もう取り返しはつかないのである。

しかし「肉体関係」とはいっても、一度きりのことだった。そして時間が経つにつれて、あれは事故みたいなものだったという思いが強くなってきた。ぼくはもう一度冷静にカヲルとの交渉を持ちたいものだと思ったが、そういう機会に恵まれないまま半年以上が過ぎていた。夏休みこそは、という思いも虚しく、すでに八月は終わりに近づいていた。ぼくは焦った。この数ヵ月はキスさえしていない。そんな自分があまりにも不憫で、せめて夏休み最後の思い出にカヲルを口説き落として、ちょっとしたピクニックに出かけることにした。街の郊外にこぢんまりした渓谷がある。きれいな水の流れる川があり、滝があり、深い森があり、それらを巡る遊歩道が作られている。そこへ二人で出かけることにした。

朝の九時にバス停で待ち合わせた。ぼくは裾をつづめ過ぎたスリムのジーンズを履くのに手間取って、待ち合わせの時間に五分ほど遅れてしまった。慌てて自転車を飛ばして行くと、バス停のベンチでカヲルが待っていた。予定の便は一足違いで出ていた。三十分ほど待って、つぎのバスに乗った。車内ではほとんど話らしい話をしなかった。カヲルは外の景色をぼんやり眺めている。遅刻のことで怒っているのかもしれない。バスはしばらく街のなかを走って国道に出た。それから細い脇道に入り、田圃と畑のなかを走りつづけた。田圃では稲が実りかけている。畑は泥が乾いて白っぽく見えた。道路の横を川が流れていた。川は地面を深く抉り、前方にそそり立つ険しい山々のなかに分け入っていた。

一時間ほどで目的地に着いた。この先はもう車で行ける道はない。小さな広場に停車したバスは、客を降ろしたあと、何度もハンドルを切って車体をまわし、来た道を引き返していく。水の流れる音と、夥しい蟬の声があたりの空間を覆っていた。まさにフィル・スペクターの「音の壁」だ。広場のまわりの雑草は、車のたてる埃をかぶって真っ白だった。ぼくたちは広場を横切り、遊歩道の入口に向かって歩いていった。遊歩道は川の脇を縫いながら、杉や檜の木立のなかへつづいている。そこへ足を踏み入れると、まわりの空気が急にひんやりとした。道はぬかるんでいて滑りやすく、少し歩いただけで、粘土質の赤土が靴底の襞に入り込んで靴を重くした。カヲルがさげているバスケットを受け取った。彼女はそのなかにお弁当を入れて持ってきていた。ぼくは魔法瓶に得意のアイス・コーヒーを作ってきている。杉の木立がつづいていた。夏の太陽は梢のあいだから、赤らんだ小道に落ちた。小道には丸太が埋め込んである。木馬を転がして荷を運ぶためのものだった。荷といっても、伐り出した木はリフトに吊り下げて運ぶので、せいぜい弁当と作業道具くらいだろうが。

小学生のころ遠足で来ると、ときどき地下足袋をはき、腰に手拭いをぶら下げた男が、木馬を曳いてくるのと出会うことがあった。気さくに子供たちに声をかけてくることもあり、怖い目で睨みつけて無言で通り過ぎることもあった。そんなことを思い出しながら、ぼくは純真無垢な小学生の自分を懐かしんでいたわけではなく、小学校の遠足というのは一種のロケハンだったのだなと、いまさらながら思い当たっていた。つまり大きくなってから、女の子を連れて散歩したり、手を繋いだり、キスをしたりするためのポイントを求めて、小学生のぼくたちは健気に近所の野山をロケハンしていたのである。おかげでこのあたりの地理は、だいたい頭に入っている。あとはタイミングを見計らって、目当ての場所へ自然に足を向ける工夫をすればよかった。

「何か話して」とカヲルが言った。

ロケハンのことで頭がいっぱいだったぼくは、一瞬心のなかを読まれていたような気がして狼狽した。考えてみれば、山道に入ってから、ほとんど話らしい話をしていなかった。カヲルはそんな沈黙を心苦しく感じていたのだろう。

「ヘミングウェイの『誰がために鐘は鳴る』って読んだ?」ぼくは後ろめたい気持ちを押し隠すようにたずねた。

彼女は首を横に振った。

「夏休みに暇だったから読んでみたんだ。全体的にあまり面白いとは思わなかったけど、一つだけ興味深いところがあった」

「どんなところ?」

「作品のなかで、主人公とヒロインが寝袋のなかで愛し合う場面がある。一つの寝袋のなかに男と女が入って、それでセックスするんだけど、よくあんな狭いところでできるよなって感心した。外国人て器用なのかな」

それにかんして彼女は何も言わず、ただ一言「黙って歩かない？」とだけ言った。ぼくたちは黙って歩いた。坂を登り、下り、川原に降り、再び木立のなかに入った。川原の巨大な石と石のあいだには釣り橋が渡してあり、鎖の手摺をたぐりながら、ゆさゆさ揺れる橋を歩いていく。そこを渡ると正面に滝が見えた。水は銭湯の煙突くらいの高さから垂直に落下して、細かい飛沫は周囲の石や草木をずぶぬれにしていた。水の落ちているところは、直径十メートルほどのまるい池になっており、池のなかでは四、五人の子供たちが泳いでいた。滝壺のあたりの水は深い紺色だった。彼女を抱き寄せてキスをする背景としては申し分なかったが、いかんせん子供たちがいた。キスをするときに、子供は絶対禁物である。もしキスをしているアベックを見つけでもしようものなら、彼らははじめて黒船を見た浦賀の漁民のように、指をさして囃し立てるのである。

「太宰治の『魚服記』って読んだことある？」今度はカヲルがたずねた。

「いや、ないと思う。どんな話？」

「山のなかで炭焼きをしてる父と娘の話」彼女は作品の要約をはじめた。「父親は自分の焼いた炭を麓の村へ売りにいって生計を立ててるの。そのあいだ娘は茶店をひらいて、山へ登ってくる人たちにラムネや駄菓子を売ったり、茸を採ったりしているんだけど、あるときそんな生活が嫌になって、娘は滝壺に飛び込むの。言い忘れたけど、二人が暮らしてる小屋の近くには、ちょうどこんなふうな滝があるのね。そこへ飛び込んじゃうわけ。すると娘の身体はいつのまにか小さな鮒になってて、娘はこれでもう小屋に帰らなくてもいいんだなって、そのまま滝壺のなかへ呑み込まれてしまう……そういう話。たしか『晩年』という作品集のなかに収められていたと思う」

「さっそく読んでみるよ」とぼくは言った。「きみも『誰がために鐘は鳴る』を読んでみればば？」

「寝袋の話ね」

「まあね」

「気が向いたら読んでみる」

ぼくたちは滝の横に作られた急な石段を登って、さらに上流へ歩いていった。滝の上では、水の流れはゆるやかで、川原は畳くらいの大きさの平べったい石で覆われている。そろそろ昼なので、そこで弁当を食べることにした。カヲルの持ってきたバスケットの中身はオープンサンドだった。ロールパンのあいだにハムや卵やレタスやトマトが挟んである。ぼくは魔法瓶のなかのアイス・コーヒーをコップに注いで勧めた。

「もうすぐ夏休みも終わりね」と彼女は言った。

「夏は去りゆく、ぼくたちは歳をとっていく」

「早く歳をとりたいわ」

「どうして?」

「なんとなく好きじゃないの、わたしたちくらいの年齢って」

「何歳くらいならいいのかな?」

「そうね」彼女はちょっと思案して、「七十歳くらい」

「七十歳!」

「早くお婆さんになりたい」

「早いか遅いかは別として、ぼくたちが七十歳になるには、あと五十三年くらいかかると思うよ」

しばらく言葉が途切れた。ぼくはカップのなかのアイス・コーヒーを飲んだ。彼女もつられて口をつけた。そして「美味しい」と言った。

「キスしてもいい?」

「ここで?」

当惑か嫌悪を予想した。しかし予想に反して、彼女は冷静に状況を分析するという傾きで、素早くあたりに目をやった。姿こそ見えなかったが、近くには人の気配があった。

「まあ、いいや」ぼくは彼女の反応に満足して言った。「とにかくサンドイッチを食べよう」

カヲルは「うん」と頷いて、一切れつまみ上げた。口に持っていきかけた手を膝の上におろして、そこで動きが止まってしまった。彼女はぼんやりした眼差しで、自分の作ったサンドイッチを見るともなく眺めている。

「どうしたの」ぼくは口のなかにサンドイッチを押し込みながらたずねた。

「早く家を出て一緒に暮らしたいわ」ひとりごとみたいに呟いた。

「ぼくの方はいつだっていいよ」

「そんなに簡単なことかしら」

「とりあえず寝袋さえあれば、なんとかなる」

「ときどき心配になるの」

「何が?」

「あなたのそういう性格……」

「とにかくサンドイッチを食べろよ」

カヲルはようやく手に持っていたサンドイッチを口にした。まるで異物を無理に口のなかへ押し込んでいるような、自虐的な食べ方に見えた。何を食べているのかもわからないような虚ろな表情で、機械的に口を動かしていたが、半分ほど齧ったところで再び動きが止まり、翳りのある目でぼくを見た。思わず身構えた。

「スキン、持ってる?」質問の唐突さを唐突と感じさせないような、あっさりした口調でたずねた。

「いま、ここに?」しどろもどろにたずね返す。

彼女は無言で頷いた。

「持ってないよ。そんな下心があって誘ったわけじゃないから」ぼくは毅然として、だがなぜか早口で言った。「なんなら麓まで走っていって買ってこようか」

カヲルは目で笑いながら首を横に振った。

「どうしてそんなことを聞くの」強い焦燥感にかられてたずねた。

「わからなかったの。自分が何を求められているのか」

「何って……えっ？」

「ごめんなさい」彼女は目を伏せた。

「ぼくをなんだと思ってるんだ」

「それを聞いて安心した」

安心されても困るのだ。

「本当に、麓までいって買ってきてもいいんだぜ」

「もういいの」彼女はにべもない。

「本当に？」

「ええ」

ぼくたちは荷物を持って、再び歩きはじめた。何時ごろなのだろう。深い谷間の林のなかでは、光の加減によって時刻を知るのは難しい。しばらく山道を歩いているうちに、カヲルが不意に呼び止めた。ぼくは二、三歩歩みかけて、後ろを振り向いた。数秒のあいだ目と目で見つめ合った。

「キスして」と彼女は言った。

カヲルは視線を足元に落としている。こちらから行動を起こさないかぎり、いつまでもそうしているように見えた。ぼくは少し引き返して、彼女が手に持っているバスケットを下に置いた。そして肩を包み込むようにして抱き寄せ、唇を合わせた。長いあいだそうしていた。冷たいものが唇に触るので、目をあけるとカヲルは泣いていた。唇を離そうとすると、彼女の方から押しつけてきた。泣き顔を見られたくないからキスをしているというような感じだった。やがて彼女は唇を離した。間を置かずに嗚咽が洩れた。その声を誰にも聞かせてはならないような気がして、彼女を強く抱き寄せた。カヲルはますます声を上げて泣いた。これまで堪えていたものが、一度に堰を切って流れ出してくるような泣き方だった。ぼくは途方に暮れ、ただ彼女の背中をさすりながら話しかけることもできずにいた。初老の夫婦とおぼしき男女が脇を通り抜けていった。女の方は咎めるような目でぼくを見た。男はできるだけ無関心を装おうとしていた。カヲルは人目も憚らずに泣きつづけた。

6　夏は去りゆく

　夏休みの終わりにジーコは下宿を移ることになった。大家さんのご主人が亡くなったので、夫人は家を処分して娘のところへ行くことになり、ジーコの気儘な一人暮らしにも終止符が打たれることになった。引っ越しの日、ぼくはカヲルと一緒に手伝いに行った。早川さんも来ていた。たぶんカヲルが気をきかせて連絡したのだろう。手伝いといっても、内実はほとんど部屋の掃除みたいなもので、ぼくの分担は散らかり放題に散らかったゴミの処分だった。大地震か洪水のあと、はたまたイナゴの襲来を思わせるジーコの部屋を眺めながら、夏休みに読んだパブロ・ピカソにかんする本のことを思い出していた。その本のなかで著者は、ピカソのアトリエの猥雑さを指摘していた。無秩序こそピカソ独自の秩序であり、また創造への大きなエネルギー源なのだと。一見すると、ジーコの部屋はピカソのアトリエに似ていたかもしれない。しかしそこにはどんな意匠もなく、したがって無秩序はどんな創造的行為とも結びついていなかった。

「前もって荷作りぐらいしとけよ」

「急に決まったんだ」布団をまるめてロープでふん縛りながら、ジーコは言った。「とにかくそこらのものはみんな捨てちゃってくれ」

「こんなことをしてるから、資源が減ってゴミが増えるんだ」ぼくはポリ袋のなかにがらくたを詰め込みながら言った。

「熱力学の第二法則によると、宇宙全体のエントロピーは絶えず増大の一途をたどっているそうだ」ジーコは勿体ぶって言った。「だからこんなちっぽけな空間におけるエントロピーの増大を気に病む必要はないのだよ」

「整理整頓、ぼくが言いたいのはそれだけさ。宇宙法則のことじゃない、日常のささやかな心がけのことを話しているんだ」

「そもそも人間はなぜ整理整頓を心がけるのか」ジーコはぼくの言葉にはこれっぽちも耳を貸さず、ロープで縛った布団の山に腰を下ろすと、山上の説教を垂れるイエスのように喋りはじめた。「それはわれわれが、死に向かって雪崩込んでいく時間の流れを、わずかながらもせき止めたいと思うからだ。整理整頓とは、現在を永遠にこのまま凍結しておきたいという姑息な欲望の現れなんだ。つまり未知なる未来への恐れと拒否だ。でも生きることとは、絶えず現在を喰い潰していくことにほかならない。その結果、部屋は散らかる。生命活動とは、秩序を混沌へ加工していくことだからね。たとえばここに、きみの彼女がくれたクッキーがある」彼はカヲルが自分で焼いて持ってきたクッキーの袋を手に取った。「こいつはまさに秩序だ。でもわれわれは、生きるために喰わなければならない。するとどうなるか？」彼はクッキーを口に放り込んで慌ただしく嚙み砕き、しかるのちに吞み込んだ。そして「糞だ」と言った。「つまり混沌だ。おわかりかな？　万事がこれ、この通りなのだよ。われわれは秩序を混沌へと加工しながら生きている。それはつまらない公衆道徳を超えた真理なのだ。その結果、部屋は散らかる。言いかえれば、部屋が散らかるのは、おれが不精だからでも、人格的に欠陥があるからでもない。まさに生きていることの証なのだよ」

　さてさて、部屋の隅には、一人の自意識過剰な男が生きていることの証であるがらくたが、うんざりするように山をなしていた。ありとあらゆるものがそこにはあった。ジュースやコーヒーの空き缶、カップヌードルの容器、紙屑や着古した服、高級や低級な雑誌類……。『ＧＯＲＯ』のグラビアをめくって、篠山紀信の激写シリーズを眺めていると、

「そんなもの見てないで働けよ」ジーコはすかさず言った。

　カヲルと早川さんは、隣の「書斎」で夥しい数の本を段ボール箱に詰め込んでいた。一方、ぼくはといえば、「初公開！　衝撃のヌード」や「青い性の少女たち」に未練を残しながらも、これらの雑誌をうずたかく積み上げて、「煩悩よ、さらば！」とばかり紐を掛けていく。つまりそこには、ジーコなりの周到な計画があったわけなのだ。彼はカヲルと早川さんに蔵書の箱詰めをお願いする。彼女たちは作業の過程で一冊一冊の本を手に取りながら、福永武彦全集とかリルケ詩集とかいった表紙を目にすることになる。そして「ジーコさんて難しい本を読んでるのね」となる寸法だった。

昼になると、近くの食堂から冷麦の出前をとってくれた。ようやく片づいた二階の部屋で、みんな揃って食べた。食事を終えたころに、運送屋の夫婦が軽トラックを運転してやって来た。ぼくたちは二階の荷物を下におろして軽トラックに積み込んだ。こんな小さなトラックでは、とても一度には運べないと思われるくらいの荷物があったにもかかわらず、運送屋の主人の指示に従って積み込んでいくと、前もって測っていたかのように、ぴったり荷台に収まった。そのままジーコは運送屋の夫婦と一緒に、軽トラックに乗って新しい下宿に向かった。ぼくとカヲルは、電車に乗って帰る早川さんを駅まで送ったあと、下宿近くのバス停まで引き返してきた。まだ少し時間があったので、もう一度下宿に行ってみることにした。これで見納めだという暗黙の了解があって、二人とも少し感傷的な気分になっていた。

「この家、どうなるのかしら」カヲルは玄関の前に立ち、主を失った古い木造の建物を見上げて言った。

「取り壊してアパートか何かになるらしいよ」

狭い路地を赤トンボが群れをなして飛びまわっていた。荷物を乗せた軽トラックと一緒に、ジーコが夏をみんな持っていってしまったみたいだった。まだ八月の末だというのに、空はもうすっかり秋の気配だ。

「そろそろ行こうか」ぼくは声をかけた。

「うん」と言いながら、カヲルはまだその場を立ち去りかねている。

「どうした？」

彼女は小さく首を振った。何か言いたいことがあるのだろうと思い、気長に待つことにした。

やがて彼女は消え入りそうな声で、「この下宿、忘れない」と言った。目が合うと、下を向いて心なしか顔を赤らめた。

第三章　1976年・冬

1　コラール

十二月も押し迫ってから、いくつかの大学のオープン・テストがあった。それぞれの大学の志望者が全国一斉に模擬試験を受けて、その結果で合格率を判定する。試験は県下で一箇所だけ、県庁所在地であるM市の私立高校で行われることになっていた。出題傾向はもちろん、試験開始の時間から試験科目の順序まで、本番そのままという凝った試験だった。試験は二日間なので、前日の午後にM市のホテルに投宿し、夕方、市電に乗って試験会場まで行ってみた。雲が低く垂れた寒い日だった。高校は街の郊外の、かなり辺鄙な場所にあった。山を切り開いて造成した土地に広い芝生のグラウンドがあり、プロテクターを着けたラグビー部の部員たちが、練習着を泥だらけにしてスクラムやパスの練習をしていた。グラウンドの向こうの丘に、真新しい校舎が見えた。校舎の後ろは赤土が剝き出しの小高い山で、まわりにも荒涼とした丘がひろがっている。人家はおろか、学生相手の飲食店さえ近くにはなかった。

陰鬱な風景のなかで、ぼくはカヲルのことを考えていた。試験の二日目には、彼女もこの街へやって来ることになっていた。M市にある国立大学を受験するため、その下見という名目だった。日程を調整して、明後日の午後に半日だけデートできる時間をつくった。さすがに入試が近づいてくると、ゆっくり会っているだけの精神的な余裕がなくなった。ぼくの志望校は学力的にかなり無理があった。このテストの結果次第ではランクを下げなければならないだろう。カヲルの方は安全圏に入っていた。進学指導の先生は、もう少し上の大学を受験するように勧めたが、彼女は無理をしなかった。娘を地元に置いておきたいという、父親の意向もあったかもしれない。

下見を済ませたあと、街で食事をしてホテルに帰ると、あとはもうすることがない。ホテルは父の名前で申し込んだ共済の施設で、サービスは悪いが、温泉の出る広々とした浴槽がある。他に客がいないのをいいことに、浴槽の端から端まで三往復ぐらい泳いだ。丹念に髪と身体を洗い、廊下の自動販売機で缶ビールを一本買った。それを飲んでしまうと、いよいよすることがなくなった。明日の試験に備えて勉強でもすればよさそうなものだが、最初から二泊三日の息抜きと心に決めて、テキスト一冊持ってきてはいなかった。仕方がないので、部屋のテレビにコインを投入してスイッチを入れた。チャンネルをまわすと、ベートーヴェンの『第九』をやっていた。まだはじまったばかりらしく、混沌とした第一楽章の最中だった。それほど興味のある音楽ではないし、演奏もなんとなくかったるい感じだったが、他に面白そうな番組もなかったのでチャンネルをそのままにしておいた。『第九』というと、ぼくは反射的にリンゴ・スターのジョークを思い出す。たしかビートルズ時代のインタビューだった。インタビューアーがたずねる。「ベートーヴェンはお好きですか？」彼が答える。「いいですねえ、とくに歌詞が……」愛すべきリンゴ。

第一楽章が終わり、激烈なティンパニの一打ちとともに第二楽章がはじまった。木管群が行進曲のような音楽を強奏するあたりからにわかに演奏が白熱してきて、思わず引き込まれた。ティンパニの出番になるたびに、指揮者が左手で指示を送る。それに答えて、奏者は二個のティンパニを強打する。弦楽器の人たちは身を乗り出して必死に譜面を追っている。怒濤の第二楽章が終わると、世にも美しいアダージョがはじまった。ここまでくると、音楽は自然と身体のなかに染み込んできて、強ばった筋肉を一つ一つ丹念にほぐしてくれる。ぼくはソファに深く身を沈め、目を閉じて音楽に聴き浸った。身体中の小さな筋肉が、音に共鳴して細かく震えているのがわかった。とくに終止部の冒頭でトランペットがファンファーレのような旋律を吹き、その背後から悲痛な美しさを湛えたヴァイオリンが現れるところでは、いたたまれないような胸の痛みをおぼえた。そして第四楽章がはじまった。

友よ
この音ではない
もっと快い
もっと歓喜に溢れたものを

ジーコによると、ベートーヴェンは空の重さを一人で支えているアトラスなのだそうだ。人間は賢くなるにつれて青空を信じることができなくなった。ベートーヴェンがやったことは、こうした人類の不信を一人で全部引き受け、そのかわりに「よっこらしょ」と空を持ち上げてみせるという、言ってみればそういうことらしい。彼は生涯にわたって「音楽に何ができるか」という問題を考えつづけた。その答えが、第一楽章から第三楽章である。これらの楽章において、ベートーヴェンは音楽にできることをすべてやり尽くした。言いかえれば、この世でできることをすべてやってしまった。そこで彼は再び自問する。音楽に何ができるか？　何もできはしない。しかしできることをやり尽くした彼は、何もできないという事実を引き受けることができる。その事実の重さと引き換えに、この世に存在しない音を信じることができる。だから彼はすべての人類に向かって、「ここへやって来て歓喜の声をあげたまえ」と呼びかける。なぜなら青空は再び信じるに足るものになったのだから。以上、ジーコの持論の受け売りでした。

さて、ぼくたちの頭の上に広がっている青空はどうだろう。ぼくとカヲルの上に広がっている青空を、いつまでも信じつづけることができるだろうか。それともいつか、信じることができなくなるのだろうか。そのときベートーヴェンのような人間が現れて、「よっこらしょ」と空を持ち上げてくれるだろうか。ぼくは、ぼく自身にとって、ベートーヴェンたりうるだろうか？


試験の一日目は英語と国語と数学だった。英語と国語はまあまあだったが、数学でつまずいた。傷心の思いで試験会場を後にし、帰りに繁華街のレストランで夕食を済ました。それから喫茶店に入ってコーヒーを注文し、店からカヲルに電話をかけた。

「もしもし」

「ぼくだけど」

「試験、どうだった？」

「数学で失敗した」

「くよくよしないの。模擬テストなんだから」

「It ain't no use to sit and wonder why, babe.」

「いまの、なに？」

「ボブ・ディランの『くよくよするなよ』」

「そうそう、その調子」

「明日は十二時に県庁の前だったね」

「その前に、試験がんばってね」

しかし二日目の物理でも失敗した。暗い気持ちで県庁前に行くと、すでに大学の下見を済ませたカヲルが待っていた。

「試験はどうだった」彼女はぼくの顔を見るなりたずねた。

「全然」とぼく。

「模擬テストなんだから」昨日と同じことを言った。

「志望校のランクを落とすことになるかもしれない」

「それならそれでいいじゃない」

カヲルにそう言われると、本当に「それならそれでいいじゃない」という気がしてきた。要は彼女と結婚して、幸福な家庭を築けばいいのだ。

「どこへ行こうか」

「動物園」とカヲルは言った。

「動物園?」ぼくは思わずたずね返した。「このくそ寒い日に?」

「そう、このくそ寒い日に」

2　冬の動物園

もう何日も太陽を見ていなかった。雪こそ降らないが、空には灰色の雲が低く垂れこめていた。雪が降らないので、かえって気温は低いのかもしれない。日曜日ではあったが、こんな天気の午後に動物園にやって来る物好きはいない。当然のことながら園内は閑散としていた。ほとんどの大型動物は飼育舎のなかに入り込んでしまい、爬虫類は冬眠していた。元気なのは白熊とペンギンくらいで、ロバなんかかわいそうに鼻水を垂らしている。こういう日は、いっそ閉園にすべきではないだろうか。

「餌をあげてもいいかしら」

「こう寒くちゃ飼育係も見回りに来ないだろう」

カヲルは檻の外に落ちているニンジンを拾って、ロバの方へ差し出した。ロバは鼻水を垂らしながらニンジンを食べた。ぼくたちは動いている動物を見ようと、園のなかを歩きまわった。しかしこんな日に動物園のなかで動きまわっているのは、動いている動物を見ようという人間くらいのものではないだろうか。さんざん歩きまわって、ようやく二頭のインド象が、長い鼻をゆらゆらさせて散歩している現場に行き合わせた。彼らもきっと寒くてたまらないのだろう。

それで無意味に柵のなかを歩きまわって身体を暖めているのだろう。象の檻の前のベンチに腰掛けて少し休むことにした。近くの自動販売機から紙コップに入ったコーヒーを買ってきて、それを啜りながら象たちを眺めた。

「はじめて動物園に来たとき、なんとなくがっかりしなかった？」ふと子供のころのことを思い出して言った。「どの動物も寝てばかりいるだろう。死んでるんじゃないかと思ってよく見ると、腹がかすかに動いていたりとかさ。なんだか期待をはぐらかされたような気がしたよ。そんなことなかった？」

「わたしはけっこう満足してたみたい」カヲルは言った。「動かなくて寝てばかりいても、とにかく動物たちを見ているだけで幸せだったの」

「ディズニー映画の影響だと思うんだ。子供のころにさんざん観たからね。おかげで象といえば『ダンボ』に出てくるサーカスの象だし、虎は『熊のプーさん』のティガーっていう、そういうイメージが出来上がってしまったんだな。動物園の動物もああいうふうに動いてくれないと、なんだか本物じゃないような気がするんだよ」

「女の子は大丈夫なの」カヲルは目を細めてたずねた。

「何が？」

「本物じゃないような気がしない？」

ぼくはベンチに坐ったまま、黙ってカヲルの身体を抱き寄せた。

「だからときどきこうして触ってみる必要がある」

唇を合わせようとすると、彼女は顔をそむけるようにして身体を離した。そして紙コップを唇にあてたまま象たちの方を見た。しかし本当に象を見ていたのかどうかわからない。彼女は何かとても抽象的なことを考えているような表情で、ぼんやりとした眼差しを檻の方へ投げていた。

「動物に生まれてくればよかったって思うことない？」しばらくしてカヲルはたずねた。

「ないね」即座に答えた。「きみはあるの？」

「いまでもときどき思う。象やライオンはちょっと困るけど、小鳥や栗鼠だったら生まれ変わってもいいいな」

「ぼくはやっぱり人間がいいよ。何度生まれ変わるにしても、人間に生まれ変わって、きみの恋人になれたらいい」

カヲルはぼくの言葉になんの反応も示さなかった。ただ先ほどまでと同じように、掌で紙コップを包むようにして持ち、コーヒーの湯気を鼻のあたりにまとわりつかせているばかりだった。顔の色は真っ白で、唇の色だけが異様に赤い。

「少し歩かない？」やがてカヲルは言った。

カバは水に浸かったまま眠っているようだった。あれでよく溺れないものだ。子供のころ来たとき、ちょうど飼育係の人がカバに餌をやるところに出くわした。カバが大きな口を開くと、なかは虫歯だらけだった。そして口からはとんでもない悪臭が漂ってきた。一緒に見ていた妹が、「エチケットしなさい」と歯磨きのコマーシャルを真似て言った。何年か前には、入園者の落としたお菓子を袋ごとキリンが食べ、ビニールが咽喉だか胃袋だかに詰まって、そのキリンは死んでしまったというニュースをテレビで見たことがある。動物でいるのも楽じゃない。

閑散とした動物園のなかでも、とりわけ人気の少ないと思われる方へ道を選んで歩いていった。近くにはサル山とか鳥類園といった標示が出ていた。子供の遊び場にはジャングル・ジムやシーソーやブランコがあり、このあたりに来ると、動物園というよりもさびれてしまった遊園地という感じがする。孔雀の檻のなかでは、雄の孔雀が羽を広げようかどうしようか迷っていた。ぼくはカヲルの手を取って滑り台の蔭へ引っ張り込み、素早くキスをした。

「心配しなくても、わたしは本物よ」

「そんなことわかってるよ」

「どうしたの？」

「なんでもない」抱き締めている腕に力を込めた。

「歩きましょう」と彼女は言った。

「さっきから歩いてばかりいるじゃないか」

「じゃあ坐りましょう」

ぼくはようやく腕をほどいてカヲルを自由にした。それからサル山の前に置いてあるベンチに腰を下ろした。円く掘られた穴のなかにセメントの山が作られ、山のてっぺんがちょうどぼくたちの目の高さだった。穴のまわりはコンクリートのフェンスで覆ってあり、坐ると山の上の方にいるサルしか見えない。山の斜面に穿たれた穴の一つでは、母ザルが子ザルに乳をやっていた。母ザルの乳首は赤く、噛み終わったチューインガムみたいにだらしなく垂れ下がっていた。その近くでは若いサルが、他のサルたちを気にしながら蜜柑の皮を剥いている。ときどき奇声とともに猛烈な勢いで山の斜面を駆け上がってくるサルがいる。別の二匹が、一つの食べ物をめぐって山を駆けまわっていた。

「大学を卒業したら結婚するって約束してくれる？」

　彼女は少し躊躇って、「なんだか早急ね」と言った。

「早く家を出たいって言ってたじゃないか」

「そうだけど……どうしてそんなに早く結婚したいの？」

「いつも一緒にいたいからさ」

「そのために結婚するの？」

「違うのかい」ぼくはカヲルの目を覗き込んだ。

「わからない」そう言って、彼女は視線を遠くへ逃した。

　コンクリートのフェンスの向こうには灰色の毛のサルたちがいた。この冬空の下、彼らは異常なほど活動的だった。

「みんな自然にやっていることが、とても難しく思えるの」彼女はひとりごとみたいに呟いた。

「なんでも考え過ぎるとうまくいかないもんだよ」

「そうね」爪先で足元の砂を掻きながら頷いた。

再び抱き寄せると、彼女はぼくの腕のなかでじっとしている。世界は地の底から冷えきって、物音ひとつしなかった。薄汚れた山の周囲を意味もなく動きまわるサルたちが、なんだか不吉な生き物に思えた。

3　十八歳のニヒリスト

ジーコは受験勉強のあいまに、『ニーベルングの指輪』を全曲聴き通すといった余裕を見せていた。いくら私立文系一本にしぼり、英語と国語と社会だけ勉強すればいいとはいっても、年が明けてのこの余裕はいささか不可解だった。ぼくなどは年末のオープン・テストの結果が五段階評価のEランクで、「現状では合格の可能性はほとんどありません」というただし書きまで付いていて、クラス担任から、一浪覚悟で志望校を受けるか、安全策をとってランクを落とすか、苦渋の選択を迫られているところだった。

一月も終わりに近づいたある日、ジーコはひょっこりぼくの家に遊びにきた。二人とも話らしい話もせずに、ザ・バンドの『南十字星』を終わりまで聴いた。もう何十回聴いたかわからない。このレコードは最高だった。とくに「禁断の木の実」から「アケイディアの流木」までのA面が素晴らしい。それぞれの曲の完成度といい、四曲並べたときの流れといい、すべてが完璧だった。B面はちょっと弱いが、それも「同じことさ」という超名曲によって帳消しとなる。むしろこの曲の良さを際立たせるために、わざとB面に弱い曲を集めたのではないか。うーむ、おそるべし、ロビー・ロバートソン。

「アケイディアの流木」を聴いているとき、歌詞カードを見ていたジーコが、これはアケイディア割譲のことをうたったものだと言った。スペイン継承戦争で破れたフランスは、ユトレヒト条約によって、アメリカの植民地の一部をイギリスに割譲する。そのなかにアケイディアが含まれていた。ジーコによるとザ・バンドのこの曲は、アケイディアの地を追われて流浪するフランス人の話なのだそうだ。いやはや、英語と世界史では彼にかなわない。腹が減ったので外へ出て何か食べることにした。

「関西の私立はもうそろそろ試験がはじまるんじゃないのか」行きつけの喫茶店で、血のように真っ赤なスパゲティ・ナポリタンを食べながら、ぼくはたずねた。

「一月の下旬には出発する予定だ」彼は呑気そうに言った。「関西でまず三戦、そのあと北上して東京で四戦、まあ一ヵ月におよぶ死のロードってとこだな」

「勝算はどうなんだ」

「通るときは全部通るだろう。落ちるときは全部落ちる」

「どういうこと？」

「中途半端は嫌いってことさ」

「真面目に心配してんだぜ」

「だから真面目に答えてんのよ」

しばらく言葉が途切れた。そのあいだにぼくたちはスパゲティを食べ終え、ジーコが給仕を呼んでコーヒーを注文した。

「今日はおれが奢るよ」と彼は言った。

コーヒーを待っているあいだに、ジーコはコートのポケットからセブンスターを取り出して火をつけた。指に挟んだ煙草をしげしげと眺めているので、ぼくはまた「星が七つで単数形、これいかに？」みたいなことを言うのではないかと期待していたが、そうではなかった。

「きみは大学へ行ってどうするつもりだ」彼はいたって真面目にたずねた。

「行ってみないとわからないよ」

「いまよりもいいことがあると思うかい」

「それも行ってみなきゃわからない」

「きみは大学へ行って何かを得るつもりかもしれないが、それによって失われるものだってあるんだぞ」

ぼくはティッシュ・ペーパーを出して洟をかんだ。どうかしていると思った。そういうのは大学に受かってから考えるべきことではないだろうか。仮にジーコの言うとおりだとしても、人は成長していくものだ。途中で立ち止まることや、引き返すことはできない。そして成長するということは、何かを失うかわりに何かを得るということだ。たとえば四歳か五歳くらいの子供の描いた絵のなかには、ほとんど天才的と思えるようなものがある。一本一本の線の伸びやかさ、自在さ、生命感が天才的なのだ。ジョアン・ミロだってこんなふうには描けないだろうと、思わず嘆息してしまう。しかし彼らはあと一年か二年のうちに、そうした天才的な線を失ってしまう。かわりに文字を習得しはじめる。それは仕方のないことだ。それが成長するということだから。

やがてコーヒーが運ばれてきた。これまでに何度となく、二人で飲んだコーヒーだった。もう当分一緒に飲むこともないのだと思うと、ちょっと感傷的な気分になった。

「大学へ行って何をするかなんて、そんなことわからないよ」とぼくは言った。「まだ学部だって決まっていないんだから。理系の学部は一通り受けてみるつもりなんだ。でもほんと言うと、学部なんてどこだっていいんだ。大学へ行くのが目的じゃないから。ぼくには結婚という大きな目標があって、大学はそのための一つのプロセスに過ぎない」

「そんなものを大きな目標にしていいのだろうか」ジーコは懐疑的に言った。

「いいんじゃないの」とぼく。

「不安にならないのか？」

「全然」

テーブル越しに三秒ほど睨み合った。

「このあいだアポロで月へ行った宇宙飛行士がテレビに出ていた」ジーコは話題を変えて言った。「彼は子供のころから、月へ行くことばかり考えてきた。それだけが唯一の目標だったんだな。目標を達成するために勉強もしたし身体も鍛えた。辛い訓練にも耐えた。そして月へ行ってきた。子供のころからの夢が叶った。しかも三十歳そこそこでだよ。彼はこのあと何をすればいいのだろう。どんなことをしたって、月へ行く以上のことはできっこない。つまり彼の人生のピークは三十歳でやって来てしまい、あとはなだらかな余生に過ぎない。甲子園で人生のピークを迎えてしまう高校生みたいにさ」

「そんなふうに言い切ることは傲慢だと思うね」とぼくは言った。

「まあ彼らのことはどうでもいいさ」とジーコ。「問題はきみだよ。思うにきみは、彼女との結婚に人生の力点を置き過ぎている。いまのきみの存在は、彼女と結婚することのためだけに捧げ尽くされてる。この最大にして唯一の目標がなくなったとき、はたして自分はどうなるんだろうって、そういう不安は脳裏をかすめないのだろうか。おそらくかすめないのだろう。だからおれが代わって心配してやらなきゃならない。いったい彼女と結婚したあと何をするつもりなんだ？　予定通りに事が進めば、きみは二十代で生涯の夢を実現してしまうことになるんだぞ。恐ろしいことじゃないか」

「恐ろしいことじゃないんだな、これが」ぼくはコーヒーに砂糖とミルクを入れて掻きまわしながら言った。「彼女と結婚する。そしてずっと一緒に暮らす。一緒に飯を喰って、一緒に音楽を聴いて、一緒に風呂に入って、一緒に寝るんだ。これぞ人生の至福だよ。これ以上の幸福はちょっと思いつけない」

「立派だね」彼は投げやりに言った。

「どうしてそんなに他人のことが気になるんだい？　きみももう十八だろう。十八といえば大人の入口だ。少しは自分のことを考えろよ」

「ありがとう」ジーコは笑いながら言った。

「本気で心配しているんだぞ」

ジーコは親指と人指し指でカップの把手をつまみ、いかにも気障な感じでコーヒーを啜った。

「じつを言うと、おれはきみを尊敬しているんだ」

「尊敬なんかしてもらわなくても結構だよ」

「もちろん尊敬なんかしてないさ。尊敬するってことは、相手を馬鹿にすることだからね。誰かに尊敬されるようになっちゃあおしまいだよ」

「普通の人にもわかる言葉を喋ってくれないか」

「世界でいちばん好きな人と一緒になることはできない、つまりそういうことだよ」彼はコーヒー・カップを皿に戻しながら、もっとわかりにくいことを言った。

「そんなこと、誰が決めたんだ？」

「そういうことになっているんだ。誰も自分のいちばん好きな人とは一緒になれない」

「嘘だな」とぼくは言った。

「本当さ。きみが一緒に暮らすことになるのは、世界で二番目か三番目に好きな人だ」

「いいや、ぼくはちゃんと彼女と結婚するのさ」

「そうかもしれない。でもそのときは、彼女が二番目か三番目になっているんだ」

「嘘だな」

「本当だとも。あるいはきみは、いまの彼女以外の女の人を愛するようになるかもしれない。きみはその人と結婚するかもしれない。そのときは、きみと一緒にいる人は二番目ってことになる」

「どういう根拠があって、そういう人の夢に水を差すようなことを言うのかな」ぼくは忍耐強くたずねた。

ジーコはコーヒーを啜り、それから勿体ぶって「ゴホッ」と一つ咳払いをした。

「なぜ世界中の夫婦は子供をつくるのか。きみはその理由を考えてみたことがあるかい」

「そんな疑問を抱いたことすらないよ」

「抱くべきだ」それから確信に満ちた口ぶりで、「理由は簡単さ」と言った。「つまり一緒に暮らしている相手が、じつは自分のいちばん好きな人ではないからだ。考えてもみろよ。いちばん好きな人と一緒に暮らしているのなら、どうして子供なんかつくる必要がある？　いちばん好きな人とのあいだに、たとえ自分たちの子供であっても、別の人間が割り込んでくる余地はないはずじゃないか。二人だけで完全に充足しているなら、そこに第三者が参入してくる隙間なんてないはずだろう？　何かが足りないから子供をつくる。世界中の子供たちはそうやって生まれてくる。子供こそ、彼らの結婚が過ちであったことの明白な証拠なんだ」

「みんなが正しい結婚をすると人類は滅びるな」

「もちろんだとも」ジーコはいささかも動じる様子がない。「それこそわれわれが神になるということなんだ。一人一人が個人として完全に充足する。そのためには人類なんて滅びてもかまわない。だいたい人類なんて実体のない幻想じゃないか。それは天国と同じものなんだ。人間は自分個人の一生に充足できないから、来世や人類などという幻想にしがみつこうとする。つまり自分が神になる代わりに、神やそれに代わる幻想をつくり出してしまうわけだ。でもそれは間違いなんだ。われわれは自分だけの一生ですべてをやり尽くして、余りを残すべきじゃない。たとえ子供という形でもね」

「よくわからないな」ぼくは半ば話を投げ出しながら言った。

「わからなくてもいいから、おれの言うことを信じなくちゃだめだ」

「何をどう信じるのさ」

「われわれの祖先がこれまでやってきたことは、みんな間違いだってことだよ」彼は珍しく親身な口調でつづけた。「彼女のことを本当に好きなら、結婚なんかしちゃだめだ。結婚は世界でいちばん好きな人と一緒にいるための場所じゃない。そこは世界で二番目か三番目に好きな人と一緒にいるための場所なんだ。もし彼女のことが世界でいちばん好きで、これからも好きでありつづけようとするなら、もっと別の場所を探さなきゃだめだ。探しても見つからないときは、きみたちの手でつくり出せ」

「ぼくが望んでいるのは、自分が神になるとか、そういう大層なことじゃないんだよ」冷たくなったコーヒーを啜りながら言った。「もっと平凡なこと。たとえば好きな人と一緒にいるとか。一緒に御飯を食べて、一緒に音楽を聴いて……」

「一緒に風呂に入って寝るんだろう」

「まあね」

「それじゃあ堂々巡りだ。人生の単純再生産だ」

「堂々巡りでも、単純再生産でもいいんだよ。人間はそうやって生まれて、生きて、死んで、子孫を残してきた。そういうサイクルから逸脱する気はないんだ」

「まったく失望させられるよ」ジーコは軽く天を仰いで言った。「きみの未来はもう見えたぞ。未来には何かあるだろうと思っている現在、それがきみの未来さ。どこまで行っても同じことだ」

「結構なことじゃないか」ぼくはちょっと居直って言った。「未来には何かあるだろうと思っている現在、それがぼくの未来さ。どこが悪い？」

「どこまで行っても何もないんだぞ」彼は悲しそうに繰り返した。

「何もなくてもいいいんだよ。ぼくらはもともと何もないところから生まれてきたんだ」

ジーコはうなだれて力なく首を横に振った。店のスピーカーからは、ボズ・スキャッグスの『シルク・ディグリーズ』が流れていた。耳当たりはいいけれど、面白みのない音楽だった。いつのまにか、ロックはみんなそういう感じになりつつあった。

4　ガムをかんで

二月になると、試験準備のために学校は休みになった。ぼくは毎日市立図書館へ行って勉強した。図書館に勉強しにやって来るメンバーはだいたいきまっている。その多くは同じ高校の国立理系を志望している連中だった。ジーコをはじめとして、私大を受験する者はそろそろ試験がはじまっていたし、文系コースの生徒もあまり来なかった。たぶん話が合わなかったからだろう。ぼくたちは大きな石炭ストーブのある奥の部屋をサロンみたいにして使い、各大学別の問題集や、学校から配ってもらっていたプリントを黙々と仕上げていった。雪の多い年で、なにかというと雪が積もった。何十年ぶりの大雪という日にも、歩いて図書館へ行った。いつも集まるメンバーの何人かは、やはりこの雪のなかを図書館にやって来ていた。ぼくたちはストーブのまわりに集まり、足を突き出して濡れた靴下を乾かしながら勉強した。

試験が終わるまで、カヲルとは会わないことにしていた。やはりケジメは必要だと思ったし、あいつは色ボケして試験に落ちたと言われたくもなかった。そのかわりに図書館の公衆電話から毎日電話をかけた。

「もしもし」

「ぼくだけど」

「そうじゃないかと思ったの」

「何をしてた?」

「生物の問題集」

「いまどんな服着てるの?」

「何も」

「はだか?」

「そう」

「色っぽいな」

「想像してみて」

「もうしてるよ」

「本当はおばあちゃんの作ってくれたどてら」

こういうのは近くに家の人がいない場合の会話である。誰かいるときは、こうはいかない。とくに父親でも家にいようものなら、会話の様相はまったく変わってくる。

「もしもし」

「ぼくだけど」

「こんにちは」

「何をしてた？」

「生物の問題集です」

「どんな服着てるの？」

「はい、順調にはかどってます」

「なんだって？」

「いいえ、風邪はひいてません」

「なに言ってんだよ」

「どうもありがとうございます」

「お父さんがいるの？」

「はい」

「じゃあ、またかけるよ」

「さようなら」

電話をかけながら、ぼくはカヲルの家の様子を思い浮かべた。暗い玄関。古い木造家屋の匂い。玄関を入ると昔風の衝立があり、右手に向かって細い廊下が延びている。電話は衝立の横の円卓に置かれている。ときどき電話の最中に男の子の声がした。それから祖母らしい人の声がした。玄関の戸をあける音とともに、「ただいま」という女の人の声がした。そういう声に取り巻かれて、カヲルは生活しているのだと思った。父親の声は聞いたことがなかった。

そうこうしているうちに試験がはじまった。東京の私立が終わってから、一人で渋谷・六本木界隈を歩いてみた。はっぴいえんどの松本隆がよく行っていたという喫茶店にも入った。濃いコーヒーをぐいっと一息に飲み干したとき、唐突に言葉が溢れてきて、少女のようなウェイトレスにボールペンとメモ用紙を持ってきてもらうと、やおら「風をあつめて」の歌詞を書きはじめる。そういうのが松本隆だ。

昼飯を食べようとスパゲティ屋に入った。そこでぼくはしたたかなカルチャー・ショックを受けた。なんと、スパゲティはミートソースとナポリタンだけではなかったのである！　その店のメニューには、カルボナーラだのミラネーゼだの、優に二十を越えるスパゲティがひしめき合っていた。店の雰囲気も、スパゲティを喰っている連中の顔もいやだった。ぼくは胸のなかで「好かん」と呟いて、いつものようにナポリタンを注文した。しかし出てきたものは、ぼくの知っているナポリタンではなかった。妙に色が白くてツルツルしている。郷里の喫茶店で食べる、血まみれのナポリタンが懐かしかった。そして再び「好かん」と呟いた。

その他にもいろんなことがあった。でもとにかく試験は終わった。ぼくは当初の予定からひとつランクを下げて、なんとか志望校に合格することができた。カヲルも予定通りM市の国立大学に合格していた。一期校の試験が終わったころから、ようやく春らしくなった。卒業式も終わり、あとは入学を待つばかりというころに、時間をつくってカヲルと会った。

「どこへ行きたい」待ち合わせた神社の境内で、ぼくはたずねた。

「どこでもいい」と彼女は言った。

神社の下を川が流れていた。川の西側は田圃だった。田圃には一面にれんげの花が咲いている。ところどころに藁が、モネの絵みたいに丸く積み上げられていた。ぼくたちは草で覆われた畦道を歩いていった。畦道の脇を小川が流れ、澄んだ流れのなかで水草が揺れていた。

「向こうへはいつ行くの」歩きながらたずねた。

「まだわからない。たぶん四月になってからだと思う」

「April come she will.」

「なに、それ?」

「『四月になれば彼女は』じゃないか」

「サイモンとガーファンクルね」

畦道をずっと行くと、やがて田圃は桃の畑に変わり、その突き当たりに溜池がある。ぼくたちは溜池のまわりをゆっくり歩いて、脇の農道に入った。人目のないのを確かめてから手を繋いだ。カヲルの手はいつも温かかった。ぼくの手は冷たい。手の冷たい人は心が暖かい、といつか彼女は言ったことがある。本当だろうか？　道端の雑草のあいだからは土筆が顔を覗かせていた。土筆はまだ短く、注意して見ないと雑草にまぎれてしまいそうだった。

道はしだいに狭く、険しくなっていった。霜に焼けた雑草は冬の名残りをとどめ、そのあいだから芽を出した新緑は浅かった。雑木林のなかから鶯の鳴き声が聞こえていた。身体が少し汗ばんでくるころには、先ほど通り過ぎた溜池を見下ろすところまでやって来ていた。暖かい山の斜面に蜜柑の木が植えてあり、木の根元には藁が敷いてある。その上に腰を下ろした。藁はよく乾き、太陽の熱をたっぷり吸って暖かかった。ぼくは彼女の肩を抱き寄せた。カヲルの息はいつも落ち葉の匂いがした。その匂いがとても好きだった。彼女は目を閉じていた。薄い瞼が細かく震えている。

ぼくたちはゆっくりと藁の上に身体を横たえた。落ち葉の匂いが強くなった。不思議な安らぎを感じた。カヲルは鼻でちょっと荒く息をしていた。彼女が息を吐き出すのに合わせて、ぼくは息を吸い込んだ。髪を掻き上げ、髪の生えぎわに唇をつけた。それから顎の線に沿って、皮膚にまんべんなくキスしながら、少しずつ下へ移動していった。十八歳の男の子が女の子にキスをするとき、一般的にどんなことを考えているのか知らない。ぼくはそのとき、海岸線を測量して歩く伊能忠敬の姿を思い浮かべていた。

カヲルはちょっと身を起こすと、自分からセーターを脱いだ。ぼくはブラウスのボタンをいちばん下まで外した。カヲルのブラジャーは真っ白で、とてもシンプルなやつだった。ぼくが手を後ろにまわすと、彼女はちょっと背中を浮かせて、ホックが外しやすいようにしてくれた。白い肌にブラジャーの跡が赤くついていた。乳首はピンク色で、まるで暖かい春の日差しを浴びるために、いま長い冬の眠りから目覚めたかのようだった。目が合うと、どちらからともなく微笑んだ。

ぼくは自分もセーターを脱ぎ、シャツのボタンを外して下着ごとたくし上げた。そして裸の胸を重ね合うようにして、カヲルの上に横たわった。彼女の唇からは、あいかわらずいい匂いがしていた。その息も、唾液も……。ぼくは彼女の髪に顔を埋めて、大きく深呼吸をした。めくるめく喜びを感じた。世界は美しく、光に満ち溢れていた。

気がついたときには日が翳りかけている。ぼくたちは起き上がって服を着はじめた。

「シャツを着るとき、上からボタンをする、それとも下から？」カヲルがたずねた。

「上からかな。どうして？」

「ちょっと聞いてみただけ。わたしも今日からそうする」

「いままでは下からしてたの？」

「わからない」手を休めて、ちょっと物を思う表情になった。「忘れちゃった。どんなふうにしてたのかしら」

うつむいているカヲルを見ていると、このまま手放してしまうのが惜しくなり、ぼくは再び彼女を抱き寄せた。

「ボタンの仕方を忘れないように特訓してやろうか」

「もう大丈夫よ」ちょっと顔をそむけるようにして言った。「上から一つずつかけていくんだから」

ようやく服を着終えたところで、彼女はブラウスの胸のポケットから何か取り出した。

「ガム食べない？」

「変なもの持ってんだな」

カヲルは珍しくブルー・ジーンズを履いてきていた。その脚をゆるく組んで、いま着たばかりのブラウスの裾をだらしなく外に垂らしたまま、不器用な手付きでチューインガムの包み紙を剝がしている。ブラウスは白で、木綿の生地がほどよく皺になっていた。彼女はガムをかみながら、谷を隔てた向こう側の斜面に目をやった。西に傾いた太陽の光が射して、山全体が金色に輝いて見える。ぼくたちのいるところは、太陽を背にしているために、すでに山の陰になりつつあった。肌寒さを感じて、ぼくは再びカヲルの身体を抱き寄せた。

5　人生の誠実な厄介息子

ジーコは受験したすべての大学を滑り、下宿でくすぶっていた。彼の全敗は謎だった。国語は言うまでもなく、英語もぼくより出来たし、世界史ではアケイディア割譲を知っている彼であった。かなり偏った勉強の仕方をしていたとはいえ、学力は充分に合格ラインに達していたはずだ。やはり天罰が下ったのかもしれない。日頃から、「学歴を重んじる人間なんて、広告なしには成立しない商品みたいなもんだ」などとうそぶいている彼であったから。

三月の末には街を出る予定だったので、それまでに一度会っておこうと思い、ジーコの下宿を訪れた。駅前の下宿を出たあと、彼は学校のすぐ近くに部屋を借りていた。部屋は大通りに面した二階で、窓からは通りを行き交う人や車を見ることができる。通りの向こうは学校の正門だった。

「まったく半端じゃないよな」ぼくは窓枠に腰掛けて、通りを見下ろしながら言った。「七つも受ければ、どれか一つくらい通りそうなもんじゃないか」

窓の外には鉄の手すりが付いており、ジーコは軒下にハンガーを吊るして洗濯物を干していた。部屋の掃除はしなくても、洗濯はするらしい。

「コーヒー、飲むか?」彼はペーパー・フィルターでいれたコーヒーを炬燵の上に並べた。

ぼくは窓枠から降りてテーブルにつき、コーヒーの入った大きなマグカップを手に取った。部屋はあいかわらず汚かった。あちこちに例によってがらくたが堆積していた。炬燵の上には白く埃が溜まり、その上に『魔の山』の文庫本がページを開かれたまま伏せてある。

「しばらく風邪をひいて寝ていたんだ」彼は部屋が汚いことの言い訳をするように言った。

「昨日ようやく風呂に入ったところさ」

「試験は真面目に受けたのか」ぼくはコーヒーを啜りながらたずねた。

「おれなりに最善は尽くした」

「信じられないな」

「相性が悪かったってことさ」

「これからどうするんだい」

「とりあえずこの下宿を引き払わなくちゃならんだろう」

「予備校へは行くんだろう?」

「親が手続きを済ませた」他人事みたいに言った。「でも大学へは行かないかもしれない」

「大学へ行かずに何をする」

「大学へ行かなくったって、することはたくさんあるさ」

「働くのかい」

「働かざるをえなくなるよ」

「いつかは働かざるをえなくなればね」

「いまから考えてもしょうがないさ」そう言って、彼は畳の上にごろんと横になった。

「計画性のない奴だな」

「屋根で昼寝をしている猫が、将来の計画や展望を持ってると思うかい」

「きみは猫じゃないだろう？」

「もちろん猫じゃないが、猫のように生きることはできる」

「ゴミ箱を漁って？　そうして餌がもらえるまでニャーニャー鳴きつづけるのかい」

「物事の否定的な面ばかりを見るな」と彼は言った。「猫がゴミ箱を漁ったり餌をねだったりするのは、彼らの存在のあくまで一面に過ぎないんだ。きみも女の子といちゃついてばかりいないで、じっくり猫を観察してみてはどうだい。猫から学ぶことは多いと思うのだが」

「女の子から学ぶことも多いよ」

「またしても女だ」彼は大きな溜め息をついた。「この世に男と女しかいないなんて、まったくうんざりするじゃないか。誰かを愛そうとすると、それは男であるか女であるかしかない。男が女を愛せばまともで、男が男を愛せば異常ってことになる。しかしまともってなんだ？女を愛した男にまともな奴がいただろうか？　連中のしたことを見るがいい。子供を生み、親族を広げ、一族郎党集って国を攻め、男を殺し女を犯し、家々に火を放ち、この禍々しい世界をつくり出しただけじゃないか。ああ、なんとなんと、彼らは地上に剣をもたらすために、女たちを愛したのか」

「芝居がかるのはよそうぜ」とぼくは言った。

「きみだってそうだ」ジーコはにわかにぼくの方へ矛先を向けて言った。「ひょっとして愛は万能だと思っているかもしれないが、それはきみが混乱していて浅はかである証拠なんだ。そもそも愛することのできる女は最初から限定されている。きみは極端に金持ちの娘を愛することはできない。マサイ族の娘を愛することはできない。ホッテントットの娘を愛することはできない。極端に貧乏人の娘を愛することもできない。八十歳の老婆を愛することはできない。愛は社会階級や年齢や文化水準の障壁を超えることはできないんだ。きみらの恋はカタログ販売の恋だ。限られた品物を選んで身につけているに過ぎない」

「それで結構」とぼくは言った。「与えられたものを精一杯愛するんだ」

「立派」とジーコは言った。

ぼくはカップを手に持ったまま、窓枠にもたれて外を眺めた。春の日差しが明るい大通りを、車が行き交っていた。自転車に乗った初老の男が、よろよろと横断歩道を渡っている。子供連れの母親が、ぼくたちの高校の前の舗道を歩いている。高校から道路一つ隔てて野球場があった。授業の終わった放課後などに、ときどきクラスの友だちと繰り出して、他のクラスと野球の試合をすることがあった。一度うちのチームのエースが打たれて、リリーフでマウンドに上がったことがある。そのときは相手方の打者を、三者連続三振に討ち取った。きっと球が遅すぎて、タイミングが合わなかったのだろう。そんなことを、とりとめもなく思い出していた。

「最近誰かと会ったかい」ぼくはたずねた。

「誰にも」彼は素っ気なく答えた。「昨日まで風邪をひいて寝てたって言っただろう」

「そうだったな」

「それにこの街にはもう誰もいないよ。まともな連中はみんな大学へ行くのさ」

「そう悲観的になるなよ」

「たしかに悲観的になるべきじゃないな」と彼は言った。「実際のところ、おれはちっとも悲観的じゃないんだ。そう見えるとすれば、昨日まで風邪をひいて寝てたせいさ」

窓の外に高校の桜の木が見えた。花は五分咲きか六分咲きといったところだった。子供のころから春は嫌いだった。好きな女の子とクラスが別々になったり、新しい環境に慣れなくてはならなかったり、蕁麻疹が出たり、春にはろくなことがなかった。そして十八になったいまでも、春にはろくなことがなかった。何か楽しいことを考えようとしたけれどだめだった。カヲルとの離別が、いまさらながら重い懲罰のように感じられた。

第四章　１９７７年・春

１　新世界より

新築なったばかりの寮には入れなかったので、大学の近くに三畳一間の部屋を借りた。大家さんは五十歳くらいの未亡人で、一階に二人の娘さんと住み、二階の四部屋を学生たちに貸していた。部屋に荷物を運び込んだ最初の夜、ぼくは畳に寝ころがってスタインベックの『怒りの葡萄』を読みはじめた。家から持ってきた荷物のなかに、たまたま上下二冊の文庫本が紛れ込んでいた。四月とはいえ、火の気のない部屋は寒かった。他の部屋にはまだ学生が入っていないらしく、二階は静まりかえっている。ひっそりとした部屋のなか、組み立てたばかりのステレオ・セットで、ヴォリュームをしぼってプロコルハルムの『ソルティ・ドッグ』を聴いた。

そして『怒りの葡萄』を読みつづけた。三畳一間の部屋は、にわかにオクラホマかどこかの砂漠に変貌した。世界は荒涼として乾ききっていた。ときおり焚き火に翳した兎の肉の焦げる匂いとともに、遠くから砂嵐の近づいてくる音が聞こえるような気がした。

ぼくはカヲルの写真を三枚持っていた。一枚目は中学生のころもらった古い白黒写真で、彼女は四、五歳といったところだろうか。薄い下着を着て、デッキ・チェアにこちらを向いて坐っている。二枚目は小学校の修学旅行のときのもので、白い半袖のブラウスに明るい色のスカートをはいている。三枚目は高校の体育祭のときのものだ。彼女は白い半袖のトレーニング・シャツに紺のブルマという出で立ちで、仮装行列の準備をしている。ぼくはこれら三枚の写真を、あたかもベラスケスの描いたマルガリータ像のごとく机の上に並べて、ためつすがめつしながらカヲルに手紙を書いた。

手紙の内容はごく月並みな、他愛のないものだった。天気のことにはじまって、一日何をしたか、何を読み、何を聴いたか。下宿の部屋の細かな見取図、大家さんのこと、生協の食事のこと、必修の授業と選択した科目、新しい級友たちのこと、陰険な英語教師のこと。そして最後はいつも、ぼくが彼女のことをいかに好きかということ、どれほど思い、頻繁に想起しているかということ、そうしたことの様々なヴァリエーションへと雪崩込んでいった。本当は内容など問題ではなかったのかもしれない。ただ手紙がカヲルに届き、自分の触れた紙に彼女も手を触れ、ぼくの書いた文字が彼女の目のなかに飛び込むことだけが重要だった。手紙は肉体の延長だった。それは迂遠な媒介を経たスキンシップだった。

　大学の様子がわかってくると、暇な時間を見つけてアルバイトをするようになった。家庭教師や塾の講師は人間関係が煩わしく思えたので、一日か二日の肉体労働をこまめに見つけた。工事現場の資材運びや足場組み、倉庫整理、各種のチラシ配り、その他、学生援護会の掲示板に張り出してあるものは、講義のやりくりがつくかぎりやってみた。

　とくに気に入ったのはトラックの運転助手で、求人のあるときにはかならず応募することにしていた。荷物の積みおろしが主な仕事だった。あとは目的地まで助手席に坐って、運転手と適当に雑談をしていればいい。ただでいろんなところへ連れていってもらい、そのうえお給金までもらえて、ずいぶん得をしているような気がした。どこへ行くかは、その日になってみないとわからない。たとえばトラックが事務用品を積んでいるとする。まず小学校へスチール製の椅子を二脚、それから下水処理場へ書類棚、病院でカルテを収納するラックをおろし、十五階のオフィスへ机を運び上げ、真新しい邸宅へ貴重品保管用の金庫を、最後は刑務所に電算機用のボックスを搬入する。こうして世間知らずの運転助手は、一日で小学校から刑務所まで、富豪の邸宅から下水処理場まで、ほとんど世の中のあらゆる場面を駆け足で見物してまわることになる。

　いろいろな人がトラックの運転手をしていた。教育に嫌気がさした元高校教師、離婚して子供を抱えた主婦、暴走族から転職したという青年。芸術家だっていた。地元の劇団で芝居をしている人、土を捏ねて茶碗を作っている人、絵を描いている人。役者は同業者にいかに同性愛者が多いかという話をした。陶芸家は上薬に人骨を砕いたものを使った話をした。そして画家はサンタクロースの話をした。

「サンタクロースを信じるかね」五十がらみのその画家はたずねた。

「いいえ」とぼくは言った。

「信じなくちゃだめだ」

「はあ……」

「サンタクロースを信じなければ、人生なんてつまらんじゃないか」

「あなたは信じるんですか」

「信じるとも。おかしいかい」

「素敵なことですね」

「無理に信じろとは言わない。きみは見たところわしの息子と同じくらいの歳だ。息子にサンタクロースを信じるかとたずねたら、『お父さんは馬鹿だ』ときた。まったくいまの若い連中には失望させられるよ」

この何気ない会話のなかには、人生の根幹に触れる事柄が、少なくとも二つは語られている。その一、奇跡を信じることのできない人生は味気ない。その二、世の中のあらゆる息子たちは、父親を失望させるために生まれてくる。

2　ジーコの消息――①

「きみは大学にまで行って、おれと同じことをしているようだね。というのも、おれはいま運送屋のアルバイトをしているんだ。まったくきみたちは変わってるよ。離れなくてもいい者どうしが、わざわざ別の街の大学へ通い、恋人に会いに行く資金を捻出するためにアルバイトをしている。最初から大学へなど行かずに一緒に暮らせば、毎日いやになるほど会えて、アルバイト代はすっかり生活費にまわせるっていうのにな。きみたちを見ていると、この国の資本主義がどんなふうに機能しているか、よくわかる。つまり資本主義というのは回り道であり、媒介であり、一言で言えば無駄なんだ。資本主義は自らが生き延びていくために、大学という回り道を創設し、交通という媒介を設け、労働―消費という無駄をつくり出す。

労働にまつわる教訓、神話のたぐいは、おれの見るところみんな嘘だ。労働の代償として得られるような真理は何もない。つまりだね、生活していくためにやむをえず働くというのならまだしも、自分の労働や他人の労働を信じろだの、尊敬しろだの言われるのはまっぴらなのさ。たとえ働くことがどうしても必要だとしても、そんなことは生きていく上でなんの役にも立たない。少なくとも本質的なことにかんしてはね。このことはぜひともきみに言っておきたい。

だいたいインテリってのは無闇に労働を崇める傾向にあるからね。きみにも大いにその傾向があると見た。どうか馬鹿な大学の先生みたいに、労働に過大な幻想を抱かないでほしい。きみにとって労働とはオ××コのため、と言って悪ければ愛のため（どこが違う）だろ？　そんなに怖い顔して睨むなよ。おれはこんなふうにしか口がきけないんだ。悪いとは思うけど。とにかく労働にかんして、おれは断固として聖書の見解を支持するね。つまり労働というのは、イブにたぶらかされたアダムが、禁断の木の実を取って食べたことにたいし、神が与えたもうた罰なんだ。汝は一生苦しんで大地から食物をとれってわけだな。

最近、フォイエルバッハの『キリスト教の本質』って本を読んだ。フォイエルバッハ氏によると、神はわれわれ人間の自己投影なんだ。人間は本来、無限で全能なのに、1Gの重力がかかる地上では有限で不完全な存在としてしか生きることができない。このように疎外された自己を、人間自らが天上へ投影したものが神ってことだ。どうやらフォイエルバッハ氏はおれと似たようなことを考えていたようだね。キリスト教は人間の敗北宣言だ。神や国家をつくったとき、人間は終わってしまったのかもしれない。

おれは常々、人間はもともと神になる資質をもって生まれてくると思っている。たとえば小さな子どもは、自分を無限で全能だと思っているだろう。それは彼らが幼稚なんじゃなくて、彼らこそまさに神なんだ。ところが物心つくやいなや、大人たちがこぞって未来には何かいいことがあるという偽りの希望を与え、未来のために現在を犠牲にするような生き方を教えるものだから、人は神になりそこなって馬になってしまう。まわりの連中を見てみろよ。みんな鼻の前にニンジンをぶら下げて走っている馬みたいなものじゃないか。馬はいつまでたっても馬でしかない。もしおれが親なら（もちろん金輪際ごめんだが）自分の子どもにはこう言うだろう。おまえたち、未来は悪くなるばかりなんだから、いまのうちに思いきり楽しんでおきなさいってね。正直な人間なら、誰だってそう言うはずさ……ってことは、世の親の大半は正直じゃないってことだな。自分にも子どもにも。

おれの生活信条はこうだ。いま何かをすることができなければ、永久に何かをすることはできない。シュリーマンみたいな奴は大嫌いだ。いまがいちばん可能性のあるときなんだ。大学なんかに四年間もいられるもんか。歳をとるってことは、可能性が減って後悔が増えていくってことだ。これは熱力学の第二法則と同じように、宇宙的な真理だ。きみも彼女のことが本当に好きなら、大学なんかとっととやめて、いますぐ一緒になるべきだと思うね。そうすれば、きみは世界でいちばん好きな人と一緒になれるかもしれない。おれの言うことがわかるかなあ。とにかくこの先はだんだん悪くなっていく。そいつはもうはっきりしている。だからいちばんやりたいことは、いますぐやるべきなんだ。そうしたら物事が悪化するのを、少しでも遅らせることができるかもしれない。未来はもっと良くなるかもしれないなんて思っているうちに、みんな腐っていく。見所のある人間が、着実にくだらない大人になっていく。そういうものなんだ。

いまやっているアルバイトについて少し書いておこう。運送屋と書いたけれど、じつはピアノ専門の運送屋なんだ。三人一組でチームを組んで、あっちの家、こっちのアパートへピアノを運ぶ。アップライトなら肩紐をピアノの左右の脚に掛けて二人で運んでしまう。エレベーターのないアパートなどへは、窓を外し、クレーンで吊るして運び込む。この仕事をしていてつくづく思うんだが、日本の住宅ってのはピアノを置くようには出来てないんだな。狭い玄関、狭い廊下、狭い部屋、公営アパートなんかへピアノを運び込むのは至難の技だ。こういう特殊な住宅事情に応じて、各国のピアノが作られているかというと、もちろんそうじゃない。世界中どこへ行っても鍵盤の数は八十八と決まっている。おかげでおれたちは猫のように身体をくねくねさせて、ピアノを縦にしたり横にしたりしながら運び入れることになる。

あるドイツの作家が、重要なものはみんな狭い管を通ると言っている。男の精子、万年筆、鉄砲……それにピアノを付け加えてもらいたいね。おれは身体が大きいし、力も強いから、これでもけっこう重宝がられているんだ。社長は予備校をやめて正社員にならないかなんて言っている。それもいいかもしれないな。もともとピアノは好きだからね。おれは三つのときからピアノを習いはじめたのだが、結局、親や先生に反発してやめてしまった。そもそもバイエルやハノンからピアノの世界に入るというのが間違っているのかもしれないな。運搬から入れば、もう少しピアノとうまく付き合えたかもしれない、と思う今日この頃であったりする。

とにかくおれの方はそういう具合だ。連休には彼女に会いに来るんだろう？　暇があったら、こっちにも遊びに来ないか。彼女の行っている大学は街外れの辺鄙なところにあるが、おれの通っている予備校は市の中心部にある。寮もそこから近い。でも、きっとおれのところは素通りするんだろうな。きみはそういう奴だ。三年間付き合ってみて、よくわかったよ。まあいいさ。彼女に会ったら、おれからもよろしくと言っておいてくれ。きみが録音してくれたボブ・ディランの歌に、こういうのがなかったか？　それじゃあ、また手紙を書く。

コージ」

3　アルファベット

週末の講義が終わると、その足で駅に駆けつけ、十二時間もかかる夜行に飛び乗った。おかげでM市に着いたのは朝の五時ごろだった。カヲルは人気のないホームに迎えに来ていた。駅で列車を降りたのはぼく一人だった。五月とはいえ、朝の外気は冷たかった。彼女はグリーンのスタジアム・ジャンパーを着ていた。

「やあ」とぼくは言った。

「おはよう」彼女は微笑んだ。

キスをしたかったが、改札口で駅員がこっちを見ていたのでやめた。

「少し痩せたんじゃない」歩きながらたずねた。

「そんなことないと思うけど」

夜はまだ明けていなかった。彼女のアパートへ行く前に、ちょっと朝の街を散歩してみることにした。駅の近くに城山があった。人気のない公園やテニス・コートには、白っぽい街灯がともっている。ぼくたちは苔に覆われた長い石の階段を登っていった。天守閣に着いたときには、夜が明けはじめていた。カヲルがベンチの露をハンカチで拭い、そこに腰を下ろした。

「久しぶりだね」ぼくはあらためて言った。

カヲルは小さく頷いた。それからようやくキスをした。とても長いキスだった。あまり長いので、キスをしているあいだに夜はすっかり明けてしまったらしい。唇を離したときには、急にまわりが明るくなったような気がして、二人ともちょっとどぎまぎした。ぼくはあらためて街のたたずまいに目をやった。子供のころから何度か来たことはあったが、街全体の地理が頭に入るほどの馴染みはない。こうして見ると、さすがに県庁の所在地だけあって、一通りのものは揃っていた。野球場、陸上競技場、デパート、遊園地、動物園……。城山のまわりが街の中心部で、去年の暮れにカヲルと待ち合わせをした県庁がすぐ下に見えた。近辺には背の高いビルが集まっており、それからしだいに街は郊外へ向けて平べったくなっている。遠くになだらかな山の稜線が見え、裾野から白い煙が立ち昇っていた。

「大学はどっちの方なの」ぼくはたずねた。

「あっち」カヲルは指さした。

「アパートは?」

「大学のすぐ近く」

彼女が指さした方角は、街はずれの田園地帯らしく、人家よりも畑や雑木林が多かった。そのなかにくすんだ白い建物が見えるのが大学だろうか。ぼくはもう一度城山の周辺を見渡した。この街のどこかに、ジーコの通っている予備校もあるはずだった。M市に来ることは知らせていない。彼自身も薄々勘づいていたように、ぼくはジーコのところを素通りするつもりだった。そして二日間の休みを、カヲルと二人だけで有効に過ごすつもりだった。

「お腹空いてない?」

「空いてる」とぼくは言った。「できれば熱いコーヒーが飲みたいな」

城山を下りたところで、朝早くから店をあけている喫茶店を見つけて、モーニング・セットを食べた。それから動きはじめた市電に乗ってアパートへ向かった。三十分ほど揺られたあと、大学前という駅で降りた。小さな商店街があり、学生相手の食堂や飲み屋や雀荘が軒を並べている。しかし五分も歩くと街の賑わいは途絶え、国鉄の線路を一つ越えると、まわりはもう畑だった。そうした畑を潰して、所々に安普請のアパートが建っていた。多くは二階建てで、北側は吹きさらしの廊下とドア、廊下には風呂用の小さなガス湯沸器が据えつけてある。南側に窓があり、軒に渡したロープに、いかにも汚そうな男物の下着や靴下が干してあった。

カヲルのところは、それらのアパート群とはちょっと趣を異にしていた。一見、普通の民家とも見えるオレンジ色の屋根の建物は、あきらかに薄汚い男子学生とは別の居住者を対象としたものだった。建物の正面に入口があり、両脇にドアが二つ、それから奥の階段が左右に別れて、それぞれ二階のドアに繋がっている。安普請のアパート群からすると、ずいぶん余裕を持たせた造りだった。カヲルの部屋は二階の向かって右側で、コンクリートの階段を上がると、彼女はジャンパーのポケットから取り出した鍵でドアをあけた。そしてドアを持ったまま、ぼくを先に部屋へ入れた。ドアを入るとすぐに四畳半のダイニング・キッチンがあり、その奥が六畳の和室になっている。

カヲルはお茶をいれるため台所に立った。和室には南向きに広い窓があった。カーテンをあけると、窓の外は桑畑になっている。畑には昇ったばかりの朝日が射していた。どこからか小鳥の鳴き声がしていた。庇の下にはナイロン製のロープが二本張られ、外側をバスタオルなどで周到に目隠しして、内側に下着が干してあった。ぼくは奇妙な感慨に打たれながら、しばらくそれらの下着を眺めた。

「何を見てるの」薬罐をガスにかけて戻って来たカヲルが言った。

「いや、別に」

カヲルは洗濯物の端をちょっと手で払って（まるでぼくの視線がくっついてでもいるかのように）、プラスチック製の物干しごと脇へ寄せ、部屋のなかからは見えないようにした。和室には布団を外した炬燵がテーブル代わりに置いてあった。そこに腰を下ろして、あらためて部屋のなかを見まわした。整っているわりに落ち着けない部屋だった。最初は女の子の部屋にいるせいだろうと思った。しかし女の子らしいものはどこにも見当たらない。人形一つ、ポスター一枚飾ってない部屋は、むしろ女らしさを極力排したものともいえた。やがてその原因が、片付き過ぎた部屋にあるような気がしてきた。物がないわけではない。ざっと見まわしても、机、炬燵、カラーボックス、箪笥と、生活を感じさせるものはほどほどに揃っている。しかしそれらは寸分の乱れもなく配置されて、どこか窮屈な印象を与えた。ここに住んでいる人間が、どんなふうにそれらの物を使いこなしているのかわからない。部屋に人がいて生活している情景が、どうしても思い浮かばない。それは買ったばかりの万年筆のように、居住者の肉体に馴染んでいない感じだった。

「どうしたの」お茶をいれていたカヲルが怪訝な面もちでたずねた。

「いや」ぼくは粘りつきそうになる視線を払った。「ずいぶんきれいに片付いてるなと思って」

「きっと一人で生活してるからだわ」

「かもしれないね」差し出されたお茶を啜った。

「そんなことない？」カヲルはぼくの目を覗き込むようにしてたずねた。質問の意図を解しかねて首をかしげると、彼女は眼差しを窓の方へ逃しながらつづけた。「一人で暮らしてると誰からも何も言われないでしょう。家にいるときは、実際に口に出して言われなくてもいろんな人の目があるから、自然に片付けたりするけど、一人だといくらでもだらしなくできるじゃない」

「そんなにだらしないの？」

「そう、だらしないの」彼女は素直に肯定して、ちょっと恥ずかしそうに笑った。「だから自分で気をつけて、部屋のなかが散らかったりしないようにしてるの」

カヲルの出してくれた毛布で昨夜の寝不足を補おうと、少しうとうとしたつもりが、目を覚ますと、もう昼だった。カヲルはぼくの横で、何かにしがみつくような恰好で眠っていた。疲れているのか、軽い寝息がたっている。起こさないように毛布を出ようとしたが、彼女は気配を察して目をあけた。

「起こした？」

「すっかり眠り込んじゃった」

そんなちぐはぐなことを言い合って、ぼくたちはもぞもぞと毛布から出た。昼はカヲルが素麺を茹でてくれたので、それを二人で食べた。といっても、食べたのはほとんどぼく一人で、彼女はほんの何口か口に運ぶと、早々にデザートの苺を洗いはじめた。それからコーヒーをいれ、まだ眠気の滲んだ唇で啜りながら、午後の計画を練りはじめた。カヲルは例によって動物園に行きたいと言った。しかし半日ではゆっくり見てまわれないので、動物園は明日にして、天気もいいことだからと、近くの海へ行くことにした。

アパートを出て市電に乗り、一度街の中心部へ出てから、あらためて海岸まわりの電車に乗った。大学が街の外れにあるので、どこへ行くにも時間がかかるようだった。市電は車の波を掻き分けるようにしてのろのろ走った。それから市電とあまり変わらない、長閑な二輛編成の郊外電車に乗り換えた。カヲルはぼんやり窓の外を眺めていた。ぼくも夜行の疲れが残っていた。アパートを出てから一時間ほど経って、ようやく海の見えるところに辿り着いた。

痩せた砂浜がだらだらとつづいていた。美しい渚や、面白い岩場や、日差しを遮る松林があるわけではない。どちらかというと殺風景な海岸だった。水もそれほどきれいではなく、砂浜にはいたるところにビニール袋やプラスチックの容器が打ち上げられている。それでも遠浅の海には大勢の人が繰り出して、鍬やスコップを手に潮干狩りを楽しんでいた。ぼくたちは波打ち際の湿った砂の上を歩いた。人目はあっても、知っている人に会わないという安心感からか、手を差し出すと、カヲルは大胆に肩を寄せてきた。その身体を軽く抱き取って歩く恰好になった。

「なんだかきつそうだね」

「そう見える?」

「疲れてるみたいだ」

「この季節はいつもこうなの」と彼女は言った。「身体がだるくて眠り足りない感じ。それに肩がすごく凝っちゃって」

高校時代を振り返ってみても、この季節にカヲルの体調が特別すぐれなかったという記憶はない。ちょうど一学期の中間テストが終わるころなので、ぼくたちは毎年初夏の海岸へ出かけたものだった。

「無理して出てくることなかったのに」とぼくは言った。

「かえって外に出た方がいいの。家のなかにいるととりとめなくなるから」

「アパートに帰ったら肩を揉んでやるよ」

「あっ、思い出した」カヲルは無邪気な声を上げた。「すごくくすぐったかったんだ。肩を揉んでもらうと、くすぐったいか痛いかどっちか」それから小さく笑って、「肩を揉むのがとても下手な人だったんだ」

「自分が肩が凝らないんで、よくわからないんだよ」ぼくは再びカヲルを抱き寄せながら言った。「ツボとか筋とか。きっと味覚音痴の人が料理が下手なのと同じだな」

「そういう人と、わたしは一緒になるつもりなんだわ」

五月の海には初夏の太陽が溢れ、波が打ち寄せるたびに、水に洗われる砂がキラキラ輝いた。カヲルは遠い眼差しを海の方へ向けて、風になぶられる髪を手で軽く掻き上げた。ぼくは足元に落ちていた木切れを拾い上げた。海に向かって放り投げると、木はブーメランのようにくるくる回りながら飛んでいった。対岸に目をやると、眠たげな海の向こうに石油コンビナートが見える。霞がかかっているのか、タンクも煙突も白っぽく濁り、陽炎のようにゆらゆら揺れながら、いまにも眩しい太陽の光のなかに溶け込んでしまいそうだった。

　カヲルは水のすぐ近くまで行って、静かに打ち寄せる波を眺めていた。少し大きな波が来ると、靴の先が濡れそうになる。しかし彼女はそんなことを気にする様子もなく、もう何万年も前からそこにいるかのように立ち尽くしている。

「そろそろ引き返そうか」後ろから声をかけた。

　彼女は背中で頷いて、近くに落ちていた棒切れを拾い上げると、波打ち際にしゃがみ込み、砂の上に何か書きはじめた。ぼくは彼女の後ろに突っ立ったまま、それを見ていた。やがて綴られていく文字が、アルファベットで書かれたぼくの名前であることに気づいた。大文字のゴシック体で、彼女は一文字ずつ丁寧に綴っていく。ぼくのぶんを書き終えると、今度は自分の名前に取りかかった。ときどき顔に掛かる髪を腕で左右に払いながら、彼女は砂の文字を書きつづけた。二つの名前が仲良く砂の上に並んだところで、カヲルはようやく立ち上がり、しばらく放心したようにそれらの文字を眺めていたが、ふとぼくの方を振り向いて、ちょっと照れ臭そうに微笑んだ。つられて微笑み返してから、あらためて砂の上を見ると、不思議なことに、ぼくたちの位置からではアルファベットはきれいにひっくり返り、正しく読むためには、波打ち際の水のなかに立たなくてはならない。あたかもそれらの文字が、陸にいる者たちにではなく、海にいる何者かのために書かれたものであるように。

4　ジーコの消息――②

「予備校の寮は五階建てで、おれの部屋は三階だ。お祭しのとおり、部屋のなかはあいかわらず散らかっている。どこで暮らしても同じこと。おれは片付いている部屋が苦手で、長い時間いることなんてとてもできない。壁や床の真っ直ぐな線、部屋の隅で隣合った壁と壁の作る直角な面が苦手なんだ。自分が四角い箱のなかにいるような気分になる。四角い箱はいいのだけれど、それがいまにもぐにゃぐにゃに曲がったり、ゆらゆら揺れだしたりしやしないかと不安でたまらない。天井が下の方へ大きく撓んで垂れ下がったり、窓の敷居が飴のようにひん曲がりはじめたときには、いったいどうすりゃいい？　だから部屋を散らかすことによって、あらかじめ部屋のなかをぐにゃぐにゃにしておく。ゆらゆら揺らいでいる状態にしておく。その方が落ち着くからね。

　こうした環境のなかで何をしているかというと、つまり起きているんだな。文字通り目を覚ましているってことさ。この三日間というもの、一睡もしていない。ただひたすら起きている。一日目は眠かった。しかし二日目になると、逆に頭が冴えてきた。三日目に入ると、どうも身体が睡眠というものを忘れてしまったような気がする。病気で長いこと寝ていると、脚が歩き方を忘れてしまうみたいにさ。どうしてこんなことをはじめたかっていうと、一日のうちに七時間とか八時間眠る生活パターンが、とても不合理なものに思えるからだ。たとえば三日間ぶっとおしで起きていて、そのあいだにいろんなことをやって、それから一日眠るっていう生活はできないものだろうか。そうすれば歯磨きだって四日に二回で済む。パジャマに着替えることに至っては四日に一回だ。フランスの小話に、人生の定義——ボタンをかけたりはずしたり、というのがある。おれが開発中の生活パターンを採用すれば、人生はもっと違ったものになると思うのだが。

ここの連中は(というのは寮の連中はってことだけど)、みんな『ポパイ』を読んでイーグルスを聴いている。つまり大学には入れなかったけれど、気分は大学生ってわけだな。おれが大学へ行きたくない理由の一つは、こういう連中と付き合いたくないからなんだ。連中は『ポパイ』がCIAの陰謀だってことに気づかないし、そういうことを考えてみようとさえしない。CIAは『ポパイ』のような雑誌を利用して日本中の若者をふぬけにするつもりなんだ。なにがホテル・カリフォルニアだ。だいたいカリフォルニアなんて、アメリカでもっとも反動的な州じゃないか。そんなところから出てくる文化に、まともなものがあるわけないんだ。おれはイーグルスのカリフォルニアよりも、グスタフ・マーラーのウィーンを支持するね。

ここでは誰もが、受験勉強のために考えることを犠牲にしている。少なくとも、おれにはそうとしか思えない。いや、何も考えなくてすむために受験勉強をしているのかもしれないな。

彼らは大学へ行っても、就職して社会に出ても、やはり何も考えないだろう。十八のときにものを考えなかった人間は、死ぬまでものを考えない。恐ろしいことじゃないか。

そんなわけで予備校の連中は無視している。というよりも、早々に辞めるつもりなんだ。少なくとも寮だけはおん出たいと思っている。ここは監獄と変わりない。夜は自習時間てのが決められていてね、その間に守衛みたいな奴が二回部屋をまわってくる。なんのためかっていうと、おれたちが寝ていないかチェックするためなんだ。もし寝ている奴がいれば、起こして勉強させるのさ。もちろんおれは起きている。連中の言う勉強のためじゃないがね。このあいだ一生懸命ニーチェを読んでいたら、見まわりの守衛に褒められたよ。頑張ってるなって。守衛に褒められるなんて、ずいぶん見くびられたもんさ。

予備校は寮とは別の場所にある。そこの授業ってのがタイムカードなんだ。来たときと帰るときにガチャンとカードを押していく。これで授業に出ているかどうかばっちりわかってしまうという寸法だ。出席率が悪ければ、すぐに親のところへ連絡が行く。おれの場合はすでに何度か行ってるはずだ。最初のころはアルバイトへ行く前にタイムカードを押していたんだが、最近はそれも面倒臭くなってやっていないからね。

なんでこんなところにいるのか、自分でもわからない。たぶん自由のない生活を満喫したくなったのだろう。半分は好奇心から、半分は自虐心から。でも一方で、そうした物理的不自由は、大した問題ではないと思っているのも事実だ。つまり四六時中監視されているとか、規則が厳しいといったことは、ちょっとしたゲームみたいなものだと思うんだ。

まあそんな具合で、おれの方はなんとかよろしくやっている。つまり毛虫ほどにはってことだけど。マーラーのテープを送るよ。『大地の歌』と『九番』だ。指揮はブルーノ・ワルターでオケはウィーン・フィル。きみが送ってくれたロンドン・パンクもいいけど、おれにはこっちの方がより切実に聞こえるんだ。とにかく聴いてみてくれ。

コージ」

5　ボニーとクライド

下宿の規則では、宿泊はおろか異性を部屋に上げることさえ禁じられていた。洗面所の前に、大家さんが「下宿人心得」なるものを、マジックインキで大きく箇条書きにして貼り付けていたので、いやでもそれは目に止まった。となるとカヲルが遊びに来たときには、ホテルを利用するしかない。それもラブ・ホテルではなく、ちゃんとした堅気のホテルだ。ぼくは旅行案内を買ってきて、二人で泊まるべきホテルを検討しはじめた。何十ものホテルのなかから、めぼしいものをピックアップしていった。その結果、並みのホテルのツインかダブルに泊まると、手持ちの予算では二日しか泊まれないことがわかった。カヲルの滞在予定は三泊だった。三日泊まると、その間の活動費が心細くなる。シングルに彼女一人を泊まらせて、ぼくは下宿に帰って寝るという手もあったが、それではなんにもならない。

そこでつぎのような方法を考えた。まずフロントができるだけ混雑しているホテル、できればフロントと同じフロアか最上階にレストランや喫茶店があって、外部の人間が自由に出入りしているような雰囲気のホテルを捜す。そこへ他人のような顔をして現れ、一人がフロントへ赴いてシングルを一部屋所望する。そして宿泊の手続きをしているあいだに、もう一人がホテルのなかに潜入し、トイレかどこかで待っている。男はフロントの宿泊者名簿にでたらめな住所と氏名を記入し、部屋の鍵を受け取って、おもむろに女の待つ場所へ向かう。こうしてシングル料金で二人一緒に宿泊できるというわけだった。少し狭いのを我慢すれば、どうせベッドは一つしかいらないのだから。

「面白そうね」計画を聞くと、カヲルはそう言って目を輝かせた。

「面白がってる場合じゃない」ぼくは厳粛に釘を刺した。「とくにきみの役目は重要だから、慎重にやってもらわなくてはならない。おどおどしたり、キョロキョロしたり、不審な行動をとってはいけない。ホテルに泊まっている客のような顔をして、さり気なく、堂々とふるまってほしい。わかるね？」

しかしいざ実践となって、問題行動をとったのはぼくの方だった。宿泊者名簿に本当の住所を書きそうになったり、カヲルのことが気になって、横目でキョロキョロあたりを窺うので、従業員から「どうかなさいましたか」とたずねられたり、まったく冷汗ものだった。ようやく手続きを終え、鍵を受け取ってエレベーターを待っていると、どこからともなくカヲルが現れ、完璧な演技で赤の他人を装い、さり気なく同じエレベーターに乗り込んでしまった。

「うまくやれたと思う？」自分の演技のことをたずねているらしかった。

「きみなら銀行強盗だってできるよ」とぼくは言った。

「ボニーとクライドってところね」

さてさて、無事に一夜の宿を確保したボニーとクライドは、メイクされたばかりのベッドの端に腰を下ろし、お互いに見つめ合ったものだ。映画と違って、こちらのクライドは精力絶倫、とまではいかなくても、幸い健やかな性欲に恵まれていたので、さっそくボニーの肉体を所望したが、彼女はつれなく「あとで」と言って、さっさと一人で浴室に入ってしまった。

ぼくはベッドの上に寝ころんで、浴室から聞こえてくるシャワーの音に耳を傾けた。突然、胸が張り裂けんばかりの幸福を感じた。幸福感はあまりに強く、それを収めている身体の方がどうかなってしまいそうだった。昂った気持ちを紛らわせるために、部屋のなかを検分しはじめた。書き物机の小さな引き出しのなかに聖書が入っていた。何気なく開いたページは『伝道の書』の最初のところで、ヘミングウェイで有名な「日は昇り、日は沈み、その所に急ぎ、そこからまた昇る。」という文句が見えた。ここはヘミングウェイの小説を読んだときにも開いて見たことがあり、そのときには「川はみな海に注ぐが、海は溢れない。川はいつまでも河口に向かって流れる。」といったくだりを読んで、よくもまあこれだけ当たり前のことを勿体ぶって言えるもんだと呆れ返ったものだが、いまは同じ箇所が意味深く心に響いた。幸福だと、人はかえって敬虔な気持ちになれるのかもしれない。

カヲルを抱いているあいだも敬虔な気持ちは持続していた。ぼくの態度はいつになく慎ましやかで、しかも相手にたいする慈しみの気持ちに溢れていた。頭のなかには『伝道の書』の一節が木霊していた。「かつてあったことは、またあろう。かつてなされたことは、またなされよう。天が下に、およそ新しいことはない。」そうなのだ。われわれは何万年も前から、こうして健気に、慎ましくセックスをしつづけてきたのだ。そしてわれわれの子孫もまた、健気に、慎ましくセックスをしつづけるのだ。われわれはみんな年老いて死ぬだろう。いつかぼくとカヲルのことを記憶する者は誰もいなくなるだろう。しかしそれがなんだ？「前の世のことは記憶されず、後の世のことも、さらに後の世に記憶されることはない。」つまりそういうことだ。人は生まれ、人は死ぬ。すべては川の流れとともに忘却の淵に投じられ、それゆえ海は溢れない。

アーメン。

ホテルの浴衣は一着しかないのでぼくが着て、廊下の突き当たりに並ぶ自動販売機で缶ビールを買うために部屋を出た。カヲルは持ってきた自分のパジャマを着て、ベッドの上に胡座をかいていた。ぼくたちは缶ビールを飲みながら、コインを入れてテレビを見た。面白い番組がなかったので、プロ野球と時代劇とクイズ番組と歌謡番組と教養番組を、五分ごとくらいにチャンネルを切り換えながら見た。

「セックス、好き？」カヲルが唐突にたずねた。

「なんてことを聞くんだ」

「正直に答えて」

「セックスそのものが好きかどうかなんてわからないよ。他の人とこういうことをしたことがないんだから。その行為だけを取り出してどうかなんて言えない。でもカヲルと抱き合ってキスしたりなんかするのは好きだよ」優等生的な答えだと思った。

「他の女の人ともこういうことをしたいと思う？」

「思わない」とぼくは言った。「想像もできない」

「本当？」

「本当だとも」

「約束して欲しいの」

「何を？」

「わたし以外の女の人とこういうことをしないって」

「約束する」一も二もなく言った。「嘘をついたら針を千本呑む」

カヲルはぼくの答えを反芻するかのように長く目を閉じていた。瞳の奥を深く自分の内面へ向けていくような目の閉じ方だった。ぼくは「却下します！」と言われるのではないかと、内心びくびくしていた。しかし彼女は何も言わなかった。やがて目をあけてぼくを見た。まったく見知らぬ顔を目にしているか、あるいは前に一度会ったことがあるのに、どうしても名前を思い出すことができない、といった感じの見つめ方だった。

「ありがとう」ようやく彼女は言った。「きっとそう言ってくれると思ってたの」

カヲルは自分から唇を差し出して接吻を求めた。

「さっきの約束は忘れていいのよ」唇を離してから言った。「ただそう言って欲しかっただけ。わたしが欲しかったのは言葉なの。誓約の履行まで求めたわけじゃないのよ」彼女はちょっと悪戯っぽく笑った。

その夜、夢のなかで女の泣き声を聞いた。誰かがそばですすり泣いている。声というよりも、それは息づかいだった。悲しみを押し殺したような、血の気のないような泣き方だな、と夢現に思っている。するとつぎの瞬間、ふと意識が覚醒して、身をよじると、ぼくの身体に背中をくっつけてカヲルが泣いていた。どうして泣いているのか、理由はたずねなかった。たずねてはならないような気がしたし、たずねても答えは得られないような気がした。ただ後ろからしっかりと彼女の身体を抱きかかえていた。カヲルは昂まるでも鎮まるでもなく、終始同じような調子で泣きつづけた。とても孤独な、ほとんどぼくの存在すら感じ取れていないのではないかと思えるような泣き方だった。

翌朝目が覚めたときには、いつもと変わりなかった。カヲルはとくに沈み込んでいるわけでもなく、また何かを取り繕おうとしているふうでもなかった。ぼくも昨夜のことには触れなかった。二人とも口を閉ざして通り過ぎてしまうと、奇妙にリアルな夢だったような気がした。夢のなかで女が泣いている、目が覚めると本当に隣で女が泣いている、そういう夢を見たような気がした。世界が明るくなって一日が動きはじめると、ぼくは昨夜彼女が泣いていたことさえ忘れた。

まず手近な店に入って朝食を食べるというのが、ホテルを出たあとの最初の日課だった。それから荷物をコイン・ロッカーに入れて、動物園や美術館や海岸へ出かける。下宿のおばさんには三日ほど旅行すると言ってきているので、ぼくの方も旅行鞄に一個ぶんの荷物があった。夕方になると、ほどほどのレストランか食堂で少し早めの夕食を済ませる。それからまたボニーとクライドごっこをするわけだが、同じホテルをつづけて利用すると怪しまれると思って、事前にちゃんと下見までして、三日分のホテルを用意しておいた。二日目、三日目と、しだいに堂に入っていくのが、我れながら怖いような気がした。

たぶん同じくらいのレベルのホテルを選んだからだろう、部屋はどれも似たような作りで、荷物をおろすとカヲルが先にシャワーを浴び、そのあいだぼくは、一日目に泊まったホテルから失敬してきた聖書を読みながら、幸福な一時に浸るのだった。たまたまページを開いて以来、すっかり『伝道の書』のファンになっていた。ここには新約書にあるような、しかつめらしいお説教はなかった。むしろ諸行無常とか「もののあはれ」といった仏教思想に近いものが感じられ、親近感が持てた。すべては「空」なのだから、せめてこの世では楽しく生きようという考え方にも共感できた。たとえばこんな具合だ。「そこで、わしは快楽を讃える。なぜといって、天が下で、人間にとり、飲み喰いして楽しみ、神によって許された年月のあいだ、労苦のなかに楽しみを伴うこと以外に善いことはないのだから。」

一応避妊の用意はしてきていたが、装着するタイミングがつかめないのと、着けるとやはりいくらか快感が削がれるような気がして、いつも外で出すようにしていた。ところがあるとき、幸福の絶頂で我を忘れ、「妊娠するならするがいい、それも運命だ」みたいなことを考えて、カヲルのなかで射精してしまったのは、直前に読んだ『伝道の書』の、「時と偶然がすべてを支配する。実際、人間はその時を知らない。不幸な網にかかる魚のように、また罠にかかる鳥のように、悪い時が突然やって来ると、人間は破滅する。」という文句が頭のどこかに残っており、自分の行為とのあいだに無意識の符合を求めていたからかもしれない。

こちらが敬虔であったせいか、カヲルの方も静かで、たいてい声もたてず、何かにすがるようにして目を閉じていた。すると突然、消し忘れたテレビが、誰かのホームランに熱狂しはじめることがあった。ぼくはちょっと驚いて動きを止めた。しかし品位のないアナウンサーの絶叫も、カヲルの静かな表情の前に冷たく遠のいて、再び動きだすころには、隣室から洩れてくる音のようにも聞こえた。お互いに言葉を交わすこともなく、いったい何を考えているのだろうと、ぼんやり思っているうちに、こちらもカヲルの想念のなかにとらわれたような気分になっている。ときどき意識の表面がぽっかり割れて、二つの裸体が客観的に眺められることがあり、そんなときには知らず知らず、この数ヵ月で脇腹の肉が落ち、いくぶん華奢になったように感じられるカヲルの肉の厚みをはかっていた。ところが乳房や腰に手をやると、それらの部位は逆に豊かになったようにも思われ、さらに詮索しそうになるのを、慎みがないと咎める声に遮られて、要するに女として成熟しつつあるということなのだろう、といったあたりで打ち切ってしまった。

いよいよ三日目の朝になり、ぼくたちはいつものように喫茶店でモーニング・セットを食べていた。今日の昼にはカヲルは帰っていくのだ。そのせいか、二人ともいつにもまして口数が少なかった。彼女はコーヒー・カップを手に持ったまま、ぼんやり窓の外を見ていた。店は道路に面しており、太陽がきつく照りつける白い舗道を、ワイシャツ姿の男たちが行き交っている。

「またしばらくお別れね」カヲルは自分のカップを見つめたままで言った。「お別れ」という言葉が、永遠の別離を意味しているかのように、ぼくの胸を掻きむしった。

「あと一日一緒にいようか」衝動的に、思ってもみなかったことを口にしていた。「下宿に泊まればいい。部屋も見てもらいたいし」

「泊まれるの」彼女は不安そうにたずねた。

「大丈夫、まかしとけって」

本当は大丈夫でもなんでもなかった。女人禁制の下宿では、掟を破った罪人は銃殺されることになっていた。それに明日は月曜日で、必修の講義が二つばかりあった。手持ちの金は底をつきかけていた。しかしそれがなんだろう？　ぼくたちには『伝道の書』がある。彼の書に曰く、人の世は所詮「空」であり、われわれ人間にあっては、労苦のなかに快楽を見出すこと以外に善いことはないのだと。

午前中は街を歩いて時間を潰した。昼御飯を食べてから、まずぼくだけが下宿に戻り、大家さんに帰宅の挨拶をした。部屋は二階に四つあり、玄関に近い方からA、B、C、Dとなっている。ぼくの部屋はCだった。大家さんから聞き出した情報によると、B室の住人は開学記念日と土曜、日曜を利用して実家に帰っており、D室の住人はテニス部の合宿に行っているらしい。A室の住人はギター・アンサンブルという、いかにも陰気なクラブに席を置く陰気な学生で、部屋にいるときはほとんどギターを弾いていたから、ぼくが女を連れ込もうがどうしようが、気づきもしないだろう。一旦部屋に自分の荷物を置いてから、頃合を見計らってカヲルを部屋のなかへ招き入れた。同じクラスの友だちがふらっと遊びに来たというような、気楽な感じだった。三日間に及ぶホテル暮らしで、このくらいのことは二人ともなんでもなくなっていた。

無事に部屋のなかへ潜入すると、さっそくレコードをかけた。この季節になるとかならず聴きたくなるレコードがある。ポール・マッカートニーの『ラム』、ジェフ・ベック・グループの『ラフ・アンド・レディ』、ザ・バンドの『ムーンドッグ・マチネー』など。みんな夏の到来を感じさせる素敵な音楽だ。レコードを聴きながら、電気ポットでお湯を沸かし、家から持ってきたサイフォンでコーヒーを入れた。コーヒー・カップは一つしかなかったので、一口ずつ交代で飲んだ。

「夜になったら、セブン・イレブンでもう一個買ってこよう」

「ここじゃあ自炊もできないわね」カヲルは部屋のなかを見まわしながら言った。

「火の気のあるものは使っちゃだめなんだ。暖房も電気炬燵だけ。もっともこの部屋じゃあ、ストーブは必要ないだろうけどね」

「ちょっと狭すぎやしない？」

「一人のときは、このくらいの方が落ち着くんだよ」

日が暮れるまで、ぼくたちは南向きの窓にもたれてレコードを聴いた。六月の空は青く澄み渡り、日差しは暖かかった。

暗くなってから、夕御飯を食べに外に出た。カヲルは大学の生協の食堂へ行きたいと言った。あそこはときどき人間の食べ物とは思えないようなものが出ると忠告したが、どうしても食べたいと言う。下宿から大学まで、歩いて五分ほどだった。食堂の入口で、ヘルメットにタオルで覆面をした学生がビラを配っていた。学生会館を大学の管理下に置こうとする大学側と、これまでどおり自治会で管理していこうとする学生側で対立がつづいていた。大学側は学生会館の改修を名目に、自治会に明け渡しを迫っていたが、これに反対する一部のセクトは、学生会館をバリケードで封鎖して立てこもっていた。近いうちに大学側は機動隊を入れるだろうという噂だった。

日曜日の学食は閑散としていた。誰だって連休最後の夕食をこんなところで食べたくはない。テーブルは汚いし電灯は暗い。ぼくだってカヲルが一緒でなければ、下宿でカップ・ラーメンでも啜る方を選ぶだろう。

「けっこう物々しい雰囲気ね」席についてから、カヲルはテーブルの上に散らばったビラをつまみ上げて言った。ビラには「学館死守！」とか「産学協同体制粉砕！」などと書かれていた。

「まあね」ぼくはビラを片付けながら気のない相槌を打った。

「あまり好きじゃないみたいね、あの人たちのこと」

「興味がないんだよ。株や為替の相場に興味がないのと同じでね。大学がどうなろうと、腐敗しようと向上しようと、本当にどうだっていいんだ。たった四年だからね。四年したらさよならして、きみと結婚するんだから」

生協の定食を食べるコツは、御飯とおかずと味噌汁を間断なく口に投入し、舌に味覚を知覚する暇を与えないことだ。そして最後に冷めた番茶を流し込めば、何を食べたかわからないうちに腹は満ちている。ところがカヲルときたら、まるで毒味でもしているように、皿の上の料理を細々とつついている。これでは食べられるものまで食べられなくなってしまう。結局、彼女はほとんどの料理を残した。

食堂を出てから、途中で買物をして下宿に戻った。夜はレコードを聴きながら、買ってきたワインを二人で飲んだ。寝る時間になると、ぼくは下の洗面所から洗面器に水を汲んできた。

「悪いけど、これで歯を磨いてくれる？」そう言って、洗面所が一階の大家さんの居住区域に通じるドアの脇にあること、玄関は一つなので、大家さんたちはそのドアを通って出入りすること、そんなところで呑気に歯を磨いていれば、見つかる危険性は充分にあることなどを説明した。

「トイレはどうすればいい？」カヲルはコップで洗面器の水を掬いながらたずねた。

「下で歯を磨きながら合図するから、そしたら静かに階段を降りといで。出るときはまた合図するから、速やかに階段を上がって部屋へ戻る」

「アンネの日記みたいね」

幸い、カヲルの潜入は発覚することなく、ぼくたちは三畳の部屋で無事に一夜を共にすることができた。雨戸を立て、電気を消して布団にもぐり込むと、あたりはひっそりとして物音ひとつしない。A室からギターの音が小さく聞こえていた。カヲルがラヴェルの「亡き王女のためのパヴァーヌ」だと教えてくれた。耳を澄ましてその音色に聞き入った。曲が終わると、彼女は布団のなかで小さく拍手をした。

6　ジーコの消息——③

「しばらく手紙を書かなくてすまない。この間、引っ越しやなんやでごたごたしていたのでね。まず封筒を見て気がついたと思うが、寮を出た。今度のところは六畳一間のアパートで、部屋の隅に小さな台所が付いている。日当たりは悪いが、どうせ昼間はいないからね。もうひとつ、今月から仕送りを止められた。授業に出ていないんだから当然だろうな。そのことで両親に文句を言うつもりはない。むしろ良かったと思っている。授業に出ずに仕送りだけ受け取るというのは、なんだか親を騙しているようで心苦しかったからね。それにいくら親の金とはいえ、予備校を儲けさせるのは気分が悪いもんだ。両親には自分たちの金を、もっと有意義に使ってもらいたいと思っている。とにかく、いまや名実ともに自由になった。これからは誰もあてにせずに、自分で稼いだ金だけでやっていくつもりだ。

自由であるためには孤独であらねばならない。孤独であることは、かならずしも不幸な状態とは言えない。むしろ耐えがたいのは、ある種の人々と共同生活を営まねばならないことだ。たとえば両親とかね。彼らとは一緒に暮らすことができない。きみも知ってのとおり、おれは中学三年のときから下宿生活をはじめた。高校だって家から通えないことはなかったんだ。でも両親と一緒に暮らすことはどうしてもできなかった。なぜだかわからない。特別な理由があったわけじゃないからね。ただいつのまにか、両親はおれが世界でいちばん嫌いな人々になっていた。

一ヵ月ほど前のことだけど、一日だけ実家に帰ってみたんだ。今度のことでは（つまり大学をみんな滑ったうえに、予備校の授業をサボりまくっていたことだけど）、なんとなく両親にたいして引け目があったというか、彼らのことがちょっと気の毒ではあった。それでたまに帰って元気な姿を見せようなどという、殊勝なことを考えたわけさ。これが間違いだった。おれは連中と一緒に飯を喰うことができなかった。彼らの薄気味悪い会話を聞いていることに耐えられなかったんだ。うちの両親というのは、息子が難しくなってから、おれには直接話しかけない。本人がそこにいるというのにだよ。誰かその場にいない人間の噂をするみたいな調子で話すんだ。

——コージはいったい何を考えているんだ。

——あの子はあの子なりに考えているんですよ。

——わからんね。不自由のない生活をさせているのに、いったい何が不満なんだ。

——わたしたちのころとは時代が違いますから。

——いくら時代が違っても、努力する者だけが報われることに違いがあるもんか。

——それはそうですけど……。

——頭だって悪くない。やる気さえあれば、なんだってしてやれるんだ。それなのにあいつは、自分の将来を台無しにすることばかり考えている。わしにたいする嫌がらせとしか思えんよ。

——今夜はそのお話はやめましょう。せっかくの楽しいお食事ですから。

想像してもみてくれよ、おれは彼らのほんの目と鼻の先で飯を喰っているんだぜ。楽しいお食事が聞いて呆れるじゃないか。まったく家庭ってのは精神病の温床だな。家庭のなかで育てられた子供で、精神病にならない奴がいるなんて奇跡だよ。だって家庭にはかならず葛藤が存在するだろう。そうした葛藤は、正確に子供の心に傷として写し取られる。それを癒そうとする親の行為が、また新たな葛藤を生む。こうして永遠の悪循環さ。いまの子供たちは、髪を染めたり親に暴力を振るったりして、必死に精神病になることを免れているんだ。ちょうどおれが部屋を散らかすことによって、精神的な危機を脱したようにね。人類にとって恐ろしいのは、核戦争より家庭かもしれない。人類を破滅から救うためには、地球上において家庭を禁止するしかないと思うのだが、どうだろう?

それともきみもまた、人類を破滅に導こうとしている者の一人なのかい。幸せな家庭とかいう薄気味悪いものを築き、精神的な危機を抱えた人間をこの世に生み出そうとしている者の一人なのかい。自分たちの子供が幾多の危機を乗り越えたり、乗り越えそこなったりして大人になっていく、あの子育てとかいう悪趣味なゲームに参加しようと企てている者の一人なのかい。

おれは御免だね。冗談じゃない。もし子供が生まれれば、そいつは絶対おれみたいになる。するとおれは親父と同じ立場に追い込まれる。悪夢だ。自殺した方がましだ。

だいたい結婚なんかしてどうするつもりだ？　信じられないよ。他人と一緒に飯を喰って、他人と一緒の部屋に寝て、あろうことか一緒に風呂まで入ってしまう。それが結婚だろう？　そりゃあたまにはいいよ。たまに女の子と一緒に御飯を食べたり、一緒に寝たりするのはいいかもしれない。しかしそれが毎日ってことになると、おれには耐えられそうにないな。だって一人になりたいときはどうする？　トイレにでも入るのか？　アメリカの諺に、糞が出ないならさっさと便器から降りろってのがある。無駄なことはするなって意味だが、ここでは関係なかったな。すまん。

ところで、おれはいま自動車学校に通っている。予備校も辞めたことだし、将来に備えて運転免許ぐらい取っておこうと思ってね。運送屋をつづけるにしても、免許があれば給料もよくなる。車を運転するのは嫌いじゃない。むしろ好きなことの一つと言ってもいい。車のなかにいると気持ちが落ち着くんだ。自動車学校の教官は性格が悪いという評判だが、どうだろう。少なくともおれを教えている奴は、そんなに悪くないぜ。五十くらいのおっさんなんだが、こいつの趣味が熱気球ときたもんだ。でかいビニール袋に暖かい空気を詰めて浮かび上がる、あれさ。まいったね、どうも。自動車学校の教官がだよ、毎週日曜ごとに熱気球で空にぷかぷか浮かんでいるんだ。絶対おかしいと思わないか？　でも熱気球ってのは悪くないな。悪くない思いつきだよ。
　夏休みまでには免許が取れるはずだ。そしたら一緒に旅行しないか？　車を買うために貯金もはじめた。最初は中古車でいいだろう。そいつに乗って一週間か十日くらい、あちこちまわるんだ。夜は車のなかで寝てもいいし、テントを持っていってもいい。なにしろ夏だからね。簡単な飯くらい作れる道具も用意しておこう。大切なのは無計画ってことだ。何日はどこへ行って何を見て、なんてのはまっぴらだからな。そういうのは修学旅行だけで充分さ。とにかく地図は捨てる。ここが肝心なところだ。だいたい地図に何が書いてあるっていうんだ？　地図なんて、学校の教科書みたいなものじゃないか。本質的なことは何も書いてない。だから地図は捨てる。そのときの気分や直観で道を選ぶんだ。あるいは風の感触や空気の匂いで方角を選ぶ。どこへ行っても似たような街と人と生活習慣というのがこの国の欠点だが、方法によっては、まだ本物の旅は可能だと思うんだ。そのためには地図を捨てること。無計画であること。身軽であること。きみの方でも考えといてくれ。

コージ」

7　日は昇り、日は沈み……

前触れがなかったわけではない。あとから考えると、思い当たることは幾つもあった。しかしそれらはいつも一時的なものとして、ぼくのなかを通過していった。訝りはそのつど点となって孤立し、相互に連関したり、繋がったりすることはなかった。いまあらためて辿り直すと、そのときには孤立した点と見えたものが、なだらかな曲線を描いて繋がっていたような気がした。ぼくがもう少し注意深い観察者であったなら、線が伸びていく先を読めたはずだ。

体調がすっきりしないのは、春先からずっとつづいていた傾向だった。身体がだるい、食欲がない、肩が凝る。親元を離れて一人で暮らしはじめたことや、新しい環境に慣れねばならなかったことで、身体の方が変調をきたしているのだろうと自己分析していた。ところがそろそろ夏休みというころになって、まったく物が食べられなくなった。無理して食べると吐いた。そのうちに生理が止まった。予定日を十日以上過ぎてもはじまらない。これは間違いないと思ったらしい。ぼくもその話を聞いて、間違いないと思った。『伝道の書』のおかげで、一度だけ彼女のなかで射精したことがあり、時期的にみても、あのときに妊娠したことは充分に考えられた。

「とにかく病院へ行ってみる」カヲルは意外と冷静な声で言った。

「一人で大丈夫？」ぼくは電話口でオロオロした。

「ちょっと恐いけど」

「そっちへ行こうか」

「ううん。来ないで」

「もし妊娠だったら、すぐに飛んで行くから」

「飛んで来てどうするの」

「これからのことを相談しなくちゃ」

「堕すんでしょう？」

「わからない。生んでもいいような気もするし」

しばらく気まずい沈黙があった。

「とにかく調べてもらう」最後はきっぱり言って、カヲルは電話を切った。

検査の結果、妊娠ではなかった。しかし食欲がないのと、食べれば吐くという症状はつづいていた。身体は急激に細くなり、手や足には浮腫がきていた。最後は這うようにして、彼女が通っている大学の病院を受診した。衰弱がひどいので、すぐに点滴が行われた。体重は三十キロ近くまで落ちていた。検査が行われたが、依然として原因がわからない。内科の医師は心因性の病気を疑ったようで、同じ病院の精神科へまわされた。そこでも一通りの検査が行われたが、やはり異常は見つからなかった。とりあえず本人と治療契約が交わされ、あらためて入院ということになった。

　事の経緯を手短にしたためた手紙を読み終えてから、ぼくはここ何年かのあいだの、カヲルとの思い出を辿りはじめた。すると快活で健康そうな彼女の横には、いつも心と身体を病んだカヲルが、あたかも彼女自身の影のように佇んでいたような気がした。ぼくは目を閉じて、様々な姿を思い浮かべてみた。道を歩いていく彼女、立ち止まって何かに見入る、後ろを振り返って一瞬ぼくの姿を追い求める、笑う、怒る、微笑む、首をかしげる……彼女。しかしどれもすぐに淡い光のなかに紛れていき、最後にはただ一つ、台所の隅で辛そうに肩をすぼめ、小刻みに震えながら吐き気を堪えている姿だけが残った。

第五章　１９７７年・夏

1　彼女を抱擁すること

受付で精神科をたずねると、廊下を右に曲がって東病棟の表示のある方へ進み、そのあたりでもう一度たずねるように言われた。「精神科、精神科」とたずねてまわるのも気が引けるので、天井からぶら下がっている表示をたよりに、狭い渡り廊下を抜けて、非常口のような鉄の扉を抜けると、どうやら目指すところへ来たらしかった。看護婦の控室でカヲルの名前を告げ、面会を乞うと、簡単にこちらの素性をたずねただけで、部屋の番号を教えてくれた。部屋まで看護婦が付いてくることもない。ちょっと拍子抜けして、寒々としたリノリウムの廊下を歩いていった。部屋はすぐに見つかり、ドアには乱暴な字体でカヲルの名前の書かれた札が掛かっている。

半分ほど開いたドアの隙間から顔を差し入れて、「こんにちは」と声をかけた。女の声が答え、入室を促した。部屋に足を踏み入れると、すぐにベッドの上のカヲルと目が合った。鼻に透明な管が入っているのを見て、やはり彼女は病気になったんだと思った。カヲルはいつものように、ちょっと恥ずかしそうに微笑んだ。ぼくは軽く頷いて、それからベッドの脇に控えている女の人に目をやった。頭を下げて自己紹介すると、女の人は「カヲルの母です。いつもカヲルがお世話になっています」と言った。カヲルが話していたように美しい人だった。少し痩せ型で、髪は綺麗にウェーブさせている。年齢は四十歳くらいだろうか。

母親とはほとんど話らしい話をしなかった。しばらく世間話をしたあと、彼女は気をきかせて部屋を出ていってくれた。ぼくはあらためてカヲルの方を見た。髪を短く切っているので男の子っぽく見えた。もともと色の白い顔はますます白くなり、このあいだ会ったときからすると、別人のように頬がこけている。

「御飯を食べないんだって？」ぼくはそれまで母親が坐っていた、ベッドに近い方の椅子に移りながら言った。

「食べたいのを我慢してるんじゃないのよ」カヲルは弁解するように言った。「食べようと思っても食べられないの。何も食べたくないの。食べたいものが見つからないの」最後は訴えかけるような口調になっていた。

「でも元気そうなんで安心したよ」思わず目を逸らしながら、ぼくは言った。「もっとがりがりに痩せてるんじゃないかと思ってたから」

「入院したときはそうだったの。体重も三十キロを切ってた。でも点滴と、鼻から入れる食べ物のおかげで、いまは三十五キロくらいかしら」

「口からも食べてるの？」

「ええ、少しだけ。普通の食事じゃなくて、潰瘍食っていうんだけど、少し柔らかくしたものを食べてる。でもほとんどは流動食」

「美味しい？」

「味なんかわからないわ」カヲルは小さく笑いながら言った。「もう少し食べられるようになれば鼻の管は外して、口から食べる御飯と、足りないぶんは高カロリーの栄養剤に切り換えようっていうことなんだけど、わたしはどうしてもその栄養剤が飲めないの」

「それで管をつけてるんだね」

「こんな恰好を見られて恥ずかしいわ」

「なかなかいかしてるよ。サイボーグみたいで」

　カヲルは眉間の皺を寄せるようにしてちょっと考えてから、ようやく表情を和らげた。つまらない冗談が届くのにも、光が星から星へ旅するほどの時間がかかるようだった。

「目標体重ってのがあるの」と彼女は言った。「先生と相談して決めるんだけど、わたしの場合は四十キロ」

「ご褒美が出るのかい」

「病院のなかをあちこち歩きまわってもいいって」

「いまはだめなの?」

「ベッドで寝てるだけ。安静にしてなくちゃいけないの。動きまわるとエネルギーを消費して危ないんですって」

「緊縮予算でやってるわけだ」

「一日千カロリーがやっとだから」

「少ないのかい?」

「普通の生活をしようと思えば二千カロリーは必要なんですって。千カロリーは一歳の赤ちゃん並みらしいわ」

「一日寝てると退屈だろう。テレビもないし……」

「ここは精神科だから」とカヲルは言った。意味を把握しかねて首をかしげると、「コードの付いたものはだめなの。自殺防止のため」

枕元のラジカセを見ると、なるほど本体からコードが出ていない。ワゴンの上にはテープが積み上げてあり、そのほとんどは高校を卒業してからぼくが送ったものだった。

「今度来るときには新しいテープを持ってきてあげるよ」

「ありがとう。でもいままでにもらったテープ、本当に気に入ってるの。もう何十回も聴いたわ」そう言ってカヲルは目を閉じ、しばらく息を整えるようだった。

ぼくは椅子から腰を上げて窓際に立った。向かいの病棟とのあいだに小さな庭があった。建物に沿って、規則正しく区画された花壇も作られている。開放病棟ということもあってか、ほとんど普通の病室と変わらない。鉄格子も鉄の扉もない。逃げ出そうと思えばいつだって逃げられるだろう。強制的なものは、目につくかぎり何もない。ここは刑務所ではなく病院なのだ、とあらためて思った。

名前を呼ばれて振り向くと、カヲルがベッドの上から身体をねじるようにしてこちらを見ていた。

「こっちに来て」小さな声で言った。

思わず「ここで？」とたずね返しそうになって、彼女にはここ以外の場所はないのだと思い直した。おずおずとベッドに近づいていくあいだ、カヲルは動きのない目でぼくの方を見ていた。薄い夏布団をはぐって腕を取った。とても細く、掌で撫でると骨の形がくっきりとわかる。腋の下に両手をまわし、上半身をゆっくり抱きかかえた。カヲルは目をあけたままじっとしていた。口を近づけると、彼女も唇をすぼめて応じた。鼻に挿入された管が顔のどこかに触った。それからようやく彼女の唇に辿り着いた。弾力のない、紙のような唇だった。ぼくの好きな落ち葉の匂いはせず、薬の匂いに紛れてかすかな口臭が漂った。

「いい気持ち」唇を離してから、カヲルはうっとりした声で言った。「こうしていると、生きてるって感じがする」

「もちろん生きてるとも。当たり前じゃないか」思わず強い口調になった。

「ええ、そうね」彼女は強いられたような相槌を打って、「ときどきわからなくなるの」と言った。

しばらく何もせずに抱き合っていた。ほとんどベッドに覆いかぶさる恰好になっていたので、部屋に人が入ってきたことにも気がつかなかった。「あっ、いいことしてる」と囃し立てるような声がしたときには、口から心臓が飛び出すほどびっくりした。腹立たしく後ろを振り向くと、唇に真っ赤な口紅を塗った若い女が、視点の定まらない目でぼくたちを見ている。

「看護婦さんに言いつけてやろう」はしゃいでいるわりに憎しみのこもった声で言って、女は部屋のあちこちをきょろきょろ見ている。

ぼくたちは自然に身体を離していた。カヲルは別に腹を立てた様子もなく、女のすることを気長に見守っている。やがて廊下の向こうから、「中村さん、また悪さしてるの」と子供をたしなめるような看護婦の声が聞こえてきた。すると女は、ぼくたちの方を一瞥することもなく、さっと身を翻すようにして部屋を出ていった。一瞬の目の錯覚か、夢でも見ていたような気がした。

「中村さんていうの」カヲルは身内の恥を打ち明けるようにうつむいて言った。

うとした。

「そうらしいね」ぼくはできるだけ淡白に受け流して、それ以上詮索しないという構えを取ろうとした。

「彼女、盗癖があるの」カヲルは妙に粘りつく口調でつづけた。「わたしと違って過食嘔吐の人だから、金品はすべて食べ物に直結しちゃうらしいの。食事なんか他の患者さんのぶんまで食べるのよ。わたしは食べない方だから、最初はよく狙われたの。それで先生から、部屋に食べ物を置かないようにって注意されて、いまはそうしているんだけど、あいかわらずあんなふうにやって来る」おしまいの方は嫌悪の勝る口調になっていた。

カヲルは表情のない目で「中村」さんの出ていったドアの方を見つめている。何か言わなければと思っているうちに、母親が遠慮がちに部屋に戻ってきた。するとカヲルは「また中村さんが来たのよ」と、珍しく娘が母親に対するような物言いで訴え、そのまま二人は「中村さん」の話をつづけるようだった。

2　労働と日々

ジーコのアパートは、街の中心部のごみごみした路地裏にあった。市電の駅からしばらく歩いて、バス通りをガソリン・スタンドのところで折れ、人通りの少ない道を五十メートルほど行くと、金網のフェンスで囲まれた小さな公園がある。その脇を入ると、袋小路の突き当たりがアパートだった。建物はトタン屋根の二階建てで、部屋は一階の奥から二番目と教えられた。薄暗い裸電球のついた廊下を歩いていくと、ベニヤ板の安っぽいドアの外に何足かの靴が脱ぎ飛ばしてあり、そのうちの幾つかには見覚えがあった。ぼくは指示されたとおり、電気メーターの上を手で探って部屋の鍵を見つけ、それを使ってなかに入った。

六畳の部屋は、昼間でも電気をつけなくてはならないほど暗かった。ドアと反対側の壁にある唯一の窓をあけてみると、五十センチほど先はもう隣のアパートだった。あいだにブロック塀があり、その上から一匹の猫がこっちを見ていた。舌を鳴らして呼ぶと、塀の上を歩いてどこかへ行ってしまった。窓のところに小さな流しが設えてあった。ガスコンロもあるので、簡単な料理ぐらいは作れそうだ。しかしジーコは例によって、使い古した丼や皿や箸で、流しの様子をすさまじく凄惨なものにしていた。食べたら洗うという観念がないのだ。食べる前に必要にかられて洗うというのが、彼のスタイルだった。

部屋には机と椅子が一セットあった。他に家具と呼べるものは何もない。かなりな量の本は、廊下側の壁に沿って乱雑に積み上げられている。大きさも考えず、ただ気まぐれに積み重ねるものだから、山のところどころは崩れて、部屋の中心部へ向けて溶岩流のように押し寄せている。そのまわりには脱ぎ飛ばされた服、新聞、雑誌、カセット・テープ、メモ用紙などが散乱していた。ゴミ箱というものを部屋に置く習慣のない彼は、紙屑をすべてそこらに投げ捨てるため、畳の上は縁日のあとの参道みたいに汚れまくっている。いったいどこに布団を敷くのだろう。こういうところで何日も生活していると、免疫のある彼はともかく、普通の人間は病気になるのではないかと、ぼくは真剣に自分の身を案じた。

夕暮れまでにはまだ時間があった。電話で話したときには、昼間は運送屋のアルバイトをしているので、帰りはいつも七時ごろになるということだった。とにかく部屋の掃除でもして、帰りを待つことにする。ここへ来る途中で、ふと思いついて安物の寝袋を買った。『白鯨』のイシュメルは宿屋で銛打ちのクィークェグと一つのベッドで眠るはめになるが、ぼくは断じて男と同じ布団では寝たくないのだ。問題は、ジーコの布団を敷いたあとに、寝袋を敷くだけのスペースが残るかどうかだった。最悪の場合、流し付近の板張りで寝るしかないだろう。いずれにせよ部屋のなかに空間を取り戻すことが先決だった。

まず洗しのあちこちに堆積して埃をかぶっている食器を洗った。脱ぎ散らかされた衣類はポリ袋に詰め、近くのコインランドリーに持っていって洗濯機に放り込んだ。畳の上に散乱していた紙屑も、まとめてポリ袋に詰め込んだ。本は大きさを揃えて、一メートルくらいの高さに積み上げた。これだけでも部屋はずいぶん広くなったように見えた。メモやノート類は机の端に積み重ねた。一通り部屋のなかを片づけてから、コインランドリーで洗濯を終えた衣類を取ってきて、アパートの裏にある共同の物干しに干した。もう夕方なのに、あいかわらず日差しは強かった。

部屋が少し人間の住処らしくなったところで、流しのガス・コンロでお湯を沸かし、部屋の隅に転がっているドリップでコーヒーをいれた。さすがに大量のレコードとステレオは運びきれなかったらしく、部屋にはラジカセとテープしかない。引っ越しの名残りか、テープの多くは蜜柑箱のなかに詰め込まれたままだった。これらのテープのなかから、以前にぼくが進呈したグレイトフル・デッドのライブを見つけ出し、ラジカセで聴きながら、壁際の本の山を少しずつ発掘して、めぼしい本をぺらぺらめくってみた。

まず目につくのは詩集だった。リルケ、マラルメ、ヴァレリー、中原中也、立原道造、それに現代詩の詩集がひと抱えあった。黄色い表紙のポケット・スコアが少々に、『レコード芸術』と『音楽の友』のバック・ナンバー。全集では宮沢賢治、堀辰雄、福永武彦など。さらにつげ義春や永島慎二などの漫画が一山。あちこちに散乱している文庫本まで含めると、いったい何冊くらいの本があるのかわからない。

ぼくは文庫本の山のなかからレイ・ブラッドベリの短編集を見つけ出し、畳の上に寝ころがって読みはじめた。七時を過ぎて、ようやくジーコが帰ってきた。薄汚れた作業着のようなものを着ている。「やあ」とか「おう」とかいう長母音の挨拶をしたあとで、彼はちょっと風呂に行ってくると言って、押入れのなかから慌ただしく洗面道具を取り出し、さっさと部屋を出ていってしまった。その間、せいぜい十秒くらいだったろうか。ぼくは啞然としてその場に立ち尽くした。愛想よく迎えろとは言わないが、四ヵ月ぶりに会ったのだから、もう少し再会の喜びみたいなものがあってもいいのではないだろうか。たとえ相手が保険のセールスマンでも、普通の人間ならもっとまともな言葉をかけるだろう。それにこの整然と片付いた部屋を見て、彼は何も感じなかったのだろうか。憤懣やるかたない思いで、ぼくはレイ・ブラッドベリの短編集のつづきを読みはじめた。

三十分も経たないうちに、ジーコは再びぼくの前に現れた。片手に洗面器、もう一方の手にビニール袋をさげている。袋のなかに缶ビールが半ダースほど入っていた。

「少し落ち着けよ」とぼくは言った。

「何が？」彼は濡れた洗面道具を流しの横に置きながら答えた。

「四ヵ月ぶりに会ったんだぜ」

「食事は？」ジーコはぼくの言うことを聞き流してたずねた。

「まださ」ぶっきらぼうに答えた。

「それじゃあ腹が減っただろう」

「ああ。きみは食べたのか」

「運送屋の仕事ってのは飯の時間が不規則でね」ジーコは袋のなかから缶ビールを一本取り出すと、立ったままで蓋をあけて咽喉に流し込んだ。「とにかく暇を見つけては、車を止めて食堂へ飛び込むんだが、今日は忙しくて昼飯を喰う時間がなかった。アンパンで腹をもたせ、四時ごろようやく昼飯にありついたってわけさ」

「それじゃあ腹はまだ空いてないんだな」

「ところが、そうでもないんだ。ピアノ運びってのは異常に腹が減るもんでね。どうせ夕飯は喰わなくちゃならん」

そんなことを言いつつも、ジーコはビール片手に部屋のなかをうろうろ歩きまわって、せっかくぼくが片付けた本やノートを机の上などに移動させている。

「どっかで食べようか」彼の不可解な行動を観察しながら、ぼくは言った。

「いや、今日はここで焼きそばパーティでもしよう。せっかく部屋を片づけてくれたことだし。それでいいかい」

「なんだっていいよ」

「それじゃあ、ちょっと買い出しに行ってくる。ビールでも飲んで待っててくれ」

十五分後、彼は手に袋をさげて帰ってきた。袋のなかには焼きそばの材料がごっそり入っている。キャベツ、もやし、豚肉、中華麺……。これらの材料を畳の上にぶちまけると、流しの下からホット・プレートを引っ張り出してきた。そして流しに立ってキャベツを刻みはじめた。下ごしらえが終わると、ホット・プレートに油をひいて肉と野菜を炒め、塩、胡椒で味つけし、最後に中華麺を投入してソースをぶっかけた。焼きそばが出来上がったところで、ぼくたちは畳の上に胡座をかいて坐った。

「ホット・プレートって便利だと思わないか」彼は割り箸でプレートから直に焼きそばを取っ

て食べながら言った。「これ一つあれば、焼きそばからお好み焼きから焼き肉からピラフから、なんだってできるんだからな。おれはだいたい一週間に喰う夕飯のうち、半分はこいつの厄介になってるんだ」

「ずいぶんまめなんだな」

「おれは基本的にまめな人間だよ。部屋が汚いのを見てすべてを判断してはいけない。今日はちょっと片づけておいたがね」

　ぼくは思わず箸を止めた。「あれで？」

「どうした」

「いや、別に」

「そこに転がってるのはなんだい」彼はたずねた。

「寝袋だけど」

「何に使う」

「寝るのさ」

「どうして？」

「一つの布団に二人は寝られないだろう」

「心配するな」と彼は言った。ぼくが首をかしげると、やや誇らしげな口調で、「ついに確立したんだ」と付け加えた。

「何を?」

「四日に一度眠る生活パターンさ。手紙に書いただろう。今日は二日目だから、明日も寝なくて大丈夫だ。おれが石のように眠るのは明後日だ。だから今日と明日の夜は、きみが一人で布団を使っていいよ」

「そういう生活は身体に悪いんじゃないのか?」

「馬鹿だな」彼はこれ以上あっさりとは言えないくらいあっさりと言った。「人間が生きていく上で、身体に悪くないことなんて何一つないんだぜ。いちばん身体に悪いのは生きていることさ」

焼きそばを食べ終わると、ジーコは蜜柑箱のなかからテープを選び、ラジカセにセットしてスイッチを入れた。陰鬱なピアノ伴奏につづいて、これまた悲痛なバリトンが出てきた。曲目をたずねると、シューベルトの『冬の旅』と答えた。

「暑苦しい夏の夜にはぴったりだと思わないか」

どこが? しばらく二人で音楽に聞き入った。気が滅入った。ぼくはぽつりぽつりカヲルの病院のことを話しはじめた。そこでは自殺防止のためにコードを使うことは禁止されており、ラジカセも電池で聴かなくてはならないこと。果物ナイフを持ち込むことはできず、そのため林檎の皮を剥くときには、いちいち看護婦さんの詰所に林檎を持っていって、その場で皮を剥き、ナイフは返して林檎だけ部屋に持ちかえること。

「そういうところに彼女はいるんだ」

「世の中には不当に重力がかかり過ぎてしまう人間がいるもんさ」とジーコは言った。「地球上の力場というものは、どこも均質なわけではなくて、あちこちに偏りがある。その偏りをまともに受けて育った人間は、大きくなってから御飯が食べられなくなったり、部屋を散らかしはじめたりするわけだ」

「彼女をきみと同じ範疇でくくってほしくないね」ぼくはしごくもっともと思われる異議を差し挟んだ。

「ある意味で、おれたちはとてもよく似ている」彼は三平方の定理でも唱えるかのように言った。

「とにかくきみがいてくれて助かったよ」話題を変えることにした。

「部屋は遠慮なく使ってくれ。どうせ仕事でめったにいないんだから、同じ家賃を払うのなら、無駄なく活用した方がいい」

　ビールがなくなると、ウイスキーを水道の水で割って飲んだ。二人ともアルコールには強い体質らしく、いくら飲んでも酔わなかった。ぼくは『冬の旅』を途中でなんとかやめさせて、かわりにトム・ウェイツの『土曜の夜の恋人』をかけた。こういうのを夏の夜にふさわしい音楽と言うのである。十一時半になると、ジーコは酒を飲むのをぴたりとやめて服を着替えはじめた。

「今度は何がはじまるんだい」

「これからちょっと仕事に出かけなくちゃならない」

「こんな夜中に？」

「オールナイトのレストランで皿洗いをするんだ。ナイトシフトだと時給もいいからね。終わったら、その足でピアノ運びのバイトに出かけるから、朝飯は一人で適当に喰っといてくれ」

「超人的な生活スタイルだな」ぼくは呆れて言った。

「人はそれぞれのリアリティのなかへ降りていかなくちゃならない」と彼は言った。

3　何を食べるか

ジーコのアパートから、毎日カヲルの病院へ通った。面会時間は午後一時からなので、それまではどこかで時間を潰さなければならない。午前中はたいてい畳に寝転がって音楽を聴きながら、彼の蔵書を手当たり次第に読み漁った。まずつげ義春と永島慎二の漫画をすべて読んだ。つぎに堀辰雄の全集のなかから、いくつかの作品を拾い読みした。昼になると近くの喫茶店に行ってランチを食べた。そしてコーヒーを飲みながら、リルケやマラルメの詩集を広げてみた。マラルメは難しくてほとんどわからなかったが、リルケの詩の幾つかは好きになった。とくに気に入った詩はノートに書き写しておいて、病院の行き帰りに電車のなかで取り出して読んだ。

あなたの心に触れないように
ぼくの心をどうしたら、よいのだろう？
どうしたら　あなたを超えたほかの世界へぼくの心をわたせよう？
消え失せたものの住む暗やみのなか
あなたの心の深みが揺れても　もう揺れぬ
遠いしずかな場所へ　ぼくの心をかくせたら
ああ　どんなにぼくはほっとするだろう
けれども　ぼくらに触れる　あなたとぼくに触れるものみなが
二つの絃からひとつの音をかなで出す
ボウイングのように　ぼくらをひとつにしてしまう
それでぼくらは　どんな楽器の絃なのか？
ぼくらを手にとる演奏家はだれなのか？
ああ　甘いしらべよ

市電に乗って、カヲルのアパートの一つ手前の駅で降りると、大学病院はすぐ近くだ。病室には母親がいることもあったが、いないことの方が多かった。それで午後の二、三時間をほとんど二人きりで過ごすことになる。行動を制限されているカヲルにしてあげられることはほとんどなかった。せいぜいお茶を入れて枕元で四方山話をするか、トイレまで付いていくか、ときどき身体を抱いてやるくらいだった。カヲルは以前よりも自分の身体に触れられることを好むようになっていた。好むというよりも、ほとんど生理的な欲求に近いものらしく、三十分に一度くらいは、ベッドの上から抱擁を求めてきた。そのたびにぼくは、カヲルの上に覆いかぶさって、両腕で上半身を抱きかかえた。

病室へ通いはじめてから何日目かに、ふと思いついて、駅の近くのスーパーでビスケットと瓶詰の苺ジャムを買った。それらを持って病院へ行った。幸い病室にはカヲルだけだった。ぼくは半開きの病室のドアをぴったり閉ざした。それからベッド脇に戻り、紙袋のなかからビスケットとジャムを取り出した。

「食べてみる?」

「どうしたの」彼女は怪訝そうにたずね返した。

「買ってきたのさ」ぼくはさも当然のように言った。「一緒に食べようと思ってね」

「食べられないわ」と彼女。

「大丈夫、食べられるとも」

まずビスケットの袋を破り、なかからビスケットを一枚取り出した。それを半分に割って、恭しく差し出した。彼女は口を固く結んで首を横に振った。ぼくはビスケットをさらに半分に割り、あらためて「ほら」というように差し出した。彼女はちょっと躊躇したが、やがて観念したように目を伏せた。それから聖体拝領のパンでもいただくように、瞼を閉じて無防備な白い咽喉を突き出した。

「口をあけてごらん」

彼女は言われた通りにした。舌の上に、ビスケットのかけらを載せた。そのままカヲルは口を動かさず、ビスケットが自然に溶けるのを待っているようだった。できれば吐き出してしまいたいと思っていたのかもしれない。ぼくはじっと彼女の顔を見ていた。途中で彼女は目をあけてぼくの方を見た。無言で頷くと、もう一度目を閉じた。しばらく舌で口のなかのものを確かめているようだったが、やがて口を閉じ、眉をひそめるようにして呑み下した。そして静かに目をあけた。

「美味しい」と彼女は言った。

「だろう?」

「不思議だわ」

「ジャムも食べてみる?」

指で掬った苺ジャムを、カヲルの口元へ持っていった。彼女は従順に口を開いた。ジャムのついた指を、そっと口のなかへ入れた。彼女は温かい舌をからませて、指にくっついたジャムをきれいに舐め取った。舌で指のまわりを舐めながら、上目づかいにぼくを見た。ぼくは雛に餌を運ぶ親鳥のように、ビスケットとジャムを交互に口のなかへ運んだ。彼女は与えられるままに受け取った。

　ぼくはビスケットを口にくわえ、それをカヲルの口元まで運んだ。彼女は前と同じように舌で受け取り、唾液で柔らかく溶かしてから呑み込んだ。ときどき彼女の方が口を突き出しすぎて、唇と唇が触れ合った。かけらを舌の上に載せて噛まずに含んでおくと、すぐに柔らかくなる。それからゆっくり口を近づけた。カヲルは軽く口を開き、舌の先を少し突き出すようにして待っている。ぼくはほとんどペースト状になったビスケットをカヲルの口に移した。彼女はゆるく目を閉じたまま、唇をすぼめるようにして迎え入れた。唇を離して様子を窺うと、目を閉じたまま、いま自分の口のなかに入ってきたものを確かめているようだった。それから物憂げな表情が深くなり、鼻梁のまわりが翳りをおびたかと思うと、かすかに咽喉を上下して、口のなかのものを呑み下してしまった。

　移し入れた食べ物を、カヲルが舌で押し出すようにして戻してくる。それを受け取る。あるいはもう一度彼女の口に返してやる。一つの食べ物は、ぼくたちの口のあいだを行ったり来たりしているうちに、やがて二人の唾液に溶かされて、形状はおろか味覚さえもとの状態をとどめぬまでに変容し、これではほとんど食べ物とも言えず、それどころか外部から摂取する物質とも言えず、二人の肉体というか、お互いの生命そのものを食べ合っているような気がしてくる。

「咽喉は渇かない？」

「身体のなかは水だらけだから」

ときおりそんな会話が交わされ、熱い息を吐きあっていたのが、いつのまにか静まって、気がつくとカヲルは軽い寝息をたてていた。口のまわりはジャムやビスケットの粉で汚れている。ぼくは枕元のタオルを水道の水で湿し、丁寧に汚れをぬぐい取った。そのあいだも彼女は目を覚ます気配を見せなかった。

カヲルは泥酔したように眠っていた。入口のドアは閉まったままだ。誰かがぼくたちの行為を覗き見したのかどうかもわからない。見られたら見られたでかまわないと思った。ここが精神を病んだ人たちの病棟ということで、恥ずかしさや気後れの感情を解除されているのかもしれない……と分析的になった途端、先ほどまでカヲルと舌を絡め合っていた自分が、彼女と同じ病理にとらわれていたような気がした。

4　何を食べるか（つづき）

ぼくの両親は高校時代からカヲルのことを知っていたし、息子がこの娘と結婚するつもりらしいことも、薄々察しているようだった。だから彼女の病気のことを話し、夏休みのあいだはM市のジーコのアパートで過ごすことを告げても、何も言わなかった。ただ父は、旅費はやるから、たまに家に帰ってくるように言った。ぼくは四日に一度、ジーコが石のように二十四時間ぶっ通しで眠る日に、家に帰ることにした。そして両親と一緒に御飯を食べ、自分のベッドで眠った。M市に帰る日の朝には、かならず母が弁当を作ってくれた。高校時代に使っていたアルミの弁当箱である。それを受け取るたびに、自分はいったい何をやっているんだろうと思った。列車のなかで包みを開くときには、思わず目頭が熱くなるが、弁当のおかずはというと、あいかわらず鯖の塩焼きと竹輪の磯部揚げなのだった。

ジーコのアパートにいるあいだ、夕食は毎回ホット・プレートで作って食べていたが、さすがに何日もつづくうちに飽きてきた。そこで居候させてもらっていることへのお礼も兼ねて、少しずつ台所用品を買い揃えることにした。大学病院の近くに、学生相手の質屋や中古の電化製品を扱う店が何軒かある。そのうちの一軒で、まず冷蔵庫と五合炊きの電気炊飯器を買った。さらにアパート近くの質屋で、小さな折り畳み式のちゃぶ台を買った。最後にスーパーで、二人分の食器を一揃えと、米、鯖の缶詰、インスタントの味噌汁、納豆、キムチなどの材料を買った。部屋に戻ると流しで米を研ぎ、正真正銘の御飯を炊いた。ちゃぶ台の上にはぴかぴかの茶碗と塗り箸を並べた。七時過ぎにジーコが帰ってきた。彼はちゃぶ台と真新しい食器を見て、少なからずギョッとしたようだった。ぼくは炊きたての御飯、鯖の缶詰、インスタントの味噌

ご購読ありがとうございます。

読者カード

●ご購入作品名

[　　　　　　　　　　　　　　　　　　　　　　　　　　　　　　　　　]

●この本をどこでお知りになりましたか？

1.書店で見て　2.新聞、雑誌の広告を見て（紙誌名　　　　　　　　　　　　）
3.新聞、雑誌の紹介記事・書評を見て（紙誌名　　　　　　　　　　　　）
4.人にすすめられて　5.テレビを見て（番組名　　　　　　　　　　　　）
6.ホームページを見て　7.ラジオを聴いて（番組名　　　　　　　　　　　　）
8.友人、知人からのプレゼント　9.その他（　　　　　　　　　　　　）

●ご意見、ご感想などありましたら、是非お聞かせください。

●ご感想を広告等、書籍のPRに使わせていただいてもよろしいですか？

（実名で可・匿名で可・不可）

●ご協力ありがとうございました。今後の参考にさせていただきます。

郵便はがき

おそれいりますが切手をおはりください。

160-8565

〈受取人〉
東京都新宿区須賀町五
株式会社ポプラ社
第三編集部 行

お名前（フリガナ）　年齢　歳
性別　男・女

ご住所　〒　TEL
e-mail

ご職業　1.学生（大・高・中・小・その他）　2.会社員　3.公務員
4.教員　5.会社経営　6.自由業　7.主婦　8.その他(　)

汁、納豆、キムチなどを食卓に出した。

「おれのいちばんいやなパターンだ」と彼は言った。

いやでもなんでも、腹が減っている人間は弱い。好きも嫌いも食欲には勝てない。肉体労働をしてきたジーコは盛大に食べた。五合炊いた御飯は、またたくまになくなった。食事の後は、冷蔵庫で冷やしておいたビールを飲んだ。氷はいつでも手の届くところにある。

つぎの日から、ぼくは新婚間もない主婦のように、調理用具を少しずつ買い揃えていった。まず中ぶりの片手鍋を買った。親子丼を作るためである。材料としては卵と焼き鳥の缶詰と葱を用意する。最初に焼き鳥の缶詰を鍋にあけ、水と醬油を加えて煮立てる。その上に溶き卵をかけ、卵が半熟になったところで葱を入れる。少し蒸らしてから、丼に盛った御飯の上にのせる。これで立派な親子丼になった。親子丼を作らない日には、煮干しで出汁をとって味噌汁を作った。おかずはあいかわらず缶詰と納豆とキムチだったが、手作りの味噌汁が加わるだけで満ち足りた気分になった。つぎに少し大きな中華鍋を買った。これで野菜炒めを作った。片手鍋の方では、豆腐と若布の味噌汁である。こうしてぼくたちの夕食は、徐々に一般的な家庭料理の域に近づいていった。

ジーコは「いやだ、いやだ」と言いながらも、美味そうにぼくの手料理を食べつづけた。御飯に飽きたときにはインスタント・ラーメンを活用した。まず中華鍋で豚肉と野菜を炒め、これにひたひたの水を加える。煮立ったところでラーメンを五袋ばかり投入する。麵をほぐしながら水気がなくなるまで炒めると、焼きビーフンのような料理になった。インスタント・ラーメンにかんしては、ほとんどあらゆる可能性を追求してみた。その極めつけは「ラーメン・チャーハン」なるもので、作り方はというと、まず御飯とミックス・ベジタブルを炒める。そこにチキン・ラーメンを手でばらばらにほぐして入れ、辛子明太子を加えて混ぜ合わせる。調理の過程だけを書くと気持ち悪いが、実際に食べてみると、世の中にこんな美味い食べ物があるだろうかという、深い感動をおぼえる。ただこの料理の欠点は、いくぶん中毒性があることで、一度味をしめると、「ラーメン・チャーハン」のない生活が考えられなくなる。

「おれはこの料理と心中したっていい」とジーコは言った。

「いい思いつきかも」

「彼女にも食べさせてやればどうだい？」

「死なれたら困る」

「食べたいものが見つからないなんて、彼女は世間を知らなさすぎるよ」

冷蔵庫を買ってから、ぼくたちは毎日二人でビールの大瓶を三本ずつ飲むようになった。そのあとはウイスキーを飲んだ。二人の飲酒には馬鹿ばかしい思いが付きまとった。せっかく高いお金を払って買った酒を、ひたすら腎臓に送り込んで尿に変えているようなものだったから。部屋では絶えずなんらかの音楽が鳴っていた。もっとも二人の好みが一致しているとは言えず、たとえば彼がラヴェルの管弦楽集のテープをかけたあとで、ぼくがドクター・ジョンの『ガンボ』をかけるといった具合だった。音楽を聴きながら、ほとんど話らしい話もせずに、ひたすら酒を飲みつづけた。ジーコはたいてい本を読んでいた。ぼくはアルコールが入ると活字を追えなくなる。しかし彼は平気だった。そして十一時半になると、ぴたっと飲むのをやめ、手早く服を着替えて皿洗いのアルバイトに出かけていく。

ピアノ運びをする日は、深夜の皿洗いが終わってそのまま運送屋へ直行するので、つぎの日の夜までジーコに会うことはない。しかし二十四時間の睡眠に入る日の朝はアパートに帰ってくる。ぼくは朝食の支度をして待っている。二人で朝食を食べたあと、彼はわき目もふらず布団にもぐり込み、ぼくは実家に帰るために駅へ向かう。

カヲルはこうした関係を面白がっていた。ときどきからかうように、ぼくたちのことを夫婦みたいだと言った。

「だって御飯を作ったり、同じ部屋で眠ったり。つまり生活でしょう？　そういうのって一般的には夫婦って言うんじゃない？」

「好きでやってるわけじゃないんだぜ」ぼくは恨みがましく言った。「毎日きみに会うために、仕方なくジーコのアパートで生活しているわけだから」

「喧嘩とかしないの？」

「しないね」

「どうしてかしら」

「たぶんお互い、相手に興味がないからだろう」

カヲルの父親とは、病院で一度だけ出くわしたことがある。いつものように病室に入っていくと、彼は部屋の隅に居心地悪そうに坐っていた。がっしりした体格で、背もぼくより高そうだった。風貌はテレビ・ドラマで会社の重役でもさせると似合いそうな感じだ。ぼくの両親を知っているらしく、そんな話をちょっとしていた。それから大学のことをたずねた。学部とか専攻とか、ごく大まかな質問だ。就職の面接でも受けているような気分で、緊張して質問に答えた。やがて父親は他に用事があるとかで部屋を出ていった。ぼくを娘婿として認めてくれたかどうかわからない。それを判断するには、あまりにも内容の乏しい会話だった。

5　誰を愛するか

病室ではじめてカヲルの姉に会ったときには、好きになる相手を間違えたのかもしれないと思った。それほど彼女は美しかった。カヲルもそれなりに可愛いが、どこか庶民的なところがある。姉の方はもっと洗練されていて、迂闊には近寄りがたい雰囲気だった。美しさという点においていて、カヲルの姉はむしろ彼女たちの母親に似ていた。どこか冷たい、男を拒絶するような美しさにおいて。

「いつもカヲルがお世話になっています」姉は母親と同じような挨拶をした。それから「前に電話でちょっと話したことがあるわね」と言った。高校時代の夏休みに、ぼくが電話をかけて、彼女をカヲルと間違えたときのことを言っているらしかった。「せっかくの夏休みを、病人のお見舞いばかりじゃつまらないわね」と世慣れた口ぶりでつづけた。

　ぼくは彼女の美しさに圧倒されて、ほとんどまともに口をきくことができなかった。「どうせ暇ですから」と、ようやくそれだけ言うと、花も恥じらう乙女のように下を向いて口を噤んだ。

「カヲルもこうして彼氏が毎日お見舞いに来てくれてるんだから、御飯を食べて早く元気にならなくちゃだめよ」姉はぼくの手前、妹に向かって軽く咎める口調で言った。

　カヲルは薄く微笑むようにしてぼくたちのやりとりを聞いていたが、姉からそう言われたときには、「ええ、そうね」と小さく相槌を打った。

　幸いカヲルの姉は、ほどなく病室を出ていってくれた。あのまま部屋で話をしていたら、まともに受け答えのできないぼくのことを、きっと白痴だと思ったに違いない。そして家の者には、カヲルは白痴と付き合って拒食症になったと報告したかもしれない。

「美人でしょう、うちの姉」カヲルはこちらの胸中を察するかのように言った。

「そうだね」ぼくは上の空で答えた。「この街で働いてるんだって？」

「放送局に勤めてるの。記者なのよ、あれでも」

「じゃあ忙しいんだ」

「タフな人だから」と彼女は言った。それから遠くを見るような目で、

「ときどき姉のことが妬ましくなるの。美人で、頭が良くて、自分の好きなことをして……」

「きみだって美人だし、頭もいい」ぼくは性急に断定した。「好きなことだって、これからすればいい」

「わたしは姉みたいにはできないわ」

「どうして？」

「どうしても」

カヲルは下を向いて口を噤んだ。それ以上の対話は望まないというような口の噤み方だった。喋っているときには意識しない病室の匂いを、静寂が際立たせた。それは薬や消毒、かすかな体臭などが混ぜ合わさった匂いだった。部屋のなかを見まわしてみた。窓の向こうに竹を立てて朝顔が這わせてある。赤や紫の花はすでに萎んで、空気のぬけた風船みたいだった。

「食べてみる」紙袋のなかから食料を取り出しながらたずねた。

「えっ？」というような感じで、カヲルは眼差しを上げた。それから「うん」と小さく頷いて、ちょっと恥ずかしそうに微笑んだ。

いろいろ試してみた結果、ビスケットとかクッキーとかジャムとかアイスクリームとかチョコレートとか、咀嚼せずに口のなかで自然に溶けるような食べ物なら、カヲルは受け入れるこ

とがわかった。噛み砕かなければならないものは、最初から食べようとしなかったし、呑み下したときに異物感のあるものは、つぎから食べようとしなかった。病院の食事では柔らかい御飯や魚の煮物なども食べているというから、やはりぼくにたいしては甘えがあったのかもしれない。

親鳥のように餌を運びながら、ぼくは自分の力でカヲルを養ってやろうとか、病気を少しでも快方に向かわせようと考えていたわけではない。鼻に挿入された透明な管のような役割を果たすつもりはなかった。ただ食べるという行為を通して、彼女と繋がりたかった。だから食べ物の種類は問題ではなかった。何を食べさせるかではなく、食べさせるという行為そのものが大切だった。物を食べさせることは、象徴的にお互いの生命をやりとりすることだ。ぼくは食べ物を通して自分の生命をカヲルに与える。与えることによって、彼女のなかへ入っていく。こうして二つのものが一つになる。それは形を変えた性交だったのかもしれない。子供を生み、家族を営むといった未来へは繋がらない、ただ現在だけを反復する性の営み……。

「ときどき、この病気になって幸せだなって思うことがあるの」指で掬って持っていったジャムを一口舐めてから、カヲルはそんなことを言った。「毎日こうやって食べさせてもらえるし、赤ん坊みたいに抱いてもらえるし……」

「いつまでもつづけるわけにはいかないよ」ぼくはしかつめらしく言った。「ちゃんとしたものを食べないと、そのうち本当の病気になってしまう」

言った瞬間に「しまった」と思った。いくら親身になって看病しているつもりでも、どこかで摂食障害という病気にたいして真正ならぬイメージを抱いており、それが「本当の病気」などという言い方をさせたのだろう。失言を償うかのように、夏布団の上からカヲルの身体を抱いた。彼女はぼくの言葉にも、また抱擁にも拘泥せずに、別の方へ話を持っていった。

「一日中、こうやって一緒にいてくれて、それがせめて一年間つづくなら、このまま死んだっていい」どこか夢見るような表情で言った。

「ぼくはどうすればいい」

「誰か別な人と結婚すればいいじゃない」平然とそんなことを言う。

一瞬動きを止めて考え込んだ。とりあえず、ここは冗談にしてしまうしかなさそうだった。

「いいとも」ゆっくり身体を離しながら言った。「仮にぼくが誰か別な人と結婚したとしよう。でもその結婚は不幸な結果に終わるだろうな。なぜならきみのことが忘れられないからさ。ぼくは新しく出会った人を愛そうとするけれど、それは偽りの愛なんだ。そして妻からは、あなたは心に秘密を持ってるなどと言われる。ぼくは彼女と別れて、かつての恋人への報われなかった愛を抱いて生きていく……おしまい」

さり気なく様子を窺うと、彼女は口元に笑いを含んで天井を見上げている。やがて可笑しそうに、「ちゃんとメロドラマになっているじゃない」と言った。

「メロドラマにしたいの？」

「そうじゃないけど」と断って、彼女はあいかわらず笑いを滲ませた声でつづけた。「わたしは誰かに甘えてみたかったの。子供のときからの願望だった。その願望を満たすために、こんな病気になったんじゃないかと思うわ」

「これで満足しただろう？　そろそろもとの自分に戻ってはどうだい」

カヲルは何も言わなかった。ただ先ほどと同じように、ぼんやり病室の天井を見上げていた。そのうちにぼくは、彼女の顔つきが変わってきたことに気づいた。漠然とした印象ではあったが、たしかに何かが変わっていた。表情から奥行きというか、柔らかさというか、行間の含みのようなものが失われ、それにつれて彼女の表情は、とてもフラットで無機質的な感じになった。カヲルの身体の内側で、何者かが彼女を捕らえて連れ去ったかのようだった。

「わたしはこれでいいの」やがて顔の表情そのままに起伏のない声で言った。「いまのわたしがいちばん自分らしいもの」

「それはどうかな」ぼくは物柔らかに否定した。「いまのカヲルはちっともカヲルらしくないよ。鏡を見てごらん」

彼女は答えなかった。ただ虚ろな眼差しを宙に彷徨わせ、ぼくが心を渡せない遠い事柄について考えているようだった。やがて感情のこもらない声で、「わたしにどんなふうになってほしいの」とたずねた。

「どういう意味？」

「あなたが求めているのは、たとえば姉のような女の人じゃないかしら。でもあいにく、わたしはあんなふうにはならないの。それはわたしらしくないもの。脚も腰も細くなって、男の子みたいになったいまのわたしが、本当のわたしなの」

喋っている内容とは裏腹に、口調はまったく感情の動きを伴っていなかった。自分のことを語っていながら、他人事みたいな話しぶりだった。

「きみがそう言うなら、たぶんそうなんだろう」ぼくは従順に言った。「かまわないよ、男の子みたいないまのカヲルでも。ただ……このままどこかへ行ってしまいそうで不安なんだ」

カヲルは鈍い動作でぼくの方に顔を向け、焦点の合っているようないないような目で見ていた。それからふと思いついたかのように、枕元のサイド・テーブルに手を伸ばし、引き出しのなかから小さな手鏡を取り出した。それを機械的に自分の正面にもっていった。しばらく鏡に映った顔を眺めていたが、そのあいだ左右にちょっとアングルを変えてみることすらない。やがて疲れた腕を投げ出すようにして、鏡を布団の上に置くと、今度は右手で左手の手首をつかんで、腕まわりを測るような仕草をした。

「たしかにそうね」彼女はひとりごとみたいに呟いた。「いまのわたしはちっともわたしらしくない。この痩せっぽちのわたしは、いったい誰なのかしら」そんなことをしおらしく訴えるが、訴えている内容には、あいかわらず相応の意識が伴っていない。聞いている方は、打っても打っても響いてこない空虚さを抱えている。

「いまでも充分カヲルらしいよ」ぼくは彼女の手を取り、手首から外しながら言った。「ただちょっと痩せちゃってるけどね。御飯を食べれば、またもとに戻るさ」

「この数ヵ月は生理だって止まっているのよ」彼女はぼくの言ったことを打ち消すようにつづけた。「身体だってガリガリに痩せて骸骨みたいだし、これじゃあとてもあなたのお嫁さんになれないわ」

心をつかみきれないと思った。こちらと思えばあちら、あちらと思えばこちらへ、彼女の心は水のようにぼくの手をすり抜けていく。めまいにも似た絶望を感じ、悲しみに胸が塞ぎそうになった。悲しみは沈潜するかわりに胸から溢れ、突然聞き分けのない憎しみとなってぼくを襲った。ほとんど正気とも思えない衝動に取りつかれて、気がつくと、両手で石膏のようなカヲルの肩をつかんでいた。

「本当はぼくと一緒になるのがいやなんじゃないのか」押し殺した声で言った。「それを自分の口から言わないで、みんな病気のせいにしている」

カヲルは左右の肩を交互に怒らせるようにしてあとじさりしながら、驚きと恐怖に見開かれた目でぼくを見ていた。

「きみは自分から好んで病気になったんだ」指先に力をこめてつづけた。「一緒に暮らしたくない。だからといって別れる気もない。それで病気になった。病気になって、ぼくにずっと看病させて、死ぬのを看取らせるつもりなんだ」

彼女は目を伏せて悲しそうに首を振った。そして小さな声で「違う」と言った。

「いや、違わない。きみはぼくと一緒に生きるつもりがない。かといって見捨てるわけでもない。生殺しのような状態に引き留めて、自分の死に付き合わせるつもりなんだ」

しばらく間があった。突然、カヲルの口から嗚咽のような声が漏れた。思わず彼女の肩から手を離した。泡立つような戦慄が背中を走った。声は荒々しい濁流となって溢れ出した。それは堤を浸食し、決壊させ、あっというまに部屋全体を呑み込んだ。ぼくは茫然として、これまで築き上げてきたものが無残に流れていくのを見ていた。

それは動物的な、生々しい、意味をなさない叫び声だった。誰かに何かを訴えるというよりも、自分自身の存在を消し去ってしまおうとするかのような、暴力的な禍々しさに満ちていた。込み上げてくるものを無理に呑み込もうとして、カヲルは咽喉を引きつらせた。その拍子に、布団の上に赤茶けた液状のものを吐いた。慌てて汚れ物の始末をしようとすると、彼女は邪険にぼくの手を振り払い、その勢いで乱暴に自分の鼻から透明な管を引き抜いた。なんとか取り押さえようとして、彼女の身体を抱きすくめにかかった。するとどこにそんな力が潜んでいたのか、彼女はぼくをベッドの上からほとんど投げ飛ばしてしまった。途方に暮れ、荒れ狂っているカヲルを見上げたときには、すでに騒ぎを聞きつけた看護婦や看護士が部屋に入ってくるところだった。彼らは三人がかりで泣き叫ぶ患者を取り押さえ、一人の看護婦が、恐ろしいばかりの手際の良さで、カヲルの腕に注射の針を刺した。

6　月の暗い部分

ぼくはジーコのアパートを出て、一旦自分の家に帰ることにした。いてもすることがなかった。しばらくのあいだ、病院へ面会に行くことは差し止められた。そのことを告げにきたのは、カヲルの姉だった。彼女は病院側と家族を代表して問題児に事情を言い含めに来たのだ。ぼくたちは繁華街にある喫茶店で会った。

「こういう病気では、あまり食べろ食べろというのもよくないんですって」彼女は金のブレスレットをいじりながら、それとなくぼくの行為を非難するように言った。「お医者様が言われるには、カヲルが食べることを拒んでいるのは、まだまわりにたいする緊張感があるからなの。あなたや家族の前で、みっともないところは見せられないと思ってるのね。ところがあまり強要すると、今度は周囲の人間を喜ばせたい気持ちから食べはじめることになりかねない。そうなるとたいてい過食に走ってしまうらしいの」

「どのくらいの期間、会いに行かなければいいんですか」

「最低でも二週間。場合によっては一ヵ月くらいかかることもあるらしいわ」

「手紙や電話はいいんですか」

「残念だけど、それもだめらしいの」姉は気の毒そうに言った。「肝心なのはカヲルを一人きりにして、自分自身と向かい合わせることなのね。いまのカヲルは自分を見失ってるっていうか、あなたや周囲の人間のことばかり気にしてるでしょう。しかも他人を一個の人格として見ているんじゃなくて、ある種の規範ていうか、自分にあれをしなさいこれをしなさいと言ってくれる指導者か、でなければ完全に親鳥の役割を引き受けてくれて、存分に甘えさせてくれる保護者として必要としている。つまり自立の肩代わりをしてくれたり、現実とのあいだを媒介してくれるものとして、他人を必要としているわけ。そのことが問題なのよ」

ぼくは硝子越しに店の外を眺めた。舗道に向かって長いビニールの庇が広げられ、その陰に白いテーブルと椅子、観葉植物などが出されていた。しかし客の足はクーラーのきいた室内へ向かうので、屋外には誰もいなかった。

「一つには自分の病気と対決したくないってこともあるんだと思うわ」彼女は形のいい指をテーブルの上で組み替えながら言った。「そのために家族や治療者を利用する。カヲルのような病気で入院している人には、わりとよく見られる傾向らしいの。たしかに病院てところは居心地のいい面があるでしょう。他人に身のまわりの世話をしてもらって、本人はただ寝ていればいいんだし。だからなおさら甘えさせてはいけないの。あまり居心地が良くて、長く居ついてしまうと困るから。実際に、十年以上入院してる人もいるんですって。そういう事態はなんとしても避けたいわけ。あなただって、このままカヲルが病院に居座っちゃうといやでしょう？」

「そりゃあ……」

「そのためにはカヲルを、少しずつ現実に立ち向かわせる必要があるのよ」

八月のなかごろにエルヴィス・プレスリーが死んだ。キング・オブ・ロックンロールの死。王はドーナッツを食べ過ぎて死んだ。四十二歳。音楽雑誌ではボブ・ディランの来日が話題になっていた。ディランはいまでも「戦争の親玉」や「マギーズ・ファーム」をうたっているのだろうか。ずいぶん遠い世界の話のように思えた。どんな話題にたいしても心が動かなかった。音楽はほとんど聴かなかった。何を聴いても面白くなかった。音の文脈がたどれなくなっていた。ロックはただうるさいだけの音楽だった。ビートルズをはじめて聴いて、「オー、ショッキング！」と眉をひそめた大人たちは、こんな気分だったのだろうか。ぼくはカヲルの気持ちが少しだけわかるような気がした。彼女の口ぶりを借りて言えばこうだ。「聴きたいのを我慢してるわけじゃないの。聴きたくないの。何を聴いても面白くないの。聴きたい音楽が見つからないの……」

カヲルの顔が見られなくなると、ぼくは精神的な安定を失った。道を歩いているときなどに、突然動悸が激しくなったり、息苦しくなったりすることがあった。クーラーのきいている部屋で、暑くもないのに気持ちの悪い汗をかいた。夜は夜で不眠に悩まされた。寝付きが悪いというよりも、睡眠の途中で夢を見て目が覚めてしまう。視覚よりも、聴覚に訴えかける夢が多かった。眠りのなかで女が泣いている。泣き声はすぐ近くから聞こえてくるようでもあり、部屋を隔てているようでもある。それが暗闇に張り巡らされた細い糸のように、低くもならず高くもならず、長いあいだつづいている。また泣いてるな、と眠りのなかで思っている。そろそろ行ってやるか、などと考えているうちに目が覚める。すると朝までもう眠れない。

夜明け近くに目が覚めるときは、もっと始末が悪かった。気分は最悪で、そのうちにカヲルが仕出かしそうな自殺の方法を、あれこれ考えはじめている。別のことを考えようとしても、知らず知らずのうちに、「自殺」という想念の傍らに引き戻されている。首吊り、睡眠薬、手切り……。すでに事切れたあとの様子がまざまざと脳裏に浮かび、彼女の遺体に取りすがって泣いている自分の姿まで見える。そのうちに本当に涙が出てくる。

考えてみればおぞましいことだ。いい若い者が、すでに表ではラジオ体操もはじまっている時間に、布団のなかでめそめそしているのだから。しかしどうしようもなかった。朝食の時間になっても布団から出ることができない。母親が話しかけてきても、もう少し寝かせておいてくれと言うことしかできない。本当は何も喋りたくないのだけれど、そうすると家の者が心配して、あれこれ詮索してくるので、なんとか力をふりしぼって最低限の受け答えをする。昼近くになってようやく起き出すと、すでに一仕事終えたような、不快な疲れが身体のなかに淀んでいる。夕方にはいくらか気分も良くなっているが、そのころにはもうつぎの夜が近づいている。

カヲルの姉は、ときどき手紙で病院の様子を知らせてくれた。それによるとぼくが引き揚げてすぐに、医者が懸念していたような過食行動が現れてきたらしかった。食べたあとは、自己嫌悪からか、ひどい抑鬱状態に落ち込んでしまい、そういうときに自殺や自損行為が現れやすいので、いまは一時も目を離せない状態だという。また過食といっても、食べたものはほとんど吐いてしまうので、体重はかえって減少している。何度か点滴も受けたらしい。主治医はとりあえずカヲルの行動を制限する措置をとった。入院してからも、彼女は自由になる金を多少は持っており、それで菓子類などを買い込んできては食べていたらしい。医者は本人に話して、精神科の病棟から外へ出ることを禁止した。また金は家族が預かることにして、自由に買い喰いなどができないようにした。これらの措置にかんしては、カヲル本人も納得している。もし約束が守れたら、面会が許可されることになっている。

ぼくは再びM市に舞い戻った。いつでも参上できるように、万全の態勢を整えて待つことにした。毎日のようにカヲルの姉の職場に電話を入れて、情報の収拾に努めた。しかし過食は一向に改まる気配がなかった。自分で食べ物を買いに行くことができないので、他の患者からねだったり、強要したり、ときには盗み出すことさえあるという。当然苦情が出るし、看護婦に現場を押さえられたことも何度かあったらしい。そのたびに嘘をついたり、非を転嫁したり、居直って反抗したり、激情的に泣き叫んだりする。もともと頭はいいから、医者や看護士に注意されても、巧みに相手の不備や矛盾を指摘し、的確に弱点を抉るらしく、そのしたたかな傲慢さに、治療チームのなかにも憎しみをおぼえる者がいるくらいだと、カヲルの姉は言っていた。過食が治らなければ、会うことができない。あと二週間もすれば夏休みが終わる。そしたらぼくはカヲルに会えないまま大学に戻らなければならない。こっちまで摂食障害を起こしそうだ。

ジーコは労働の日々を継続していた。数週間のあいだに、念願の車も手に入れていた。中古のシビックだった。燃費がいいのか、大学でも学生たちがよくこの車に乗っていた。女の子を乗せるには、あまりパッとしない車だ。でもとりあえず実用的ではある。ぼくはあいかわらず二人分の夕食を作り、手当たり次第に本を読みつづけた。何かを考えたいからではなく、何も考えたくないから本を読んだ。気晴らしに映画を観にいった。主人公のボクサーがジョギングをして、腕立て伏せをして、生卵を一度に四個も飲んで、リングに上がって殴られるという、馬鹿みたいな映画だった。夏休みは終わりに近づいていた。王貞治はホームランを打ちつづけ、ハンク・アーロンの大リーグ記録に迫りつつあった。彼が七百五十五本の記録に並んだころ、再びカヲルの姉に会った。

「あなたまで痩せちゃったんじゃない?」待ち合わせの喫茶店にやって来たカヲルの姉は、ぼくの顔を一目見るなり言った。

「どうなんでしょうか、彼女の様子は」

「よくないわね。あなたみたいにすごく落ち込んじゃって、それに泣いてばかりいるんですって」彼女はやって来たウェイターにアイス・コーヒーを注文し、それからグラスの水を一口飲んだ。

「大丈夫なんですか、このまま病院に預けておいて」自分の落ち度は棚に上げて、思わず治療者への不信を口にしていた。

「そうね」姉は同調するような相槌を打ってからつづけた。「病院の先生も、何か思い違いをしているようだとはおっしゃるの。つまり早く良くなって退院したいっていう思いばかりが強くて、肝心の病気を治そうとする意識っていうか、自分で自分の病気を治すっていう自覚が、すっぽり抜け落ちているらしいの。病院側も折りを見て、本人によく言い聞かせてくれてはいるんだけど、ちっとも説得されないっていうのかしら。話を聞いているあいだは、素直に頷いたりしているらしいのね。でも診察室を出ていく肩越しに、退院のことをたずねたりするんですって」

「一度会うことはできないでしょうか」

「いまが辛抱のさせどころじゃないかしら」

「あと十日ほどで大学に戻らなければならないんです」

　姉は答えずに窓の外へ目をやった。明るい日差しに溢れた通りを、人と車が行き交っている。じっと見ているうちに、通りの光景は露出過多の写真のように白く眩しさを増していき、最後は光の粒子の氾濫のなかにパッと弾けて消えてしまった。あるいはそれはぼく自身の願望だったのかもしれない。このままカヲルを失うくらいなら、いっそ世界は眩しい光のなかに弾けて消えてしまう方がよかった。

7　ぼくたちの計画、というか無計画

九月のはじめに、王貞治はついにハンク・アーロンの大リーグ記録を破った。彼はぼくが生まれた年にジャイアンツに入団した。それから十九年間、ぼくが麻疹やおたふく風邪に罹り、乳歯が永久歯に生えかわり、声がわりし、毛が生え、カヲル一筋の真実一路男に成長するあいだ、ずっとバットを振り回してホームランを打ちつづけてきたのだ。その積み重ねが七百五十六本のホームランだった。

ぼくはこの試合を、いつも昼御飯を食べる喫茶店のテレビで見ていた。対戦チームはスワローズで、ピッチャーは鈴木だった。一打席目は四球。二打席目も鈴木はホームランを警戒して外角ばかり攻めていた。六球目、外角を狙って投げたシュートが真ん中高めに入った。その球を王のバットがとらえた。打球は一直線に満員のライト・スタンドへ飛び込んだ。あちこちで割られるくす玉。両手を上げて、ゆっくりダイヤモンドをまわる王。そのとき、ぼくの頭のなかで何かがショートした。自分の成長とともにホームランを打ちつづけてきた人が、世界記録

を達成するというのは、やはりいろんな意味で大変なことなのだ。

アパートに帰ったときには一つの考えしかなかった。なんとしてもカヲルに会いに行かなければならない。その後の姉の話では、カヲルの状態は以前よりもかなり落ちついているということだった。過食嘔吐の間隔も、少しずつ長くなってきているという。ぼくは恋する者の一途さで、つぎのように考えた。カヲルは早く良くなってぼくに会うために、無理をして御飯を食べはじめた。それが引き金となって、過食状態に陥ってしまった。どうして他人の食べ物を盗んでまで過食にふけるのか。寂しいからである。その寂しさを紛らわすために、過食にふけってしまう。彼女には毎日抱擁してくれる人が必要なのだ。ぼくは彼女に会って、思い切り抱き締めてやらなくてはならない。そうすれば飢餓感は満たされて、過食も治まるだろう。

「じつに見事な推論だ」ジーコは話を聞き終わるなり言った。「他人の病気をそれだけ自己中心的に見れるのは、持って生まれた才能だと思うよ」

「一日だけでいいんだ。あと一週間で夏休みは終わり、ぼくは大学に帰らなくちゃならない。一日だけ、彼女と一緒に過ごしたいんだ」

「そして彼女の身体を抱き締める」

「まあね」

「たまらんな」ジーコは畳の上にごろんと横になった。「そのあいだおれはどうしてればいいんだ」

「問題はどうやって彼女を連れ出すかだよ」

「病棟へは入れるんだろう」彼は気のない様子でたずねた。

「入れるけど、ぼくは看護婦さんたちに顔を覚えられてるからまずいんだ」

じっとジーコの顔を見つめた。彼はぼくの真剣な眼差しに、何か自分にとって都合の悪いものを読み取ったようだった。

「いやだよ、おれは」慌てて起き上がると、泡を喰ったように言った。「だいいちおれが迎えにいっても、彼女が付いてくるかどうかわからないじゃないか」

「大丈夫だよ。彼女はきみを信用してるから」

「だめだってば。おれが卵焼きと女に弱いってことは知ってるだろう」

「こういう状況で自分の都合を持ち出すな」

「どっちが？」

「とにかくたのむよ」

ぼくはジーコに計画のあらましを説明した。さらに病院内の地図を描いて、侵入の経路、彼女を連れ出したあとで落ち合う場所などを指示した。最初渋っていたジーコは、話を聞くうちにしだいに乗り気になってきた。どうやら彼はぼくの計画のなかに、すでに失われてしまった騎士道精神の名残りを嗅ぎあてたらしかった。また恋する者たちのために一肌脱ぐという役回りも、けっして彼の意に沿わぬものではなかっただろう。

「つまり略奪してしまうわけだな」一通り話を聞き終わると言った。

「略奪だなんて人聞きの悪い」ぼくは昂った相手の気持ちを鎮めるように言った。「彼女にちょっと外の空気を吸わせてあげるだけだよ。朝連れ出して、夜にはちゃんと連れて帰るわけだから」

「そのまま彼女を連れて逃げちまえばどうだ？」

「冗談じゃない」半オクターブほど高い声になった。「彼女は病気なんだよ。下手をすると生命にだってかかわる。やっぱり一日だけです。一日だけぼくのわがままを叶えてもらうんです」

「変なところで分別臭いんだな」

「理性的と言ってもらいたいね」

「きみのそういうところが、彼女を病気にしたかもしれないんだぜ」

「どういうことだよ」

「人を病気にするのは真面目さと不器用さと厚かましさだからね。きみはその三点を完璧に兼ね備えている」

「根も葉もない言いがかりだと思うけど」

「だいたい理性的であることが、なんらかの価値だとでも思っているのか」彼は嫌悪のにじむ口調で言った。「どうして理性なんだ」

「確実性を重んじるから」

「どうして確実性なんだ。確実性になんの価値がある？　むしろ不確実性こそ価値じゃないか。どうして確実性なんて求めるんだ」

こんな議論をしたってしょうがないぞ、という良識ある声が聞こえる。だが彼には、相手を挑発してその気にさせる、不思議な才能があった。つまりアルコールやドラッグやマスターベーションと同じように、ジーコは癖になる。

「生きるってことは、ある種の確実性を求めることじゃないか」とぼくは言った。

「いや、違うね」彼は即座に否定した。「それがどんな種類のものであれ、確実性をもとめるってことは、生を断念することだ。不確かな未来に身をさらすことこそ、生きるってことなんだ」

「人間は生まれたときから確かなものを求めて生きているんだよ。食べ物とか、家族の愛情とか……」

「食べ物や愛情こそ不確かなものだ」ジーコはぼくの言葉を遮って言った。「食べ物がある程度確かなものになったのは、たかだかここ数十年のことに過ぎない。そのために人生はブロイラー並みになってしまったがね。でも愛情は、いまだに不確かなものでありつづけている。愛情こそ、地上でもっとも不確かなものなんだ。だから愛情を求める行為は美しいんだ。この上なく不確かなものに賭けてみる行為として雄々しいんだ。その点できみは立派だった。おれはひそかに敬意すら払っていたんだ。しかしきみの錯覚は、愛情を求める行為が、すぐさま確かなものを求めることに結びつくと考えている点にある。いいかい、愛情と確実性は、もともと二つ一緒には手に入らないものなんだ。それを無理に手に入れるようとする厚かましさが、人を拒食症にするんだ。そして相矛盾するものを、二つながら手に入れようとする狡猾さのことを、われわれは理性と呼んでいる。本来、彼女の愛情を求めようとするきみの行為は、きわめて不確かな未来へと繫がっていくはずのものなんだ。それが生きるってことだ。確実なものを求めるならば死ねばいい。いちばん確かなものは死だからね」

「もちろん死は確かなものだ」ぼくは冷静に反論した。「そして生は死によって規定されている。だから生もまた確かなものでなくちゃならない」

「いっぱしの理論家になったもんだな」彼は皮肉っぽく言った。

「夏休みのあいだにきみの本を読んだからね」とぼく。

「どうしてすべてをそんなふうに未来から規定しようとするんだ」ジーコはこちらの一瞬の隙を突いて攻勢に転じた。「彼女がどうして病気になったか、考えてみたことがあるのか？　責任はきみにもあるんだぞ。そのことがわかっているのか？　きみは彼女の愛情を確実なものにするために、彼女が彼女自身であることを否定しようとしている。それが結婚という制度だ。結婚は多様な一人の人間を、ただの抽象的な概念にしてしまう。妻とか母親とか女とか。彼女がきみとの未来に見ているものは、そういう空疎な、規範的な自分なんだ。だから彼女はきみとの未来にたいして悲観的にならざるをえない。かといって逃げることもできない。つまり彼女の現在は身動きのとれないものになっているんだ。だから病気という時間のない世界へ逃避した。それもこれも、きみが彼女の愛情を確かなものにしようとしたからだ」

「誰もが普通にやってることをやろうとしただけじゃないか」ぼくは理不尽な言いがかりを受けたような気分で言った。

「どうして彼女が普通なんだ」ジーコは糾弾の手を休めようとしない。「きみにとって彼女は普通なのか？　その他の大勢と一緒なのか？　どうして一般的な文脈で彼女のことを考えようとするんだ。彼女は一人しかいないんだぞ。きみにとっては特別な、一人きりの人じゃないか。どうして彼女の特殊性を尊重しないんだ。彼女は普通でもなければ、一般的でもないんだ。彼女は彼女だけの世界をもっていて、その世界が、きみの言うごく普通の結婚や家庭を許容できないんだ。許容できないにもかかわらず、彼女はまわりから許容することを強いられつづけてきた。だから病気になったんだ。そんなこともわからないのか」

「ぼくにどうしろっていうんだよ」

「わからんさ」彼は再び畳にごろんと寝ころがった。「きみの彼女なんだから、自分で考えろよ」そう言って、ジーコは目を閉じた。

第六章　１９７７年・秋

1　青空を出し抜く

夜間外来の入口はひっそりしていた。いつもは停まっているタクシーも、準夜勤務の看護婦たちが帰ってしまうこの時間にはもういない。ぼくたちは車のなかで、息を殺してカヲルが出てくるのを待った。時計の針は、そろそろ午前二時をさそうとしている。

最初の計画では、面会時間がはじまる午後一時過ぎに、ジーコのシビックで敢然と病院に乗りつけるはずだった。そしてぼくは一般外来のソファで待機し、ジーコは見舞い客を装ってカヲルの病室に潜入する。彼には二通の手紙を持たせてある。一通はぼくからカヲルに宛てた私信で、そこにはぼくの辛い胸の内が切々と綴ってある。もう一通はカヲルの主治医に宛てた犯行声明である。手紙を読んだカヲルは、とりあえずジーコと一緒に病棟を抜け出して、一般外来までやって来る。ここまで来れば、もうぼくたちのことを気にかける者はいないはずだ。ぼくはカヲルを説得して病院の外へ連れ出す。そして半日三人で過ごし、消灯前には病院に帰ってくる……。

決行のときを迎えたわれわれは、市ヶ谷の自衛隊に乗り込む三島由紀夫と楯の会のメンバーのように、ちょっと緊張した面もちでジーコのアパートを出た。中古のシビックは一路大学病院を目指した。途中でカヲルに渡す花束を買い求め、ぼくはそれを三島の愛刀「関の孫六」のように胸に抱き締めた。十五分ほど早く着き過ぎたので、あたりをぐるぐるまわって時間を潰した。一時きっかりに大学病院の正門をくぐり、ジーコは病棟に潜入した。ところが十分ほどして戻ってきた彼は、非難するような口ぶりで計画の変更を伝えた。それによると、手紙を読み終えたカヲルは、計画に大筋では同意したものの、いますぐというわけにはいかないと言ったらしい。まずパジャマ姿で会うのはいやだ。会うなら、きちんとした服を着て会いたい。また病院を抜け出す以上、自分にも相応の準備がいる。

「準備?」ぼくは思わずたずね返した。

「だいたいきみの計画はいつも自己中心的で、相手の身になって考えるってことがないんだよな」半分は呆れ半分は感心したように言った。

「それで彼女、いつごろならいいって言うんだい」

　カヲルは翌日の午前二時という時間を指定した。昼間の面会時間は、人の目があって病棟の外へ出るのは難しい。しかし真夜中の零時以降なら、看護士一人に看護婦一人という勤務体制になっている。さらに午前二時からはどちらかが仮眠に入るので、交代するまでの一時間は見回りもない。この隙に抜け出してくるというのである。落ち合う場所は夜間外来ということになった。カヲルはぼくが主治医に宛てた手紙も読んで、その場で破り捨ててしまったらしい。主治医には、彼女があらためて手紙を書き、病院を抜け出す前に置いてくるという。

　夜間外来の玄関はロータリー式のゆるやかな坂で、車が軒下に横付けできるようになっている。入口の壁に縦長の蛍光灯が取り付けてあり、「夜間外来」という文字がくっきり浮かび上がっていた。ぼくたちは病院の建物と道を隔てた反対側に車を停めた。舗道の脇に大きな蘇鉄が植えてあり、そこに道路標識のようなものが立っている。暗がりに目を凝らして文字を読むと、「Sugimachi St.」と読める。おそらく大学を退官した教授か何かにちなんで、構内の小さな砂利道の一つ一つにも名前を付けているのだろう。窓をあけると虫の鳴き声がした。コオロギとかキリギリスといった連中と思われる。彼らは芝生方面に大群をなして集結しているほか、車の周辺にも小さな部隊が散開しているようだった。

「遅いな」ぼくは腕時計を見ながら言った。すでに予定の時間を十分ほど過ぎている。

「きっと抜け出すタイミングを見計らっているんだろう」ジーコはハンドルの上に手を置いたままで言った。

「やっぱり最初の計画どおり、昼間連れ出した方がよかったんじゃないかな」

「いまさらそんなこと言ったってしょうがないだろう」

病院のなかはほとんど真っ暗で、ここからでは非常出口を示す緑色のランプと、消火ホースの収納場所を示す赤いランプしか見えない。その暗闇のなかから、白っぽい人影が、炙り出しのように少しずつ現れてきた。最初は看護婦のようでもあった。でも念のため、車のドアをあけて外に出てみた。人影は暗い廊下をゆっくり近づいてくる。やがて入口のドアを手で押しあけ、「夜間外来」の蛍光灯の光を浴びると、それはカヲルの姿になった。ぼくは急ぎ足で「Sugimachi St.」を横切り、夜間外来の入口へつづくゆるやかなスロープを登った。カヲルはぼくの姿を認めて足を止めた。見覚えのあるサマー・ドレスを着て、手に大きな紙袋をさげている。ぼくはタグボートのようにカヲルに接近し、紙袋ごと彼女の身体を抱き締めた。蛍光灯の明かりに照らされて、彫りの深い顔が微笑んでいる。もう一度力を込め直して、その身体を抱き締めた。

「苦しい」腕のなかで言った。「酔っぱらってるの?」

「泣いてるんだよ」

カヲルは空いた方の手で、背中からぼくの髪に触った。ぼくはただ両腕で彼女の身体を抱き締めていた。そうやって長いあいだ、夜間外来の入口に突っ立ったまま抱擁し合っていた。幸い誰も近くを通らなかった。通ったけれど気がつかなかったのかもしれない。通行人から見れば、ぼくたちはきっと抱擁を交わすブロンズ像のように見えたことだろう。ジーコは車のなかで「たまらんな」と呟いて、ごろんと横になっていることだろう。虫たちは〇〇〇地点において作戦行動をとりつづけていることだろう。でもぼくには関係ない。この腕に抱き締めているカヲル以外のことは、何も関係なかった。

2　月光ドライブ

ジーコはハンドルを握って、金縛りにでもあったかのように前方を凝視している。おそらくぼくたちの抱擁があまりにも神々しいので、それを見た彼は石になってしまったものと思われる。後ろのドアをあけて、先にカヲルを入れた。その横に滑り込んだ。座席の後ろには、昼間買い求めた花束が置いてある。ぼくはカヲルに花束を渡した。彼女は小さく「ありがとう」と言った。

「準備はできた？」

「準備ならいつだってできてたわ」

ぼくは黙って頷き、運転席のジーコを見た。彼はあいかわらず前を向いたまま微動だにしない。まるで一昔前の、名家のおかかえ運転手といった趣だ。これから名家の子息は、病身のご令嬢とお忍びのデートに出かけるのである。

「それじゃあ車を出しておくれ」とぼくは言った。

ジーコは韋駄天のごとく車を出した。教授たちの名前を蹴散らしながら、シビックは大学病院の構内を疾駆した。ナチス・ドイツの検問を突破するスティーブ・マックイーンのように、彼はアクセル・ペダルに足をかけたままで大学の通用門を走り抜け、狭い大学通りを暴走し、北も南もわからないまま、トラック野郎の向こうをはって国道をひた走りに走った。空には青い月が出ている。月は車と同じスピードで付いてきた。テープを入れた箱のなかから一本を選んでジーコに渡した。ビートルズの『プリーズ・プリーズ・ミー』だった。一曲目は「そのときハートは盗まれた」である。ドライブの最初はこの曲に決めていた。

あの娘はたったの十七歳
どういう意味だかわかるだろう?
とびっきりのいい女で
ほかの子とは段違い

何はともあれ自分を鼓舞する必要があった。わけのわからない未来に向かって突進するために。少しずつジーコの思想に感染しつつあったのだろうか。先のことは考えず、ただ百パーセントの現在を生きるというような。そのジーコは軽快なビートに合わせて、掌でハンドルを叩いている。ぼくとカヲルは手を握り合っていた。

「どこへ行こうか」ジーコが運転席からたずねた。

「どこだっていい。とにかくどんどん車を走らせてくれ」

　彼はバックミラーで後部座席をちらっと見た。

「海がいいな」とぼくは言った。「潮の匂いがしてくる方へ走らせてくれ」

　車は長いトンネルのなかを走っている。ときおりオレンジ色のライトと非常電話の明かりが、窓の外を通り過ぎていった。そのたびにカヲルの顔には、彫りの深い陰影が落ちた。ジーコは正面を凝視したまま、咳払いひとつせず運転に集中している。そのときふと奇妙な気分になった。ぼくは二人をとても誇りに思っていることに気づいたのだ。そして彼らと一緒にいる自分のことも誇りに思った。

　ジーコは長いあいだ黙って車を運転した。『プリーズ・プリーズ・ミー』が終わると、彼はダッシュボードのなかから自分のテープを取り出した。いきなり怒濤のような音楽がはじまった。これならぼくも知っている。ワーグナーの『ワルキューレの騎行』。きっと彼は彼なりに、不確かな未来へ向けて自分を鼓舞する必要があったのだろう。

「眠くない？」ぼくはたずねた。

「昼間ずっと寝てたから」と彼女は言った。

「ぼくたちもさ。今夜に備えて無理やり寝てきたんだ」そう言ってカヲルの方を見た。「とにかく会いたかったから」

「ええ」

「面会というのはいやだったんだ」

「わかってる」

ここはひとつ抱き合って濃厚なキスをしたいところだったが、ジーコの手前遠慮することにした。それにいったいなんなんだ、このバック・ミュージックは。こういう状況で、ワーグナーはやめてほしい。

「その服、似合ってるよ」気を取り直して言った。

「そう？」彼女は半信半疑に自分の身体を眺めた。「ちょっと季節はずれだけど、これしかなかったの」

「今年は夏がなかったから、これから取り戻そう」

一時間ほど走りつづけると、右手に海が見えてきた。道の両側は畑らしかったが、何が植えてあるのか、暗くてよくわからない。畑の向こうにコンクリートの防波堤があり、その先が海だった。窓を少しあけて風を入れると、たしかに潮の匂いがする。ときどき長距離のトラックとすれ違う他には、行き交う車はほとんどなかった。ワーグナーのテープが終わると、急速に眠くなりはじめた。昼間は寝ていたというカヲルも、いつのまにかぼくに寄り掛かって寝息をたてている。あと二時間ほどで夜が明けるはずだ。それまでに少し眠っておきたかった。ジーコは海岸へつづいている脇道に車を入れ、防波堤の手前で停めた。それから黙って運転席のドアを開き、後ろの方へ歩いていった。小便でもするのだろうと思っていると、トランクをあけて何か取り出している。やがて彼は後部座席の窓を軽くノックした。手には寝袋を持っている。ぼくはそれをカヲルの身体に掛けてやった。

3　夏の終わりの秋のはじめ

目が覚めると、太陽はすでに高く昇っていた。カヲルは寝袋にくるまったまま眠っている。ジーコもシートからずり落ちるような恰好で眠っていた。ぼくはそっとドアをあけて外へ出た。防波堤の方へ行ってみることにした。ゆるやかに湾曲した砂浜がどこまでもつづいていた。夏場は海水浴場になるのか、砂浜にはボート小屋や水難監視塔が建っている。少し奥まったところには、雨戸を閉めた海の家が四、五軒並んでいる。波は静かに白い砂を洗った。砂に打ち上げられた緑色の海藻は、朝の日差しを浴びてパリパリに乾いていた。

車に戻るとカヲルが目を覚ましていた。

「おはよう」彼女は寝袋の下から言った。

「眠れた？」

「ええ、ぐっすり。こんなに眠ったのは久しぶり」

「砂浜に行ってみようか」

ぼくたちの声を聞きつけてジーコが目を覚ました。彼は寝ぼけた声で「何時だい」とたずねた。ぼくは自分の腕時計を見て時間を教えてやった。

「くそっ、もうそんな時間か」と彼は言った。「まさに光陰矢のごとしだな」

「一緒に砂浜へ行かないか」

「それより先に飯を喰いに行こう」彼は首を左右に動かしながら言った。「昨夜から何も食べてないんで腹ぺこだ。それに車を走らせないと、なかはすぐに蒸風呂みたいになるぞ」

たしかに太陽が車のボンネットを直撃しつつあった。それにしても、カヲルの前で食事のことをどんなふうに切り出すかが、この小旅行における最大の懸案だったわけだが、ジーコは持ち前の大雑把さで、この課題を難なくクリアしてしまったようだ。とりあえず何か食べることにした。ジーコは左右の砂地を避けて慎重に車をまわした。腹が空いていたので、最初に見つけたドライブインで朝御飯を食べることになった。しかしどこまで走ってもそれらしいものはない。道路の両側には、ガソリン・スタンドはおろか自動販売機さえ見当たらない。三十分ほど走って、ようやく魚市場のようなところへ辿り着いた。

「さあ、着いたぞ」そう言って、ジーコは一人でさっさと車から降りた。

彼がドアをあけたときに、生臭い魚の臭いが車のなかに入ってきた。カヲルはちょっと顔を顰めた。

「こんなところに車をとめてどうするんだよ」ぼくは抗議するように言った。

「魚市場のなかには食堂があるはずだ」ジーコはすでに市場の建物の方へ歩きながら、後ろも振り返らずに答えた。

「どうしてそんなことがわかる」

「魚市場ってのは、どこだってそういうふうになっているんだ」世界中の魚市場を見てきたようなことを言った。

ぼくたちはジーコのあとについて魚市場のなかを歩いた。あちこちで競りがつづいていた。競り人が指を立てたり折ったりして提示する品物を、まわりを取り囲んだ十人前後の男たちが競り落としていく。別の場所では卸売商が動きまわり、木箱の重さを計っては台の上に並べている。防水カッパを着た男たちは、鱗のくっついたゴム長をはいて、水溜まりのなかをせわしなく行き来しながら、表にとめてあるトラックに魚箱を積み込んでいる。そうした雑踏を抜けて市場の隅までやって来た。そこにはジーコが言ったように、薄汚い簡易食堂があった。店のなかでは、ゴム長をはいた何人かの男たちが、せわしげに飯をかき込んでいた。彼らはちょっと顔を上げて珍しそうにぼくたちを見た。それからまた食卓の上の週刊誌やスポーツ新聞に目を落として飯を喰いはじめた。

「食べるのかい」割烹着姿のおばさんが、カウンターのなかから無愛想にたずねた。

「朝飯三人分」ジーコがおばさんに負けないくらい無愛想な声で言った。

ぼくたちはカヲルを挟んで、カウンターに腰を下ろした。男たちはあいかわらず黙々と飯を喰いつづけている。おばさんは不機嫌そうに熱い味噌汁を三つ並べ、つぎに沢庵が二切れほど添えられた丼飯を置いた。最後に深めの皿に無造作に盛られたアジの刺身と、小鉢に入ったアワビの煮付けがドッと出てきた。

「朝から豪勢だな」ぼくはカヲルの肩越しに言った。

「いいから黙って喰えよ」とジーコは言った。

ほとんど漁師料理のような、洗練とはほど遠い朝食を、カヲルはぼちぼちと口に運びつづけた。無理して食べているようには見えなかったが、なんとなく食べることを警戒しているような食べ方だった。

「あんたたち高校生かい」仕事のなくなったおばさんがカヲルにたずねた。

「いいえ」彼女はどぎまぎして答えた。「大学生です」

「どこから来たの」おばさんは尋問するような口調でつづけた。

「北海道だよ」ジーコが横から面倒臭そうに言った。

「北海道からわざわざこんなとこまで来たのかい」おばさんはジーコとぼくを見比べながらたずねた。

「向こうの冬は寒いからね」ジーコは澄まして答えた。

おばさんはカウンターのなかから、しばらくジーコの顔を胡散臭そうに見ていた。彼の言葉の真偽のほどを確かめようとしている、というよりは頭から信じていないような表情だった。客が連れ立って店を出ていった。おばさんは流しから顔を上げて、愛想良く「まいどどうも」と言った。店のなかで飯を喰っているのはぼくたちだけになった。カヲルはうつむいたまま細々と御飯を食べつづけている。すでに食べ終えたジーコは、冷めた番茶を薬罐から湯飲みに注いで飲んでいる。

食事が終わると、ぼくたちは市場のなかを抜けて岸壁の方へ行ってみた。市場と違って岸壁は静かだった。魚を積んできた船は、すでに引き揚げてしまったらしい。胸まであるゴム長を着けた老人が、大きなホースで水を撒いていた。コンクリートの岸壁に残っている魚屑にホースを向け、水の勢いでそれらを追い立てながら、海に落とそうとしている。日差しは強かったが、さすがに夏の盛りのような凶暴さはなかった。水しぶきにあたって壊れた光が、小さな虹をつくっていた。ぼくたちは巨大な冷蔵庫の並ぶ岸壁を歩いていった。岸壁はそのまま海へ突き出した防波堤につづいている。防波堤の先には小さな灯台があった。崩れかけたコンクリートに、錆びた釣針やテグスや干からびたゴカイがこびりついていた。

三人で灯台の台座に腰を下ろして海を眺めた。すでに気温は上がって暑くなりはじめていた。灯台の陰になったコンクリートが、ひんやりとして気持ち良かった。防波堤の外側には穏やかな海が広がり、湾を取り囲むように両側から岬が伸びている。中央が裂けた海の彼方に平べったい島が浮かんでいた。

「胸糞の悪いばばあだったな」ジーコが海を見ながら言った。

「どうしてあんな見え透いた嘘をついたんだ」

「胸糞の悪いばばあだからさ」

ぼくは黙って肩をすくめた。

「あの島へ渡れないかな」ジーコは話題を変えるように言った。

「渡ってどうする」

「どうするもこうするも、ただ行ってみるだけさ」それから彼は、「ちょっとここで待っててくれ」と言い置いて、魚市場の方へ引き返していった。

沖合ではたくさんの海鳥たちが、風に乗って滑るように飛び交っていた。海面に浮かんで羽を休めている鳥もいる。空を飛んでいる鳥たちは、ときおり子供みたいな声を発して、ゆっくりと大きな輪を描いた。

「なんだか家族で旅行に来てるみたいね」とカヲルは言った。

「ぼくたちが？」

「あなたとジーコさんが両親で、これからどこへ行こうか相談してるの」彼女は海を見つめたままで言った。「わたしは二人の相談がまとまるのを待ってる」

「二人ではだめなの」ぼくはたずねた。

「二人だと、わたしは御飯が食べれなくなってしまうの。赤ちゃんみたいに、何から何まで依存してしまうのよ」

「いいじゃないか、それでも」

カヲルは小さく声をたてて笑った。「入院してたころと反対のことを言ってるわね」

「そういえばそうだな」

「あのころは自殺のことばかり考えていた」カヲルは遠い目をして言った。「はっきり死にたいってわけじゃなくて、ただなんとなく死んでしまおうかなって」

「そのわりには持っていくものをよく食べてたね」ぼくは胸のなかの動揺を静めるように軽く混ぜ返した。

「ビスケットやジャムを食べさせてもらってたでしょう。あのときは頭がどうかなっちゃいそうなくらい幸福で、とくに口移しで食べさせてもらってるときなんか、いくら長生きしてもこれ以上幸福なことはないんじゃないかって思ったくらい。それならいっそこのまま死んでしまおうかなって。それもできるだけ残酷な死に方でね、鋏で胸をぐさぐさ突いて死ぬとか……」

「よしてくれよ」思わず口を挟んだ。

「想像してみただけ」彼女はちらっとぼくの方を見て、「とにかくそんなふうにして、誰かのなかに一生忘れられない記憶を残そうと思ったの」

「ひどいことを考えるな」

「ごめんなさい」カヲルは厚い雲のあいだから射す光のように微笑んだ。「わたしは誰かの胸を喰い破って、そこに棲み着いてしまいたいと思った。誰かの胸のなかで、記憶として永遠に生きつづけたいと思ったの。血まみれになって死んだ恋人の記憶として」

「不健康な考えだ」

「わかってる」

ぼくは水面の近くで戯れる海鳥たちを眺めた。渡り鳥だろうか。これから冬がやって来る前に、あの慎ましい羽で南の国へ渡っていくのだろうか。すると長閑な鳥たちの旋回が、にわかに切迫した光景に見えてきた。

「Will you still need me, Will you still feed me, When I'm sixty-four.」ぼくは小さな声で口ずさんだ。

「ビートルズね」彼女はちょっと考えてから言った。

「ずっと一緒に暮らして、仲良く年を取っていこうよ」海鳥たちを眺めながら言った。「六十四歳のきみを見てみたいよ」

振り向くと、彼女は穏やかな表情で海を眺めていた。ぼくは六十四歳になったカヲルを想像してみる。もちろんはっきりとした姿を思い浮かべることはできなかったが、漠然としたイメージは描くことができた。それは何十年も大切に着込んだセーターみたいなものだ。ところどころ毛糸はほつれ、毛玉もあるけれど、身体にはぴったりと馴染むだろう。色や形がいくら流行遅れになっても、ぼくにはそのセーターがいちばん良かった。

しばらくするとジーコが戻ってきて、やっぱりフェリーが出ていると言った。

「このちょっと先に港があるんだ。島の端っこにはホテルがあるんだとさ。シーズン・オフだから、飛び込みでも泊まれるだろうって話だ。行ってみようぜ」

「だめだよ」ぼくは一も二もなく言った。「今日中には病院に帰り着かなきゃならない」

「だから？」

「置き手紙にそう書いてきたんだろう」ぼくはカヲルの援軍を求めた。

「しばらく旅行に出ますって……」

「今日中に帰るとは書かなかったの？」

「ええ……いけなかった？」

しばらく考え込んだ。いますぐ自首して出るべきか。あるいはこのまま旅をつづけるか。自分のなかで正しい神様と邪悪な神様が戦っているのがわかった。正しい神様はぼくに言った。「彼女の病気を甘く見てはいけない。ジーコなどという軽率な人間の口車に乗ってホイホイ付いていくと、いまに取り返しのつかないことになるぞ」邪悪な神様が言った。「これはささやかな夏休みなのじゃ。きみたちは三人とも、今年は夏休みがなかった。だから夏の終わりに、ほんの一日か二日夏休みをとっても、誰もきみたちを非難でききんじゃろうて。彼女の病気には、そのあいだ椰子の木陰で昼寝でもしといてもらおうじゃないか」このようにぼくのなかでは、なぜかいつも邪悪な神様の方が一枚上手なのだった。

「しょうがないな」複雑な手続きを経てようやく心を決めた。「それじゃあちょっと電話をかけてくるよ」

「どこへ」ジーコがたずねた。

「お姉さんの職場」ぼくはカヲルに向かって言った。「事情を話して、捜索願いなんか出さないように、家族の人たちを抑えといてもらうんだ」

「用心のいいことだ」とジーコは言った。

4　島から島へ

フェリーはほとんど渡し船が必要にかられて大型化したといった代物で、平べったい船底に積み込まれた車はぼくたちのシビック一台だけだった。二百人ほど乗れる船には、多めに見ても三十人以上は乗っておらず、しかもその大半は年寄りと学齢前の子供たちだった。フェリーには長椅子の並んだ客室もあり、大半の乗客はそこに坐っていたが、受像状態の悪いテレビの音がうるさいので、ぼくたちは後部甲板の椅子に移ることにした。

カヲルの姉は、いくらかぼくからの電話を予期していたようだった。

「そういうことじゃないかと思っていたの」彼女は落ち着いた声で言った。「手紙にはカヲルが一人で旅に出るみたいなことが書いてあったけど、きっとあなたが裏で手引きしてるに違いないって」

「最初はぼくから主治医に宛てた手紙を用意したんですけど、彼女が破って自分で手紙を書いたらしいんです」

「あなたに責任を負わせたくなかったのね」

「そうだと思います」

「とにかくカヲルを無事に病院まで連れて帰って。家族や病院の方には、わたしからうまく話しとくから」

「どういう状態ですか、そちらは？」

「本人の置き手紙があるから、病院の方としてはしばらく様子を見るつもりみたい。でも父は今日中に警察に捜索願いを出すって言ってるわ」

「そうでしょうね」

「だから早く連れてきてよ」

「そうもいかないんです」

「どういうこと」

「もう少し時間をください」

「何を言ってるの？　いったいどういうつもりよ」

「これはぼくたちの夏休みなんです」

「馬鹿なこと言わないで」

「カヲルさんのことなら大丈夫です」

「何が大丈夫よ。あなた、こんなことして……」

「またあとで連絡しますから」

「ちょっと待って……」

船は穏やかな海をのろのろと進んだ。湾のなかなので波もなく、エンジンのたてる振動よりも大きな揺れのくることはない。ときおり漁船とすれ違う他は、行き交う船もない。まるで大きな湖を航行しているみたいだった。両側から湾を包んでいる岬の緑が美しかった。カヲルは潮風に心地良さそうに髪をなぶらせながら、単調な岬の風景を眺めている。地上は夏でも、空にはすでに秋が来ているらしい。高い空には、うっすらと白い筋雲が浮かんでいた。

一時間ほどでフェリーは島の港に着いた。潮の干満に応じてスロープを調整できる発着場があり、漁協の帽子をかぶったおじさんが、船から投げられるロープを杭に結び付ける作業から、乗客の切符のもぎりまで、すべてを一人でこなしていた。船首の扉が前に下りると、まず乗客だけが下船し、全員降りたあとからぼくたちの車が出た。ジーコが乗船券を渡しているあいだも、おじさんは郵便物の入った緑色の布袋を受け取り、車がスロープを渡るときに振り返ると、フェリーが積んできたパンの箱を港に陸揚げする作業を手伝っていた。

　車は島の細い道をゆっくり走った。港の近くが島の中心部らしく、役場や郵便局や学校が集まっている。紙屑ひとつ落ちていない清潔そうな街だった。郵便局の前には、昔ながらの筒型のポストが立っていた。運動場のフェンスに沿ってコスモスが咲きほこっていた。バス停には、慈善の雨傘が備えつけてあった。民家を囲む塀は、ブロックが半分、板を打ちつけたものが半分といったところだった。塀の向こうから、芭蕉が涼しげな葉をもたげている。しばらく走ると民家が途絶え、道の両側はわずかな畑と竹藪になる。さらに行くと再び小さな群落が現れる。それが何度か繰り返された。いつも進行方向の右か左には海が見えた。島の幅が狭まっているところでは両側に見えた。どこまでも視界を遮るもののない、眩しく穏やかな海だった。

　三十分ほど走って最初の島を抜けた。幅が四、五十メートルの瀬戸には鋼鉄の立派な吊り橋が架かっており、そこを渡ると第二の島だった。この島の景観はちょっと異様だった。島全体が炭鉱跡なのである。立坑の櫓が巨大なセメントの要塞のように、あちこちに聳え立っている。操業中には、櫓に据えつけた巻き上げ機で地底の石炭を運び上げたのだろう。作られたのは昭和のはじめか、あるいは大正の末、当時としてはかなりモダンな建築物だったに違いない。しかしいまはコンクリートの柱と梁が荒々しく交錯する、ただの廃墟だった。

　島の高台には、採掘した石炭の滓が小山を成して積み上げられており、その周辺には住人の去った集合住宅が、無数の黒い口をあけて立ち並んでいた。棟は全部で六つあった。どれも五階建てだから、二百世帯くらいは入っていたのだろう。一家族五人としても、千人ほどの人間がここで暮らしていたことになる。ちょっとした石炭の街だ。それがいまでは完全なゴースト・タウンと化していた。近くに人の住んでいる様子はない。野生化した犬にも猫にも豚にも鶏にも出会わなかった。暮らしの痕跡だけが、誰か見知らぬ人の記憶みたいにして残っていた。

さらに車を走らせた。驚いたことに、二つ目の島を抜けると三つ目の島があった。島と島の間隔はほんの十メートルほどだが、それでもここが三つ目の島であることは疑いない。島は普通の川に架かっているようなコンクリートの橋で結ばれていた。橋を渡ると小さな漁村があり、それがこの島で唯一の群落だった。他には先端の高台に建つホテルしかない。島のサイズは、これまで通ってきたなかでいちばん小さく、車で十分も走ると端まで辿り着いてしまう。道路以外にはほとんど人の手も入っていないようだった。そんなところに、なぜか鉄筋二階建てのホテルが建っていた。

壁の塗装が剝げかかり、硝子の曇った建物を最初に見たとき、ぼくはてっきりホテルはすでに閉鎖されていると思った。夏場はまだしも、こういう辺鄙な場所で、これだけのホテルの経営がまともに成り立っていくわけがない。誰が考えついたか知らないが、明らかに資本を投下する場所を間違えたのだ。しかし近づいてみると、ホテルはちゃんと営業していた。駐車場には何台かのバイクと車が停めてあり、そのうちの二台は屋根にウインド・サーフィンを積んでいる。ぼくたちは駐車場の隅に車を停めてホテルのなかに入り、一階のフロントで宿泊の手続きをした。ロビーに客はいなかった。コックが一人、白い厨房服を着たままで暇そうにテレビを見ていた。もちろん予約なしでも部屋はとれた。ホテルの男は不審そうな目でぼくたち三人を見て、ツインを一部屋とシングル一部屋でいいかとたずねた。それでいい、とぼくは答えた。そして台帳に三人の名前を書いた。横に三つ並んだぼくたちの名前は、お互いにちょっと緊張して、ぎこちなく突っ立っているように見えた。男は鍵を二つ渡して、「部屋は階段を上がって右側です」と言った。

部屋はそれほど悪くなかった。きちんとメイクされたベッドが二つに、窓際の応接セット、有料テレビ。バスルームも清潔そうだ。風呂は大浴場の方に入っても、個室のを使ってもいいらしい。部屋は駐車場に面していた。その向こうに真っ青な海が広がっている。時間は昼を少しまわったところだった。ぼくは応接セットのソファに坐って海を眺めた。来るときとくらべて、海の色が変化したような気がした。

ジーコは車の荷物を取ってくると言って部屋を出ていった。カヲルもホテルのなかを探検してくると言って、ジーコのあとにつづいた。ぼくはソファにゆったり腰を下ろして、ホテルのパンフレットに目を通してみた。「鉄筋コンクリート造。地上二階・地下一階・冷暖房完備・客室十七・定員八十一名。大広間・中広間・会議室・結婚式場・展望台・食堂・大浴場・駐車場」これがホテルの概要である。さらに「新鮮な海の幸をご賞味ください」とか「大自然三百六十度、潮風と遊ぶ」といったキャッチフレーズが見えた。それにしても、こんなところで結婚式をあげるカップルなんているのだろうか。「会議室」というのもわからない。人家もまともにないようなところで、いったいなんの会議が開かれるのだろう。漁師たちが集まって密漁の相談でもするのだろうか。

パンフレットを読み終えたころに、ジーコがラジカセやこまごました荷物を抱えて戻ってきた。それからしばらくしてカヲルが帰ってきた。ぼくは二人に、展望台があるそうだから行ってみようと言った。するとカヲルはもう行ってきたと答えた。

「この島の先にはもう一つ島があるの。ずいぶん小さな島だけど、ここからすぐ目と鼻の先に浮かんでる」

「橋は架かってるのかい」

「わからない。たぶん無人島じゃないかしら」

フロントでたずねると、橋は架かっていないが、引き潮のときなら歩いて渡れるということだった。とにかく海岸まで行ってみることにした。ホテルを裏手にまわると遊歩道があり、そこから海岸に下りられるようになっている。道の両側は竹藪かススキ野原で、ずいぶん荒れたまま放置された畑もある。五分ほど歩くと、大小の石に覆われた痩せた海岸に出た。岸から百メートルほどの水路を隔てて、小さな島が浮かんでいる。島はお椀を伏せたような形で、全体が緑の樹木で覆われている。周囲はせいぜい数百メートルといったところだろうか。対岸では

三、四人の男たちが釣りをしていた。みんな赤や黄色のフィッシャーマンズ・ベストを着て、膝まであるウェットシューズを履いている。装備のわりに、魚が釣れている様子はなかった。

「彼女のこと、どう思う?」カヲルから少し離れたところで、ぼくは切り出してみた。

「どう思うって」彼は怪訝そうにたずね返した。

「病気とかさ」

ジーコはぼくの問いに答えず、近くの石に腰を下ろした。ぼくは小島を隔てている水路に目をやった。潮はかなり速いスピードで流れ、ところどころ川の浅瀬のようにさざ波立っている。

「運動部に入ってたことはあるかい」ジーコは足元の小石を拾いながらたずねた。

「中学のときちょっとだけね」

「どうだった」

「何が?」

「自分に向いてると思ったかい」

「いや。まるで向いてなかったね」とぼくは言った。「先輩とか後輩とかいう関係がいやだったんだ」

「だろうね」

「なんだよ」

ジーコは波打ち際の流木を標的にして小石を投げはじめた。ビー玉の三角出しをしているように、一投一投狙いを定めて小石を投げた。

「たぶん人間のタイプだと思うんだ」しばらくして言った。「つまりきみという人間が、そういう世界に向いていないんだ。同じように、家族とか夫婦といったものが、どうしても似合わない人間ているんじゃないかな。好む好まざるにかかわらず、そういう場所に似つかわしくない人間がね」

「彼女のことかい」

「そもそも彼女には女が似合わないのかもしれない」

「小鳥に生まれかわりたいんだってさ」

「きっと彼女のなかでは、自分が女であることと折り合いがつかないんだと思うよ」ジーコはあいかわらず小石を投げながらつづけた。「だから絶えず自分を女と感じなければならない場所では生きていくことが難しく感じられる。女であることを強要されるような関係を持つことに無理があるんだ」

カヲルは水辺の岩の上に立って、海のなかを覗き込んでいる。不安定な石を踏んで歩くときに、身体全体が緊張するのがここからでもわかった。いつのまにか空は薄い雲に覆われて、海の色は灰色がかった青に変わっている。一羽の鳥が、海の上を低く飛んでいた。一雨きそうな天気だった。

「とにかく彼女にとって、女であることはすごく居心地の悪いものなんだ」ジーコは立ち上がって、わずかに日の翳った海を眺めた。「しかしきみとは一緒にいたい。ただし女としてではなく……」

「病人として」引き取って言った。

風が出てきたので、そろそろホテルに戻ることにした。ぼくが呼ぶと、カヲルは水辺からたどたどしい足取りでやって来て、「ヤドカリ」と言った。掌をひろげると、緑色の藻に覆われた巻き貝の殻がもぞもぞ動いていた。彼女はふふっと笑って、「くすぐったい」と言った。ヤドカリは出しかけていた脚をすっと引っ込めた。カヲルは貝殻のてっぺんをそっと指でつまんで、足元の石の上に置いた。ヤドカリは再びもぞもぞっと動き、危険がないことを確かめると素早く石の下に隠れた。

5　潮流のなかで

ホテルに戻り、部屋からぼんやり海を眺めた。すでに日は翳り、海は灰色のビロードのように凪いでいた。それでも弱い風が吹いているのか、海面には細かい筋状の波が立っている。ジーコは持ってきたラジカセでテープを聴きながら、ベッドに寝転がって本を読んでいた。カヲルは向かいのソファでホテルのパンフレットをめくっている。ジーコがかけているテープは、バッハのなんとかいう作品だった。ぼくは海を眺めながらバッハを聴いた。ちょっと退屈な感じだったが、悪くはなかった。とくに夏の終わり、曇りの日の海を眺めながら聴くのにはふさわしかった。ゆるやかに流れるチェンバロの音色が、ちょうど海のうねりのように高くなったり低くなったりする。その上下動に身を委ねていると、あたかも心地好い眠りのように、ここからどこか遠い世界へ運び去られるような気がした。

バッハのおかげで、いつのまにか眠り込んでしまったらしい。目を覚ますとカヲルがいなかった。ジーコはあいかわらずベッドの上で本を読んでいた。彼女のことをたずねると、だいぶ前に部屋を出ていったきりだという。

「ちょっと探しに行ってくる」ぼくは窓から外を眺めて言った。薄暗くなった海に雨が降りはじめていた。時計を見ると、そろそろ六時になろうとしている。

「一緒に行こうか」ジーコが本を置いて言った。

「いや、一人で大丈夫だ。それに彼女が帰ってきたときのために、きみはここにいてくれた方がいい」

ホテルのなかにカヲルの姿はなかった。ひょっとして島かもしれない、とぼくは思った。フロントでたずねると、一時間ほど前にカヲルらしい女が傘を借りにきたということだった。ホテルの傘を借りて外に出てみた。雨は強くもならないかわりに小やみなく降りつづいている。遊歩道を歩いていくとき、まわりの茂みから鬱蒼とした緑と水の匂いが漂ってきた。それから雨だれの音があたりを覆った。雨音は落ちて弾ける対象の硬さと柔らかさの様々なニュアンスを忠実に反映していた。もし目の見えない人がこれらの音に耳を傾ければ、自分を取り囲む草木や土や小石の感触や形状を、心象としてかなり正確に再現できるのではないだろうか。ふとそんなことを思った。

海岸に下りると、潮が引いているために浅瀬が現れ、向かいの島まで陸つづきになっていた。浅瀬は島と岸に近い両端で広く、中央の部分ではほんの数メートルの幅しかない。どこもかしこも角の取れた大小の石に覆われて、砂地はほとんど見えなかった。石は雨に濡れて黒く光っていた。すでに満ちはじめた潮は、ところどころに細い流れを作っている。ぼくは目を凝らしてカヲルの姿を求めた。しかし向こうの海岸にもこちらの海岸にも人影はなかった。昼間の釣り人も、いつのまにかいなくなっている。

とりあえず島まで行ってみることにして、足元を確かめながら浅瀬を歩きはじめた。あちこちに潮溜まりができ、大きいものはちょっとした池ぐらいの広さがある。きっとカヲルは、こうした潮溜まりの一つ一つを覗き込みながら歩いていったのだろうと思った。雨は潮留まりのなかにも落ちて、同心円の波紋をひろげていた。波紋の下で緑色の海草がゆらめいている。浅瀬の中央まで来たとき、鼠色の海が左右にあった。足元というよりも、ほとんど肩の高さにあるという感じだった。海は小さく波立って、ずっと遠くまで広がっている。沖合からはかなり強い風が吹きつけて、それが海を運んでくるような気がした。ここに立っていると、あっという間に呑み込まれてしまいそうだった。

島に辿り着くころになって、向こうから近づいてくる黄色い傘が見えた。ぼくが差しているのと同じホテルの傘だった。カヲルは足元にばかり気を取られて、たどたどしく歩いてきた。そのためかなり距離がつづまっても、ぼくに気づく様子はなかった。人の気配が雨に紛れるということはあったかもしれない。それにしても、と胸のなかで呟いて、半ば痛々しいような思いで歩いてくる姿を見守った。数メートル先に不意に男が現れたとき、彼女はちょっと脅えたように身を引いた。一瞬身体がこわばり、その緊張がほどけると、明らかに安堵の滲む声でぼくの名前を口にした。

「迎えにきたよ」

「島を一周してきたの」そう言って、雨のなかで眩しそうに笑った。

「何か面白いものがあったかい」

「すごい崖があるの」子供っぽい口調で言った。「島の向こう側。波に浸食されて、崖がこんなふうにえぐれてるの」腕を弓形に曲げて形状を説明した。

「誘ってくれたらよかったのに」

「崖はところどころ崩れて、まわりに石が散らばってた」彼女は聞き流してつづけた。「すごく壊れやすい石。石っていうよりも、砂の塊りみたいな感じ。手で握ると簡単に崩れちゃうの。そういう石でできてるから、あんなふうに波にえぐり取られてしまうのね」

「他には？」

「魚が死んでた」

「たくさん？」

「数えきれないくらい」

「そんなに？」

「みんなふやけて白くなってた」

「どうしてそんなにたくさん死んだのかな」

「わからない。病気かしら」

　カヲルは魚の死因を探るような目で、自分がいま歩いてきた方を振り返った。彼女の傘を取り上げて地面に置いた。それから抱き寄せてぼくの傘に入れた。足元が不安定なので、二人とも少しよろけた。足を踏ん張って、しっかり彼女を抱き締めた。髪から雨と潮の匂いがした。その髪に唇を近づけた。カヲルは腕のなかでじっとしている。ぼくは抱擁を緩めて、彼女の唇にキスをした。表情のない唇だった。カヲルはくすぶりかけた欲情を、拒むでもなく受け入れるでもなく、漠然とした海の広がりのなかに溶かし込んでしまった。波の音はせず、ただ傘に雨のあたる音だけが聞こえていた。

「大変だ」

　唇を離すと、彼女は妙におっとりした声で言った。その声に呼応して、ぼくもゆっくり後ろを振り返った。先ほど渡ってきた浅瀬は、いまや再び海の下に消え去ろうとしていた。左右から寄せてくる水は小さな石ころを浸し、そのため海は繋がって幾筋もの小さな流れができている。

「急いで帰ろう」足元に転がっている傘を拾って渡しながら言った。

彼女はニュアンスのよくわからない笑みを浮かべて傘を受け取った。その笑みが、ぼくの動きを鈍らせた。すると彼女は、

「行きましょう」と言った。

ぼくたちは対岸を目指して歩きはじめた。ぐずぐずしているうちに、浅瀬の中央部分では左右の海が完全に繋がっていた。しかも潮の満ちてくるスピードは予想以上に早く、歩いていくあいだにも、海水は石のあいだにどんどん浸入してくる。風もいっそう強まり、海面は小さな水しぶきを吹き上げはじめていた。沖合に目をやると、灰色の海に白い波頭が立っている。瀬の中央まで辿り着いたときには、水面下に没している部分は幅が五メートルくらいになっていた。潮は左から右へ川のように流れている。

「ここを渡っていくしかないな」カヲルの方を振り向くと、彼女は頷くかわりに心持ち首を横にかしげた。「靴が濡れるけどいい？」

「ええ、平気よ」

ぼくはカヲルの手を引いて水のなかに入った。水は思ったよりも冷たかった。できるだけ足

を濡らしたくないので、大きな石を踏んで歩いた。あとからカヲルが付いてくる。もう少しで渡り終えるころ、踏んだ石の一つがぐらっと傾いた。なんとか体勢を立て直そうとしたけれど、カヲルと傘で両手が塞がっていることもあってバランスを崩した。じたばたしたのがかえって悪かったらしく、そのまま尻から水のなかに落ちた。

「冷たい」とカヲルが言った。

　なぜか彼女はぼくの横で尻餅をついている。

「どうしてきみまで転ぶの？」

「だって手を離さないんだもん」

　ぼくたちはあいかわらず手を繫いだままだった。そうして水のなかに尻餅をついているカップルというものは、他人から見るとさぞかし滑稽だろうと思った。海水は胸のあたりまできていた。カヲルのサマー・ドレスは水を含んでぴったり肌に貼りつき、瘦せた身体の輪郭をくっきり浮かび上がらせている。あたりを見まわすと、二つの傘が黄色い花びらを開いたまま柄の方を上にして、間抜けなヨットのように、潮に流されつつあった。不意におかしさが込み上げてきた。最初に笑ったのはカヲルだった。彼女はいつものようにくすくすっと短く笑った。笑みの向こうで白い波が立っている。

「笑ってる場合じゃない」とぼくは言った。

「だって」さらに笑った。

服が濡れたことで、何かから解放されたような気分になった。掌で水面を弾いて彼女の顔に水をかけた。カヲルは悲鳴を上げて顔をそむけた。奇妙な興奮状態に陥って、なおも水をかけつづけた。彼女は笑いながら「よして」と言った。そして水のなかを這うようにして、岸に向かって進みはじめた。ぼくは追いかけていって、後ろから抱きついた。二人とも水のなかに倒れた。カヲルの顔も髪も水浸しだった。ぼくも同じだった。もう水は冷たくなかった。

「塩水を飲んじゃった」

「馬鹿だな」濡れた髪を掻き上げてやった。

「ほんと、馬鹿みたい」そう言って、彼女は咳込んだ。

カヲルは美しかった。その美しさと同じくらい混乱していた。ぼくは自分も混乱して、彼女の美しさに追いつかなければならないと思った。

「傘が流れていく」と彼女が言った。

そして濡れた顔で、流れていく傘ではなく、ぼくを見た。その目はもう笑っていない。何秒か、お互いの瞳を覗き込むようにして見つめ合った。再び笑い出すかと思ったが、そのまま静まって、彼女は眩しそうに細めた目を海の彼方に向けた。風が飛沫をとばす海面を、黄色い二本の傘が流れていく。傘は見る見るうちに遠ざかって、いまからではもう取ってくることはできない。

6　夜

ホテルに戻ったときも、ぼくたちはまだ思い出し笑いをしていた。笑いは風邪のウイルスのように入り込み、身体中の筋肉をくすぐった。フロントの男が胡散臭そうに、どうしたのかたずねた。その途端、ぼくとカヲルは顔を見合わせて笑いだした。男の疑問に答えるどころの騒ぎではなかった。彼に手を振って部屋に引き上げた。彼女は真っ直ぐ自分の部屋に入っていった。ツイン・ルームのベッドではジーコが本を読んでいた。

「どうしたんだ」彼はずぶ濡れのぼくを見てたずねた。

「泳いできたんだよ」そう言って、とりとめなく笑った。

「彼女は？」

「いま着替えてる」

「まったく何をやってるんだか」彼は舌打ちするように言った。

「きみも一泳ぎしてきてはどうだい」濡れた服を脱ぎながら言った。

「いいからさっさと風呂に入れよ」

ぼくは裸になって空の浴槽に坐り、上から熱いシャワーをかけた。お湯が浴槽の半分くらいまで溜まったとき、風呂から出ても着替えがないことに気づいた。まさかこんなところに泊まることになるとは思わなかったので、三人ともいま着ている服しか持っていないはずだった。

「おーい、ジーコ」バス・ルームから声をかけた。「風呂に入ったのはいいけど、着替えを持ってこなかったな」

「おれは持ってきた」超然とした声が返ってきた。

「えらく用意がいいんだな」

「万事に抜かりのない人間だからな」

仕方がないので下着は省略して、直にホテルの浴衣を着た。なんだか人格が心細い感じだった。ぼくはベッドの上で読書に精を出すジーコを一瞥して、廊下を隔てたカヲルの部屋へ行ってみた。彼女はまだ風呂に入っていた。浴槽の外から着替えのことをたずねると、ベッドの上の紙袋を持ってきてくれと言う。言われたとおりにした。それは病院に迎えにいったとき、彼女が手にさげて出てきた紙袋だった。

「これでいい?」バスルームのドアのあいだから紙袋を差し出した。

「ありがとう」

カヲルはホテルのタオルを身体に巻き付けて出てきた。それから紙袋のなかをごそごそやって、底の方から下着らしいものを取り出した。呆気にとられているあいだに、後ろを向いて素早く下着を身につけた。

「きみも着替えを持ってきてたのか」

「ええ。どうして」

「万事に抜かりがないんだな」

ぼくはホテルの浴衣を渡した。浴衣の丈はかなり長かったが、カヲルは腰のところを器用に折り返して身体に合わせた。それからホテルのコインランドリーで二人の衣服を洗濯した。

部屋に戻って洗濯物を干していると、フロントから電話があった。夕食の時間が終わるので、早く食べにきてくれという。ぼくたちは急いで食堂へ行った。他に幾つかのグループが食事をしていた。昼間はほとんど見かけなかった女性や子供の姿もあった。ぼくとジーコは二人でビールを三本飲んだ。カヲルもコップに半分ほど飲んだ。ビールを注文するときに、賄いの女の人がちょっと不機嫌そうな顔をした。未成年者にアルコールを出すことに抵抗があったのかもしれない。なんとなくホテルの従業員たちの視線が気になった。

「なんだか監視されてるような気がしないか？」ぼくはジーコに言った。

「服を着たまま泳いだりするからだよ」

「それだけかなあ」

「それだけじゃあ不十分だっていうのか？」

「そういうわけじゃないけど」

「ただでさえ不審の目で見られがちなんだから、ホテルにいるあいだぐらいおとなしくしとけよな」

部屋に帰ってから、ジーコは一人で風呂に行った。ぼくはロビーに電話をかけに行った。カヲルの姉の職場に電話をすると、もう帰ったということだった。教えてもらったアパートの番号にかけてみたけれど、誰も出なかった。しばらくロビーでテレビを見て時間を潰した。五分ほどしてかけたときも留守だった。十分待って、もう一度かけてみた。やはり通じない。ぼくはあきらめて部屋に戻った。

夜は退屈だった。ジーコは漫然と本のページをめくっていた。カヲルはFMを聴いていた。番組ではビリー・ジョエルの特集をやっていた。ぼくはベッドに寝ころんで、「ストレンジャー」のイントロに合わせて口笛を吹いた。なんだか演歌みたいなメロディーだった。日本では演歌っぽいロックがヒットする。ローリング・ストーンズの「悲しみのアンジー」もそうだ。やはり日本人は演歌が好きなのだろうか。そういえばレゲエもメロディーはなんとなく演歌っぽいし、つまり短調なんだな……みたいなことを考えていると、唐突にジーコが本のページを閉じて、「散歩に行かないか」と言った。

「こんな夜更けにか？」

「海岸まで行ってみようじゃないか」

「どうする」ぼくはカヲルにたずねた。

「行ってみましょう」と彼女は言った。

明かりの落ちた廊下には人影がなかった。階段に近い部屋の前を通り過ぎるときに、小さな子供の泣き声がした。それからまた静かになった。三人のスリッパのたてる乾いた音だけが、薄暗い廊下を虚ろに伝わっていく。フロントには明かりがついていたが、従業員の姿はなかった。ロビーの時計は午後十一時を過ぎている。ホテルの前の道を、車で来た方向に歩いていった。昼間通ったとき、島の外れにちょっと感じのいい砂浜があるのを目にしていた。ぼくたちはカヲルを真ん中にして、道路いっぱいに広がって歩いた。雨はいつのまにか上がっている。灰色の雲が風に吹きまくられて、その切れ間からときおり月が顔を出した。道の両側には背の高い雑草が生い茂り、風が吹くたびに、穂先が擦れ合ってさわさわと音をたてた。耳を澄ますと、かすかな波の音が聞こえてきた。

「子供のころ夢で見たことがある」ジーコが歩きながら言った。

「何を？」

「こういう景色……雑草の茂った野原の真ん中を、一本の道が真っ直ぐ伸びている。やっぱりこんな暗い夜で、おれは一人で寂しい道をてくてく歩いているんだ。きっと親戚の家かどこかへ行くところだったんだろう。そのときの景色がまるっきりこれなんだな。驚いたよ」

「デジャヴってやつだね」

「いや違う」彼は確信をもって言った。「おれは子供のころ夢で見た景色に出会ってしまったんだ。つまり人生がひとまわりしたってことさ」

そのとき道の向こうから、赤いライトがくるくるまわりながら近づいてきた。ぼくたちは足を止めて暗闇に目を凝らした。

「宇宙人かな」とジーコ。

「パトカーだわ」カヲルが答えた。

「気をつけろ、奴らは警官の形をした宇宙人だぞ」そう言うと、ジーコはすばやく身を翻して、横の草むらへ走り込んでしまった。

車はぼくたちの数メートル手前で停止した。つけっぱなしのヘッドライトが眩しくて、思わず顔をそむけた。なかから一人の警官が出てきた。彼はライトを背にして、あたかも宇宙船から降り立ったETといった感じだった。やがてパトカーのライトが消え、あたりが真っ暗になった。目が眩んで、しばらく何も見えなかった。警官が手に持っていた懐中電灯をつけて、ぼくらの顔を順番に照らした。

「こんなところで何をしている」カヲルが顔を顰めるのを見て、ちょっと頭にきた。

警官はたずねた。四十歳くらいの痩せた警官だった。まるで深夜のアベックはみんな不審人物とでも言いたげな態度だった。

「散歩です」とぼくは言った。「この先のホテルに泊まっているんです」

警官は無遠慮に懐中電灯の光を向けて、ぼくとカヲルをしげしげと眺めている。幸い二人ともホテルの浴衣の上に丹前を着ていた。もっともぼくにかんしては、浴衣の下には何も着ていなかったが、この暗がりのなかでは気づきようもない。警官はぼくの言ったことを、一応信用したみたいだった。

「名前と住所は？」彼は手帳を出しながらたずねた。

面倒臭いので素直に答えた。

「大学生かね」

「そうです」

さらに痩せた警官は、ぼくとカヲルに大学の名前をたずねた。どうやらジーコの存在には気づいていないらしい。パトカーを運転していた警官が、いつのまにか車から出てきて痩せた警官の後ろに立っていた。彼は痩せた警官よりもずっと若く、まだ二十代のようだった。警察学校を出たばかりかもしれない。

「学生さんはいいねえ」手帳に何か書いていた年配の警官が、相棒の方を振り返って言った。「親の金で仲良く旅行だからね」

若い警官は「そうですねえ」と言って卑屈に笑った。なんとなく嫌な感じだった。

「とにかく真夜中に若い男女が出歩くのは危ない」警官は手帳を閉じると、ぼくとカヲルに向き直って、ちょっと厳しい口調で言った。「このあたりはもともと漁師町だから、気性の荒い者も多い。そういう奴がきみたちを見て変な気を起こしたらどうする。彼女を守ってやる自信があるかね」彼は意地悪くたずねた。

ぼくは答えなかった。そういう連想自体が不健康だと思った。

「とにかく今夜はおとなしくホテルに帰りなさい」最後はまるで生徒指導の高校教師のような口調になっていた。ぼくはせめてもの反抗の証に黙っていようと思ったが、「いいね」と念を押されると、思わず「はい」と答えてしまった。

被疑者の態度が良かったからか、それとも大学生ということで大目に見てくれる気になったのか、彼らはあっさりぼくたちを放免した。きっと職務柄、夜中にふらふら歩いている若いカップルを黙って見過ごすわけにはいかなかったのだろう。警官たちはパトカーに戻ると、ゆっくり車を出した。横を通り過ぎるときに、若い警官は軽くクラクションを鳴らした。助手席の痩せた警官は、どういうつもりか敬礼をした。ぼくは当てつけみたいにカヲルの肩を抱き寄せた。彼女は夢遊病者のようにぼんやりしている。

「どうしてあんなことを言わせておくんだ」いつのまにか草むらから出てきたジーコが、遠ざかっていくパトカーのテイルライトを目で追いながら言った。

「大きなお世話だ」ぼくは刺のある声で言った。「そっちこそ、こそこそ隠れたりして。おかげで冷汗ものだったんだぞ」

「ふん」彼は鼻を鳴らして言った。「きみたちは大学生だからあのくらいですんだが、予備校を中退して夜中にこんなところをほっつき歩いているおれはどうなったと思う」

「どうもならんさ」とぼくは言った。「放浪罪で逮捕されるとでも言うのか」

「わかっちゃいないね」彼はうんざりしたように首を振った。「定職に就かずにアルバイトで生活しているというだけで、警察ってのはその人間を危険視するものなんだぜ。おれのアパートに、いったい何回、連中が住民調査に来たと思うんだ？　あいつらおれの出したゴミまで調べているんだぞ。左翼の活動家じゃないかと疑っているわけさ。とんだ見込み違いだがね。とにかくおれはあいつらとの接触をできるだけ避けなくちゃならないんだ。あのとき一緒にいてみろ、いまごろ三人とも引っ張って行かれてたところだ」

「そうは思わないがね」

「きみにはまだ世の中の仕組みがよくわかっていないのさ。とにかく海岸へ行って嫌なことは忘れようぜ」

「もう帰るよ」ぶっきらぼうに言った。「散歩をする気分じゃない。またあいつらに出くわすかもしれないしな」

　ぼくは少なからず腹を立てていた。誰にたいしてかわからない。ジーコにたいしてか、警官たちにたいしてか、あるいは自分自身にたいしてか。

「どうしたんだよ」ジーコは冷やかすように言った。「おどかされて怖くなったのか？」

「帰ろう」カヲルに言った。

　ジーコは寂しげにぼくたちを見た。それから方向転換して、一人で砂浜を目指して歩いていった。ぼくとカヲルはホテルの方へ歩きはじめた。三人で歩いてきた道が、二人で歩くとやけに広く感じられた。カヲルは心細げな視線を足元に落として歩いている。まるで夫婦喧嘩を目の当たりにして悄気ている子供みたいだった。

　ぼくたちはツイン・ルームに戻ってなかから鍵を閉めた。部屋の電気は消えていた。スイッチを探るのも億劫だった。窓のカーテンは引かれていた。カヲルは力なく肩を落として窓際に立っている。その身体を、後ろからそっと抱きしめた。彼女はまわりで何が起こっても何も感じないというように、ただ無反応に立っている。うなじにキスをし、ゆっくり移動して唇に辿り着いた。手を取ってベッドに誘った。彼女は目を閉じていた。

　その肌からは石鹼の匂いがした。暗がりのなかで眺めるせいか、カヲルの身体は男の子みたいに細かった。服を着ているときには気づかないが、裸にしてみると女らしい豊満さはきれいに削ぎ取られている。掌で撫でると、骨の形がはっきりわかった。そんなことをされているあいだも、カヲルは静かだった。あまり静かなので身体を離してみると、口元からはすでに寝息が洩れている。小さく名前を呼んでみた。なんの反応もなかった。ほんの一、二分のあいだに、彼女は音もなく眠りに入り込んでしまい、いまでは静かな寝息とともに、暗闇のなかから白い裸体を浮かび上がらせているばかりだった。

　拒まれたような気がして、ぼくはベッドから降りた。窓の方へ歩いていき、カーテンをあけて外を見た。暗い海にたくさんの漁火が見えた。その明るさはまわりの海を青く浮き立たせている。どのくらい離れているのだろう。夜なので正確な距離はわからない。船の姿は見えず、ただ光だけが煌々と輝いていた。暗闇から青白く浮き出した光は、夢のなかの情景のようにとらえどころがなく、幻想的ですらあった。漁火の数をかぞえはじめたが、二十くらいまでかぞえたところで、それ以上かぞえるのをやめた。カーテンを閉めて、カヲルが眠っている隣のベッドに腰を下ろした。彼女の青白い肌が、くっきり浮き上がって見えた。大きく深呼吸をして、カヲルの浴衣を直し、毛布を被せた。それからベッドに戻って横になった。真っ暗な部屋のなかを、小さな寝息の音だけがいつまでも彷徨っていた。

そのままうとうとしていたらしい。何者かが起き上がる物音で目が覚めた。声をかけずに、眠ったふりをしていた。彼女は静かに部屋の鍵を外してドアをあけ、廊下に出ていった。ヘッドボードの小さなライトをつけて、時計の文字盤を見た。午前二時を少し回ったところだった。しばらく待ってみたけれど、戻ってくる様子はない。ぼくはベッドを降りて廊下に出た。念のために、斜め向かいのシングル・ルームを覗いてみた。ドアの鍵はあいたままで、部屋のなかは空っぽだった。薄暗い廊下をロビーの方へ歩いていった。知らず知らず足音をひそめるような歩き方になっている。数台置かれた自動販売機が白っぽい光を投げていた。一階のロビーに人影のないことを確かめ、もしカヲルがホテルの外へ出たのだとしたら、少し厄介なことになるかもしれないと思った。

うろうろしていると、どこかから小さな物音が聞こえてきた。食堂の方だ。音のする方へ近づいていった。足音をひそめ、背中を少しまるめ加減にしている自分が、芝居がかっているようで滑稽だった。食堂の椅子はみんなテーブルの上に伏せられており、部屋のなかはがらんとしている。そこにカヲルがいないことは一目でわかった。ぼくは足の裏にリノリウムの床の冷たさを感じながら食堂を抜けた。隣は調理場だった。非常灯の明かりが、ステンレスの流しや食器洗い器に映っている。そこにも人の姿はない。引き返そうとしたとき、食器の触れ合う音がした。もう一度、調理場の暗がりに目を凝らした。流しの陰で何かが蠢いていた。暗闇に目が慣れてくるにつれて、それははっきりと浮かび上がってきた。

ほとんど機械的な反復に見えた。手を伸ばして物をつかみ、漫然と口へ運んでいる。物を食べることへの羞恥もなければ、悲哀もない。ただ宿命的に食べている。強いて言えば、自分の身体を破壊する喜びに取り憑かれているようにも見えた。食べて、食べて、咽喉から胃袋へ流し落していく。それでいて飢餓の貪欲さはない。淡々と、しかし一瞬の逡巡もなく食べつづけている。ろくに噛みもせず、手掴みで押し込んでいる。いったいなんのために、こんな愚かしい行為を繰り返すのだろう。吐いてしまえば、後悔と自己嫌悪しか残らないことはわかっているのに。愚かしいという意識さえ、いまの彼女にはないのだろうか。そんなことを悲しく胸のなかで呟きながら、実際には声をかけることもできずにいた。かといって立ち去ることも、目を逸らすことすらできなかった。

彼女は冷蔵庫の方へ歩いていった。それは大人の背丈よりも高い、巨大なステンレスの冷蔵庫だった。二段式になった扉の上の方を開いたとき、白い明かりが彼女の横顔を照らした。投げやりに肩を落とし、口のまわりを汚した彼女には、およそ意志的なものが感じられなかった。

ぼくの知っているカヲルはどこかへ行ってしまい、彼女の身体だけが何者かの手で操られているかのようだった。ぼくは一方的にそれを見ていた。人格のない対象だから、物のように見ていることができた。ふと、そうした均衡にひび割れが走り、まわりの空気が変化したように感じられた。何かが音をたてて崩れ落ちる予感に怯えた。冷蔵庫の明かりに照らし出されて、カヲルの白い顔がこちらを振り向いた。彼女は無表情にぼくを見た。戸惑いもなければ、憎しみもない。相手を認知しているのかどうかすらわからない。そんな冷たい視線に射すくめられると、静かに膝からくずおれてしまいそうになる。カヲルは冷蔵庫の扉を閉じて、どこか不貞腐れたように歩いてきた。そして茫然と立ち尽くすぼくの横を、音もなく通り抜けた。

ほんの一瞬の出来事に思われた。ようやく我に返って彼女のあとを追いかけはじめた。食堂を抜け、ロビーを抜け、階段を駆け上がった。二階の廊下に出たとき、奥のドアが閉まった。それはぼくたちが借りているシングル・ルームだった。ドアに駆け寄り、真鍮の把手をつかんだ。カヲルはなかから鍵をかけてしまったらしく、ドアは開かない。やがて水の流れる音が聞こえてきた。壁のなかに埋め込まれたパイプのなかを流れる水の音は、異様に大きく、薄暗い廊下に響いた。ぼくはドアの向こうを透視するように、なかの様子を思い浮かべた。口を大きくあけて、蛇口から水を飲むカヲル。胃袋に水を詰め込むと、トイレに駆け込む。そして便器に向かって屈み、口のなかへ指を入れる。咽喉の奥を乱暴に搔き回す。生暖かいものが、腕を伝って便器のなかへ流れ落ちる。そんな情景が、実際に見たこともないのに生々しく脳裏に浮かび、それ以上ものが考えられなくなった。

「どうしたんだ」後ろから声がした。声はどこか違う世界から聞こえてくるようだった。この世界に、自分とカヲル以外の人間のいることが、不思議な気がした。

振り向くと、廊下の先にジーコが立っていた。彼は散歩に出かけたままの恰好で、両胸をゆるく腰の後ろで組んで、こちらを見ている。

「帰ってきたのか」

「そんなところで何をやっているんだ」

ぼくはジーコが帰ってきてくれたことを心強く思った。同時に彼にたいして、いわれのない羞恥を感じた。

「過食がはじまったんだ」知らず知らず声を落としていた。

ジーコは遠い眼差しで、ぼくの背後の暗がりを見ているようだった。あいかわらず腕を腰の後ろで組んで、心持ち腹を突き出している。なんだか生徒の部屋を見まわっている修学旅行の引率の先生みたいだ。

「それで？」平然とたずねた。

「いま吐いてる」

ジーコは二、三歩ドアの方へ歩み寄った。しばらく閉ざされたドアを眺めていたが、やがて腕組みを解くと、あらためて胸の前で組み直した。

「彼女も大変だな」

そのとき部屋のドアがあいて、なかからカヲルが出てきた。髪が乱れて顔に垂れていた。それを掻き上げようともせずに、彼女は奇妙に静まり返った目でぼくを見た。口元を濡らし、いかにも憔悴した様子だったが、その眼差しには挑発的な色があった。彼女はじっとぼくの目を見据えていた。心持ち歪んだ唇からは、いまにも冷笑が洩れそうだった。ぼくは猛々しい野生の動物を前にしたように、なす術もなく立ちすくんでいた。彼女はいつまでも見つめつづけた。まるで先ほど、暴食する彼女を一方的に見ていたことへの報復ででもあるかのように。思わず目を逸らせた。その瞬間、彼女は何かを見限るように、ふてぶてしくぼくの前を立ち去りかけた。おそらく永遠に立ち去って、二度と帰ってくることはないだろうと思った。

さらに何歩か進んだ。そこで足が止まった。唐突にすべてが停止した。何者かが事態の進行にストップをかけたらしかった。おそるおそる目を上げた。ジーコがいた。何を思ったのか、彼は両手でしっかりカヲルを抱きとめていた。だらしなく口を開き、茫然と宙を見ているその表情は、自分の仕出かしてしまった行為に当惑しているようにも見えた。カヲルは強い衝撃を受けたように全身を硬直させ、ただジーコの胸に受け止められるままになっている。彼女もまた、思わぬ事態に虚を突かれて、つぎの行動に移れないといったふうだった。二人はそれぞれがチェックメイトされたキングのように、廊下の真ん中に突っ立っていた。ぼくは魔法にかかったような心地で、いま目の前で起こりつつあることを見ていた。

ジーコは微動だにせず、音楽のようにカヲルを抱きしめていた。その繊細さに呼応するかのように、彼女の身体の緊張が解けていった。静かに頭を傾けて、ジーコの肩の上に頬を乗せた。彼はぼんやりぼくの方を見ていた。しかしその視線はどこか崇高なところに向けられていて、人間の存在など目に入らないといった感じだった。彼は細心の注意を払って、カヲルの背中を上から下へゆっくりとさすった。すると彼女は静かに泣きはじめた。春の柔らかな雨のように。雨は豊穣な大地にゆっくり落ちて、乾いた土のなかに吸い込まれていく。そんなふうにして、カヲルは長いあいだ泣きつづけた。

どのくらい時間が経ったのかわからない。ずいぶん長いあいだそうしていたような気がするが、実際にはせいぜい二、三分だったのかもしれない。突然、近くの部屋のドアが開け放たれた。そこから髪にカーラーを巻いた中年女が顔を出した。女は陰険そうに顔を顰めてぼくたちを見た。その顔は白く浮腫んでいて醜かった。女は何も言わずに、ただぼくたちを睨んでいた。それから再び乱暴にドアを閉めた。

「部屋に入った方が良さそうだな」ジーコが小声で囁いた。そして泣いているカヲルの身体をやさしく引き離すと、そばに突っ立っているぼくに委ねた。

「おれはこっちの部屋で寝る」そう言って、彼は先ほどカヲルが出てきたシングル・ルームを指さした。

二人で廊下に取り残された。カヲルはぼくの胸に顔を付けて泣いていた。彼女のなかでは、ぼくとジーコの区別がついているのだろうか。ふと、そんな疑問が起こりかける。いつまでも廊下にいるわけにはいかないので、促して部屋に入った。

小さくしゃくりあげつづけるカヲルを、とりあえずベッドに寝かせて毛布をかけた。背中を軽く叩きつづけるうちに、深い寝息が立ちはじめる。まるで強い力によって眠りに引きずり込まれたかのようだった。物を食べることも、吐き出すことも、よほど体力を要するものなのだろう。彼女をベッドに寝かせたままで、窓際に立って外を見た。漁火はもう見えなかった。夜明けが近いので、船は港へ引き返したのかもしれない。月が出ていた。暗い雲の群れが、風に吹き乱されながら慌ただしく流れていく。いつまでもそれを眺めていた。暗い空を流れていくのは自分だと思った。

しばらくしてカヲルが小さな呻き声を上げた。ぼくは窓際を離れて、ゆっくりベッドのそばへ歩み寄った。彼女は毛布の下で苦しそうに身をよじった。目が覚めたのかと思い、顔を近づけると、心持ち眉をひそめた顔の表情が濃くなって、わずかに開いた唇から荒い寝息が漏れはじめた。ぼくは静かに毛布をはぐり、浴衣の襟を開いた。白い胸元が見えた。すべてをあらわにしてしまえば、蛍光灯のかけらのように砕け散ってしまうだろう。ぼくにはそれがわかっていた。手を離した。そっと毛布を掛け直し、何事もなかったかのように取り繕った。

「どうしたの？」

カヲルが静かに目をあけてぼくを見ていた。その瞳からは、先ほどまでの凶暴さが嘘のように消えている。

「目が覚めた？」枕元からたずね返した。

「どうして途中でやめちゃったの？」

彼女の問いには答えずに、ぼくは立ち上がってベッドから離れた。そして退避場所を求めるように、ゆっくり窓の方へ歩いていった。

「ここへ来て」とカヲルは言った。

「もうそこへは行けない」

「どうして？」

ぼくは窓を背にして彼女を見ていた。彼女の見ているぼくは以前のぼくではないし、ぼくの見ている彼女も、きっと以前の彼女ではないのだろう。今夜、ぼくたちのあいだで、何か大切なものが壊れてしまった。美しい夢のようなもの、瞳を覗き込めば、いつでも見ることのできたもの……それが今夜、壊れてしまった。

「そこへ行くことはできない」ぼくは繰り返した。

「どうしてそんなことを言うの」

「うまく説明できないけど、とにかく行けないんだ」

「あんなところを見られたから？」

「これはぼく自身の問題なんだ。嫌いになったのでも、幻滅したのでもない。ただ、ぼくはもうそこへ行って、これまでのように抱いてあげることはできないんだ」

カヲルは無表情にぼくを見ていた。まるで見ず知らずの人間を見るように。そして自分の頭のなかで何かを反芻しているようだった。

「そんなのひどい」静かに呟いて目を伏せた。

「わかってる」

本当にそう思った。それはひどいことだ。ぼくはこれまで彼女にずっとひどいことをしてきた。それに気づかないでいることがひどいことだった。そして気づくことも、またひどいことだった。

「いま来てくれないと、わたしは永久に壊れてしまう」カヲルは真剣だった。彼女としても、ぎりぎりのところで自分を持ちこたえているのだろう。

「わかった。いまそっちへ行く」

お互いを追い詰めるように服を脱いで裸になった。しかしやはりだめだった。だめなものはだめだった。明日になれば大丈夫かもしれない。あるいはこのまま永久にだめかもしれない。カヲルは泣いていた。なんとか彼女を慰めようとしたけれど、うまくいかなかった。彼女を慰める前に、ぼく自身が大きなショックを受けていた。状況はあまりにも象徴的だった。惨めな気分で抱き合っていた。服を着る気力すらなかった。自分の肉体もカヲルの肉体も、ひたすら鬱陶しかった。脱ぎ捨てられるものなら、いまこの場で脱ぎ捨ててしまいたい。そうすればカヲルだって摂食障害を起こすことはないだろう。

「すまない」

とりあえず謝らなければならないような気がした。しかし言った途端、またいつもの欺瞞がはじまるのだと思い、自分で自分に腹を立てた。カヲルはただ泣くばかりだった。

しばらくして部屋のドアがあき、誰かがなかに入ってきた。ジーコであることはわかっていた。素っ裸だったけれど、どうでもいいと思った。

「どうだい」呑気にたずねた。

「どうだいと言われても、なかなか説明しづらいよ」

ジーコはゆっくりベッドの方へ歩いてきた。そしてぼくたちが陥っている状況に気づいて足を止めた。

「裸なのか?」

「まあね」

「なんとまあ」

「わかったら早く出ていってくれないか」

「こういうときに、よくそういう気分になれたもんだな」

「そういう気分になれなかったから、こういうことになってるんだよ」

「なにわけのわからないことを言っているんだ」

「とにかくあっちへ行ってくれ」うんざりして言った。「服が着られないじゃないか」

「ああ、服を着て、少しは人間らしくなるんだな」

そのときカヲルがくすくすっと笑った。彼女はいつのまにか泣き止んでいた。どうしてこんなときに笑うのだろう。いったい何がおかしいの？　いや、たしかに、おかしいといえばおかしいのだ。おかしいというよりも滑稽だった。彼女の笑い声は雨のしずくのようにぼくの耳に触れた。その同じ透明な声で、

「ジーコさんもおいで」とカヲルは言った。

世界が沈黙して耳を澄ました。つぎの瞬間、身体からすうっと厚ぼったいものが剝がれて落ちていった。そしてゆらゆら浮遊しているような、心地よい感覚に包まれた。ここは深刻になるよりも、カヲルにならって笑ってみるべきかもしれない。あるいはいっそ泣いてみようか。どっちにしても同じような気がした。泣くことも笑うことも。ぼくたちはそういう場所にいるのだから。

ジーコは部屋の入口に突っ立ったまま、進むことも退くこともできず、その場で硬直していた。何を考えているのだろう。窓の外はそろそろ明るみはじめている。早くしないと夜が明けてしまう。再び声がした。

「早くおいで」

7　アメリカ

朝はフロントからの電話で起こされた。九時までに朝食を食べてくれという。カヲルはまだ眠っていたが、ぼくが起きると目を覚ました。三人ともほとんど眠っていないにもかかわらず、奇妙に晴れやかな顔をしていた。彼女に食事のことをたずねると、いらないと答えた。ジーコは、われわれはもう地球の食べ物を食べなくても生きていけるのだと言った。彼の言う「われわれ」のなかに自分が入っているとは思えなかったが、ぼくもそれほど腹は減っていなかったので、部屋からフロントに電話をかけて、朝食はいらないと伝えた。それから再び一時間ほど眠って、ホテルをチェック・アウトした。

昨夜の雲はきれいに拭われて、空には秋らしい穏やかな日差しが戻っていた。駐車場のところどころに水溜まりができている。ボイラー室の壁に何本かの釣り竿が立て掛けてあった。その横のナイロン・ロープには、ホテルのタオルが広げて干してあった。ウインド・サーフィンを積んだ車はいつのまにかいなくなっている。ジーコは駐車場のなかでゆっくり車をまわした。そして慎重にギアを切り換えて車を出した。これで「新鮮な海の幸をご賞味ください」ともお別れだった。「大自然三百六十度、潮風と遊ぶ」は排気ガスとともに車の後方へ遠ざかっていった。眩しい海と、悲しいような青空が、ぼくらと一緒だった。

車はほどなく二番目の島に入った。あちこちに炭鉱跡の廃墟が見える。櫓の上を、鳶か鳥のような鳥が十羽ほどゆっくり旋回していた。ぼくは箱のなかからボサノヴァのテープを見つけてジーコに渡した。彼がそれを片手でセットすると、やがてアストラット・ジルベルトの「イパネマの娘」がはじまった。彼女の歌はいつもながら下手だった。それからスタン・ゲッツがソロを吹いた。ここのところがとても好きだ。アストラット・ジルベルトの歌が終わって、スタン・ゲッツのテナーの出るところ。

ぼくたちは黙って音楽を聴いた。六棟のアパート群が見えてきた。彼らはもう喋ることをやめてしまった老人のようだった。自己主張も釈明もせずに、ただ時間とともにゆっくり朽ち果てていくことを決意した人たち。広大な廃墟の上に、秋の光がやさしく降り注いでいる。ゆるやかな長い下りにかかったとき、ジーコは車のエンジンを切った。車は惰性で滑るように坂を下った。室内が静かになり、カー・ステレオから流れるボサノヴァが、時間の輪郭をくっきりと描き取っていく。曲は「コルコヴァド」に変わっている。「星のきれいな静かな夜に／二人を包む静寂のなか／ギターのやさしい音色が流れていく／物静かな思索と夢／小川のほとりの寡黙な散歩／コルコヴァドに向いた窓／なんて素敵な……」

廃墟の前まで来たとき、ジーコは不意に車をとめて、「ちょっとなかを探検してみよう」と言った。住宅の入口や窓には、侵入者を防ぐ目的で板切れが打ちつけてあったが、長いあいだ雨と太陽と潮風に曝されたせいで、たいてい折れたり腐ったりしていた。そのため手でちょっと引っ張ると、簡単にもぎ取ってなかに入ることができた。一戸の間取りは３ＤＫといったところだろうか。畳はすでになく、床の板も腐って危険な状態になっている。かつて押入れであったと思われるところに、綿のはみ出した布団が人間の死体のように放置されていた。

二階に通じる階段には蔦状の植物が侵入し、セメントの割れ目に根を下ろしていた。コンクリートの壁にはチョークやクレヨンの落書きが残っていた。吹きさらしの廊下にはあらゆるものが散乱していた。コンクリートのかけら、硝子の破片、小石、木片、鍋、食器、自転車のリング、セルロイドの人形、鳥の糞。どうして二階の廊下がこれほど混乱を極めているのかわからない。廊下に散乱しているがらくたのなかに一枚のメンコを見つけた。縁がぶよぶよになった名刺型の厚紙には野球選手の写真が印刷してある。かなり傷んでいるので顔まではわからないが、ユニホームと背番号から「長嶋」であることがわかる。

「そのメンコの持ち主はどうやらおれたちと同年代らしいぞ」横から覗き込んでいたジーコが言った。「野球選手のメンコが証拠さ。少し上の連中は相撲取りのメンコだったし、下になると仮面ライダーなんだ。野球選手かウルトラマンなら、絶対に同じ世代だよ。おれも子供のころ、野球選手のメンコを持っていた」

「昭和三十年代の終わりごろだな」

「バナナが安くなったころだ。そのころこの廊下で、当時のおれたちと同じくらいの男の子が、野球選手のメンコをしていたんだ。ちょっと想像してみろよ、なんだか不思議な気がしないか？　ここの連中もキメメンをやっていたのかな」

「きみは何をしてた」カヲルにたずねた。

「リカちゃん人形かな」

「リカちゃん人形……」ぼくはジーコとちょっと顔を見合わせた。

「みんな持ってたのよ」

「おれもウルトラ怪獣を集めていたよ」

「ぼくらはリカちゃん人形とウルトラ怪獣の世代なんだなあ」

「ウルトラ・ハンドっておぼえてるか」ジーコが言った。

「あの把手をぐいっとやると、柄がニョキニョキッて伸びるやつだろう」

「それで一メートルくらい先のコップとかミカンとかを取るんだ。考えてみれば変な玩具だったよな」

「スーパー・ボールってのもあっただろう」ぼくは急速に当時のことを思い出しながら言った。

「地面に投げつけると屋根の上まで飛び上がるやつ」

「あれはたしかNASAかどこかが開発したんだ」

「泡の玩具がなかった？」カヲルが言った。

「クレージー・フォーム！」ぼくとジーコは同時に思い出した。

「風呂のなかでおチンチンにくっつけて巨大なペニスとか作ってたんだ」ぼくは感きわまって言った。

「いやあね」とカヲル。

「あれは毛が抜けるんだぞ」ジーコが真面目な顔で言った。

「本当か？」

「それで製造中止になったんだ」

「毛が生えてたら危なかったな」

「とにかく変な玩具だったよ」

ベランダにはペンキの剝げかかった庇と木の手摺が残っていた。それらを見ていると、まだここが盛んに石炭を産出していたころ、人々が夕涼みの一時をベランダに出て過ごしている情景が目に浮かぶようだった。

下に降りてみると、シビックの後ろにパトカーがとまっていた。昨夜の警官たちが乗っている。彼らは廃墟の前に停まっている不審な車を見つけて、持ち主が現れるのを待っていたらしい。ぼくたちの姿を見ると、まず年配の痩せた警官が助手席から降りてきた。

「またきみたちか」彼はちょっとがっかりしたように言った。「こんなところで何をしているんだ」

「観光ですよ」ジーコが愛想よく答えた。

「昨夜はいなかったな」痩せた警官は胡散臭そうにジーコを見た。

「ホテルで寝てたんです」

「車はきみのかね？」

「そうですけど」

「免許証を見せてもらおうか」

「いいですよ」ジーコは車のダッシュボードから免許証を取り出して警官に渡した。

「学生かね？」警官は免許証をチェックしながらたずねた。

「こんな小さな島にも警察があるんですね」ジーコは質問を無視して言った。

「こんな島にも、どんな島にも警察はある」警官は免許証を返しながら言った。「そこが日本であるかぎりは」

「ありがたい国ですね」

「どうして？」

「だってぼくらはいつも、あなたたちのように勤勉な公僕に守られているわけだから」

「皮肉のつもりかもしれないが、事実そのとおりだ」

「皮肉なんかじゃありませんよ」

「こいつ、引っ張っていきましょうよ」運転席から降りてきた若い警官が、年配の警官に向かって言った。

「まあいい」と彼は言った。「とにかくここは立入禁止だ。無闇に入ると法律で罰せられる」

「宝物でも隠されているんですか」

警官はジーコの質問を無視してパトカーに戻った。若い警官はジーコを睨みつけておいてから、車の前をまわって運転席に乗り込んだ。

「この二人とはどういう関係なの」痩せた警官が助手席からカヲルにたずねた。

「それも職務質問ですか」ぼくは噛みつくように言った。

「やめとけ」ジーコが小声で耳打ちした。「これが奴らの手なんだ」

「どういう手だって？」痩せた警官が鋭く言った。「お前はいま聞き捨てならんことを言ったぞ」

「そっちはどうなんですか」とぼくは言った。

「こっちは若い女の子が、男二人とホテルに泊まるのはどうかと思うね」彼はぼくの言葉を受けて言った。

運転席で若い警官が野卑な笑い声をたてた。

「そんなに面白いことなんですか」それまでぼくたちの後ろに控えていたカヲルが、にこりともせずに言ったので、ぼくとジーコはちょっと驚いて彼女の方を見た。「わたしにはどこが面白いのかさっぱりわからないけど」

カヲルは白い画用紙のような表情で、警官たちを見ていた。それはあまりにも完璧な無表情なので、蔑みよりももっと冷淡な感じがした。やがて彼女はぼくの方へ向き直り、「もう行きましょう」と言った。

なんだか急に馬鹿ばかしくなって、ぼくはすでに車へ向かっているカヲルのあとに従った。警官たちは、ジーコが車を出すまで、じっとぼくたちを見ていた。

昼前のフェリーで島を離れた。港の防波堤で、何人かの男たちが釣りをしていた。彼らは折り畳み式の椅子に腰を下ろして、ぼんやり海を眺めている。熱心に釣りをするというよりも、なんとなく糸を垂れているといった感じだった。日差しはすっかり和らいで、海はもう秋の気配だった。昨日島へ渡ったのが、ずいぶん昔のことに思えた。

ぼくたちはデッキの手摺にもたれて海を見ていた。カヲルは潮風に髪をなぶらせている。その匂いが鼻をくすぐった。ジーコは舳先が切り裂いていく白い波を見ていた。海は穏やかに広がっていた。潮の香りを含んだ風が、空と海の青のあいだを吹いてきた。

フェリーを降りて三十分ほど走ると、小さな漁村のはずれに海水浴場が見えてきた。ゆるやかに湾曲した砂浜の海岸に、雨戸を閉めた海の家が並んでいる。人気のない海岸の砂は黒く、ところどころに貸しボートが甲羅干しされていた。海上では何人かの男たちがウェット・スーツを着てウインド・サーフィンをしていた。水面には柔らかな光が揺らめいている。ボードの上の男たちは、風が出るのをじっと待っている様子だ。一人の男がブームを立てようとしてバランスを崩し、頭から海に突っ込んだ。やがてボードに這い上がってきた男の、ゴム製のウェット・スーツが水に濡れててかてか光っている。

「なんだか泳ぎたくなってきたな」とジーコが言った。

「これから？」

「どっかに水着を売ってないかな」

彼はマリン・スポーツ関係の用具をあれこれ置いている店の前で車を停めると、さっそくなかに入って水着を調達してきた。さらに車を走らせて、道路脇の手頃な場所に停めた。間延びした犀の鼾のような波の音が、防波堤の向こうから聞こえてきた。道路に沿って歩いていくと、防波堤のあいだから海岸へ降りられるようになっている。端の欠けた石段を下って、灰色の湿った砂の上に降り立った。砂浜は左右に長くつづいている。沖合には波を防ぐためにT字型のブロックが沈めてあった。昨日海が荒れたせいで、波打ち際にはビニール袋や発泡スチロールや木片や海草などが大量に打ち上げられていた。ぼくたちは湿った砂の上を歩いていった。波は沖合からゆるやかに打ち寄せて、引くときに、砂に残った波の尻尾がほんの少しだけ白く泡立った。

ジーコは防波堤の陰で素早く水着に着替え、「さあ泳ぐぞ」と言った。そしてぼくとカヲルが興味津々と見守るなか、波打ち際で簡単な体操をはじめた。ところどころはしょったラジオ体操第一だった。小学校時代の夏休みの名残り。体操が終わるとTシャツを脱ぎ、腕を組んで穏やかな海を見つめた。それから何事かを決意したような足取りで海に入っていった。適度な深みまで進むと、思い切りよく身体を前に投げ出した。そのままクロールで沖へ向かって泳ぎはじめた。抜き手をきってぐんぐん泳いだ。まるで弾薬輸送船に向かっていくノーチラス号みたいだった。波止めの近くで止まり、しばらく立ち泳ぎをしていたが、今度は方向転換して岸に向かって泳ぎはじめた。

水から上がると、両手で肩のあたりを擦りながら、「うー、寒い」と言った。「水のなかだとなんともないんだがな」

「もう秋だから」とぼくは言った。

「くそっ、寒い。おれはもうひと泳ぎしてくるぞ」

再び海に入ったジーコは、無茶苦茶なクロールで沖をめざして泳ぎはじめた。ぼくとカヲルは防波堤の石段に腰を下ろし、季節外れのパフォーマンスを眺めていた。小津安二郎の映画にこういうシーンがあったような気がした。年老いた夫婦が、熱海かどこかの海岸で海を眺めている。ぼくは一瞬、その老夫婦の片割れになったような気がした。子供が成長して、自分たちのもとを巣立っていく。巣立っていく子供は、ジーコだろうか？

海から上がると、カヲルから受け取ったタオルで身体をごしごし擦った。それから風のあたらない防波堤の陰に三人で腰を下ろした。

「少しは暖まったかい」ぼくはたずねた。

「まあね」彼は青い唇をして言った。「コーラが飲みたいな」

「冷たい海で泳いだあとに、よくそういう気分になれるな」ぼくは呆れて言った。「それよりみんなで熱いコーヒーでも飲みに行こうよ」

「泳いだらなんだか咽喉が渇いてきた。それにけっこう身体もポカポカしてるしな」

「わたし買ってくる」カヲルが立ち上がった。

「一緒に行くよ」

「いいから、ここにいなさい」彼女は母親みたいに言った。

「それじゃあ、ぼくは缶コーヒー」

カヲルにお金を渡した。彼女ははじめておつかいに出かける子供のように、掌にお金を握りしめて砂浜を歩いていった。ぼくとジーコは長いあいだ、その後ろ姿を眺めていた。白っぽいサマー・ドレスの裾をひらめかせながら、彼女は砂浜を歩いていく。剝き出しのふくらはぎに、二人とも目を引きつけられた。お互いの視線の行方に気づいて、ほとんど同時に目を逸らした。

「これからどうする」取り繕うようにたずねた。

「質問を短期的な意味に取れば、もう一度海に入って泳ぐつもりだ」彼は勿体ぶって答えた。

「長期的には予備校に戻る」

ぼくはジーコの返事を聞いてよほど変な顔をしていたのだろう。「そんな顔するなよ」と彼は言った。

「予備校に戻ってどうするんだ」

「もう一度勉強して大学へいくのさ」彼はさばさばした口調で言った。

「嫌いだったんじゃないのか」

「嫌いでもなんでも、しょうがないよ」

「親父さんと和解するのか」

「向こうにその気があればね」ジーコはちらっとぼくの顔を見て、「悪いかい」とたずね返した。

「悪かないけど、えらい心境の変化だな」

「人は常に変化していくもんさ。そうしないと進歩がない」

「きみの口からそういう言葉を聞く日が来ようとはね」

ジーコは静かに海を見ていた。表情からはいつもの苛立ちが消え、奇妙に落ちついて見えた。そのためぼくの知っているジーコよりも、いくらか大人びた感じがした。

「子供のころ親父に連れられて海に行ったことがあるんだ」彼はタオルを掛け直しながら言った。「ちょうどこういうところでね。親父が海に連れていってくれるなんてことはめったになかったから、いまでもよくおぼえているよ。岸に近いところで、おれは泳ぎを教わっていた。海の水は透明で、とても美しかった。海の底の砂も、すばしっこく泳ぎまわる小さな魚も、それから自分の足も、くっきり見えるんだ。親父は手を引いてくれて、おれは一生懸命バタ足の練習をしていた。ある程度勢いがつくと手を離すんだけど、そうするとちょっとだけ泳げる。

それを何度も繰り返した。海はどこまでも眩しく広がって、夏の太陽は燦々と降り注いでいた。何時ごろだったんだろう。そろそろ帰りの船の時間が近づいて、練習を切り上げようとしていたとき、おれはふと思いついてたずねた。海の向こうには何があるの？　親父はしばらく考え込んでいた。そうしてこう言ったんだ、海の向こうにはアメリカがある……」そこまで話して、ジーコは小さく笑った。「あとから考えると大嘘だよ。地理的に見て、おれたちがいた海をずっと泳いで行くと、対岸の県に漂着するはずなんだ。でも親父は海の向こうにはアメリカがあると言い、おれはそれを信じた。海の向こうにはアメリカがある」

ジーコはしばらく海の彼方を見ていた。まるでアメリカが見えないかどうか目を凝らしているような感じだった。

「いい話だろう？」彼はぼくの方へ向き直って言った。

「ああ、そうだな」

「おれにとってアメリカというのは、そういうところなんだ。いつも海の向こうにある。地理的な事情を超えた真理としてね」

「ネバーランド」とぼくは言った。

ジーコはぼくの方をちらっと見てから、「たしかにそうかもしれない」と言った。「そんなふうに思えることもあるよ」

不意に言葉が途切れた。ジーコは長いあいだ海の彼方を見ていた。沖の波止めの向こうの海には島影がなかった。白っぽく霞んだ水平線のあたりでは、水と光が一つに溶け合い、その向こうには彼の言う「アメリカ」があるような気がした。やがて腰を上げて言った。

「もうひと泳ぎしてくるかな」

そのときぼくは、ジーコがこのままアメリカまで泳いでいって、二度と帰ってこないような気がした。いま引き止めないと、海の彼方まで泳いでいってしまいそうだった。

「そろそろ行かないか」ぼくは性急に言った。「鳥肌が立ってるじゃないか」

彼は自分の腕をしげしげと眺め、それから振り向いて微笑んだ。

「ひと泳ぎしたらすぐに戻ってくる。こんなふうに海で泳ぐのは、今年はこれで最後だろうからね」

「アメリカまで行くつもりかい」

ジーコは海を見てしばらく考え込んでいた。ぼくの言ったことを真剣に検討しているようでもあった。それから「誰もアメリカへは行けないんだよ」と言った。

「そうだな」

「じゃまたあとで」

考えてみれば奇妙な挨拶だ。じゃまたあとで……。彼はまたいつかぼくたちと会うつもりだったのだろうか。何十年後か何百年後かに、この宇宙か、あるいはどこか別の宇宙で。輪廻と転生を繰り返して、再び出会う偶然のことを言ったのだろうか。それとも彼が消えてしまったあとで、彼という人間がぼくにとって真に存在しはじめるということを言いたかったのだろうか。わからない。ジーコという人間は、最初から最後までよくわからない存在だった。わかりかけたと思った瞬間に、彼は手の届かないところへ行ってしまった。だから彼のことは最後まで、よくわからなかったと言うべきなのだろう。

第七章　１９７７年・秋

１　音楽が終わったら

ジーコは長いあいだ帰って来なかった。最初のうちは沖の波止めにでも上がったのだろうと思っていた。しかしいつまで経ってもそれらしい人影は見えない。やがてカヲルがコーラと缶コーヒーを買って戻ってきた。ぼくは事情を話した。彼女は静かに頷くと、奇妙に澄んだ目でジーコが消えた海を見つめた。そのままぼくたちは待ちつづけた。十分も過ぎたころには、いくらなんだって長すぎると思いはじめた。ぼくはカヲルを海岸に残して砂浜を走り、海岸通りの喫茶店から一一〇番通報した。

五分ほどして一台のパトカーがやって来た。警官たちにこれまでの経緯を話した。一人の警官が、どこかに上がって休んでいるのではないか、あるいは悪戯の可能性はないかとたずねた。そんなはずはない、とぼくは答えた。もう一人の警官は、パトカーから持ってきた双眼鏡で波止めのあたりを丹念に見ていた。それから二人で何か話し合っていた。三十分ほどしてモーター・ボートがやって来た。つぎに灰色の小型バスがやって来た。バスにはダイバーが乗っていた。それからゴム・ボートを積んだトラックがやって来た。海岸に野次馬が集まりはじめた。捜索隊の人々は互いに無線で連絡を取り合いながら、ボートの上から海のなかを覗き込んだり、ダイバーを潜らせたりしていた。地元の消防団がやって来て、海岸を左右二手に別れて捜索しはじめた。何隻もの手漕ぎボートが出て、岸辺に近い海底を探していた。まるでテレビみたいだ、とぼくは思った。

ジーコが発見されるまでに、それほど時間はかからなかった。彼は九月の海底に、藻にからまるようにして沈んでいた。彼を発見したのは潜水用具に身を包んだダイバーたちだった。ボートに死体が引き揚げられるのを、波打ち際から見ていた。前にも一度、これと同じことが起こったような気がした。そのうちに、この既視体験めいた感じの原因に思い当たった。夏休みにジーコのアパートで読んだ、レイ・ブラッドベリの短編集だった。そのなかの「みずうみ」という作品に、これとそっくり同じ場面があった。やがてボートは岸までやって来て、ぼくとカヲルは間近にジーコと対面した。ほんの二時間ほど前まで、普通に動いたり喋ったりしていた人間が、いまでは冷たく硬直していた。顔の色は異様に白く、唇と目のまわりだけ青黒くなっている。彼は毛布にくるまれ、担架で救急車まで運ばれていった。人が群がっていた。死体運搬車となった救急車は、虚しいサイレンの音を響かせて走り去っていった。

ぼくたちは警察署に連れていかれ、取り調べ室らしい殺風景な部屋に通された。部屋の真ん中に机があり、そこに警官と向かい合って坐った。警官はまずぼくたちのことを細かくたずねた。住所、電話番号、両親の名前、出身校、在学している大学と学部など。さらに海岸でした質問を繰り返して調書にしていった。途中で婦人警官みたいな人がお茶を三つ持ってきた。それからまた質問がつづいた。ぼくは早くこの場所を立ち去りたかった。昨夜からの三人の行動や、水死する前のジーコの様子や、そういうことを細かく書き連ねて、いまさらどうなるというのだろう。彼は死んでしまったのだし、その死はいくら詳細が明らかになろうと、少しも変質することはないのだ。部屋にあるものすべてを憎みはじめていた。机も椅子も、縁の欠けた茶碗も、調書を作る警官も、彼の毛深くて白い腕も。クーラーはきいていたけれど、部屋のなかは蒸し暑かった。

調書を作るのに二時間ぐらいかかった。途中で中断して遅い昼御飯を食べた。牛乳にメロン・パンが二個という、いたって質素な献立だった。ぼくはパンを二個とも食べたが、カヲルはパンにも牛乳にも手をつけなかった。調書作りが終わると、警官はぼくたちを四畳半ほどの和室に案内した。宿直の警官の仮眠室みたいなところだった。部屋の畳は茶色く焼け、表面が擦り切れていた。中央に小さなテーブルが置かれ、隅には小型のテレビがある。その横に、かなり汚い布団が一組畳んで置いてあった。黄色いカーテンは所々が赤い染みになり、窓硝子は煙草の煙で曇っていた。ぼくたちは壁を背もたれにして腰を下ろした。喋るのも億劫なほど疲れていた。背骨を抜き取られたような虚脱感のために、何も考えることができなかった。しだいにみじめな敗北感にとらわれていった。きっと警察署にいるせいだ。なにしろここには、希望を紡ぎ出せるようなものは何もないのだ。ただ名もない人たちのいじけた疲労だけが、重たい澱のように淀んでいた。

ぼんやりとジーコのことを思った。救急車の担架に積まれて運ばれていく、毛布にくるまれた死体。やがてそれは冷たいベッドの上で、見知らぬ人たちの手によって調べ上げられるだろう。彼らはジーコの死体に何を発見するだろう。身体の奥深くに抱え込んでいた苦悩だろうか。それとも見いだしかけていた希望だろうか。そういうものを、彼らはジーコの死体のなかに発見することができるだろうか。ぼくは臓腑を掻き分けてでも知りたいと思った。彼が最期の瞬間に見たものを。最期に感じ、気づいたことを。冷たい九月の海の底で垣間見た、未来や可能性を。どうしても知りたいのだ。彼が誰であったのか。そしてぼく自身は誰なのか。

午後も遅くになって、ジーコの遺体が帰ってきた。そこは霊安室というよりも、どちらかというと解剖室みたいだった。部屋のなかには強烈なクレゾールの臭いが充満していた。おそらく傷んだ死体に対処するためだろう、床はセメントで、いつでも汚物を洗い流せるようになっている。部屋の壁には数本のデッキ・ブラシが立て掛けてあった。ぼくたちが部屋に入ったとき、ジーコの遺体はまだビニール・シートのベッドに寝かされたままだった。素っ裸で、上から薄いシーツのような布を掛けられている。まるで解剖用に献体された遺体のようだった。小さなサイド・テーブルの上に供えられた線香が、まわりの状況といかにも不釣り合いだった。白い布の覆いを取ってジーコの顔を見た。顔の色は布にもまさる白さで、触ると頬は氷のように冷たかった。笑っているように見える口には、しっかりと脱脂綿が嚙まされている。他にすることもないので、蠟燭の火を線香に移して形式的に掌を合わせた。掌を合わせている対象がジーコだと思うと、なんだか馬鹿げているような気がした。

彼の両親が到着したとき、窓の外はすでに暗くなりかけていた。彼らはどやどやと部屋に入ってきた。そしてぼくたちの方には目もくれず、息子の遺体に走り寄った。母親はジーコの顔から荒々しく白布を取って絶句した。父親は頭の方に立って、しばらく茫然と息子の顔を見下ろしていたが、やがておそるおそる手を差し延べて、指で静かに頭髪をくしけずりはじめた。母親は冷たい顔に頬を押しつけて、何やら掻き口説いている。ぼくたちは部屋の隅に突っ立ったまま目のやり場もなく、ただ漫然と彼らの様子を眺めていた。なんだか見てはいけないものを見ているような気がした。

愁嘆場が一段落ついたところで、部屋に入ってきた警官が、調書を見ながらジーコが亡くなったときの状況を説明しはじめた。父親は部屋の壁を睨んで警官の説明に耳を傾けていた。掌にはしっかりと数珠が握りしめられ、それがときおり小さく痙攣した。母親は泣くのをやめて、いまは放心したように息子の頬を撫でていた。一通り説明が終わると、重たい沈黙が部屋を支配した。両親は一言も口をきかなかった。こんな殺伐とした場所で自分の息子と対面しなければならない彼らの心中を思った。父親はあいかわらず部屋の壁を凝視していた。母親はハンカチで涙を拭いながら、死んだ息子の顔を見ていた。そんな態度によって、彼らはぼくたちを裁いているような気がした。

するとそれまでぼくの横に立っていたカヲルが両親に歩み寄り、控えめに悔やみを述べはじめた。彼らの感情を荒立てないように言葉を選びながら、しかし気後れすることなく話しつづけるカヲルに、内心舌を巻く思いだった。いったいどこでこういう芸当を身につけたのだろう。それはぼくのまったく知らない彼女だった。ジーコの両親は、カヲルの堂に入った悔やみにかえって落ちつきを取り戻したらしく、最後はぼくたちの労をねぎらいながら、死の直前まで仲のいい友だちと一緒に過ごせたことは、息子にとっても不幸中の幸いだったし、自分たちの気持ちもどれほど救われたかしれない、というような感謝の言葉まで口にしていた。

それを境に、ジーコの両親は急速に立ち直った。彼らは警官たちと相談しながら、てきぱきと収拾にあたった。そのため事態は迅速に、確実に進展した。どうやら彼らは息子の通夜と葬儀を、M市で済ませることにしたらしかった。父親は広く不動産業を営んでおり、M市にも事務所を出している。近くには親戚も何軒かある。そこでとりあえず今夜は、葬儀会社の斎場へ遺体を運んで安置し、身内だけで仮通夜を営む。本通夜は明晩で、翌日出棺して葬儀……そんなふうにして、ジーコの死は着実に彼らのものになっていくのだと思った。

　柩が運び込まれた。葬儀屋の指示で、両親がジーコに死に装束を着けた。それから彼らは死者を柩に移した。ジーコの母親は、自分の化粧道具を使って息子に薄く化粧をほどこした。白装束を着て、顔に薄く化粧をされたジーコは、滑稽というよりも無残だった。こんなことは、まったく彼には似合っていなかった。完全なミスキャストというか、彼自身が自分の死に戸惑っているように見えた。とはいえ、外面を取り繕われたぶんだけ、ジーコは先ほどまでよりも、より完全に死んでいた。死という暴力的な過程がもたらす生々しさが拭い去られて、無機物の方に近づいたようでもあった。

　ぼくは柩の傍らから遺体を眺め、胸のなかで溜め息をついた。悲しむことは、わざとらしくてできなかった。悲しみの感情は、白装束や薄化粧といった演出に見合ったものだ。ただ何も感じず、パーキング・メーターのように死体を見守っていることが、いまの自分の気持ちにいちばん忠実であるような気がした。ジーコの横たわった柩の脇では、葬儀屋の用意した花が、目障りなほど鮮やかな色をこぼしていた。その横から、線香のたてる煙がもくもくと立ち昇っている。すべてが滑稽で、馬鹿げていた。

　ジーコの遺体が、両親に付き添われて斎場へ向けて出発したころに、うちの両親とカヲルの両親が相前後して到着した。誰が連絡したのか知らない。おそらく警察署の誰かだろう。未成年者のからんだ事故の場合は、習慣的にそうすることになっているのかもしれない。ぼくは両親の顔を見た途端に泣きたくなった。こんなふうに大人たちの手に委ねられる自分が情けなかった。まるで何事も起こらなかったかのようだ。苦心して練った計画も、ロマンチックに追い求めた夢も、現実の前にはただの絵空事であったかのようだ。ぼくとジーコが病院からカヲルを連れだし、三人で過ごした一日は、まったく些細で取るに足らないことであったかのようだ。ぼくたちがスラップスティックめいた狂騒のなかで手に入れようとしたものは、この世界ではなんの意味も持たなかった。

最初のうち、カヲルの両親とぼくの両親は、距離をおいて相手の出方を窺っているようだった。そのため部屋のなかの空気は気まずいものになった。それは仕方がなかったのかもしれない。彼らは自分たちの子供が仕出かした不祥事を、どんなふうに収拾してよいかわからなかったのだ。むしろカヲルの父親がおとなしいのが意外だった。こういう場合、ぼくの胸ぐらをつかんで小突きまわすぐらいのことはしてもよさそうなものだ。なにしろぼくは、カヲルを病院から略奪してしまったわけだから。またうちの母親にしても、「あなた、なんてことをしてくれたの」とか言って、ヒステリックにわめきちらしてもいいのではないだろうか。ぼくにはこの静けさが、かえって居心地の悪いものに感じられた。自分たちの仕出かしたことが、正面から受け止められず、見て見ぬふりをされているような気がした。

十分ほども経って、ようやく両家の父親どうしが簡単に挨拶を交わした。にこりともせずに、「このたびはご迷惑をおかけしました」とか、「こちらこそご心配をおかけしました」などと言って、お互いに敵意のないことを示し合った。それからまた別れて、それぞれの妻のもとへ戻った。あまり長く顔を付き合わせていて、別の感情が噴出してくることを恐れているようでもあった。

家族のなかで話がまとまって、カヲルは母親に連れられて病院へ戻ることになった。ぼくと両親、それにカヲルの父親は、今夜の仮通夜にも顔を出すことになった。すべては抜かりなく、バランスが取れていた。

「じゃあ、行きましょう」カヲルの母親がやさしく言った。その言葉を聞いて、やはり何も起こらなかったのだと思った。カヲルは元のように病院へ戻り、ぼくたちは元通りの生活をつづけていく。何も起こらなかったし、何も変わらなかった。ただ一人の青年が海で溺れ死んだというだけだ。

それまでおとなしく大人たちのあいだに収まっていたカヲルは、母親の言葉に静かに目を上げた。彼女は真っ直ぐに母親の方を見た。そのときぼくは彼女の目が、昼間、島で警官たちをたじろがせたときと同じであることに気づいた。

「みんなと一緒に残ります」とカヲルは言った。

母親は一瞬言葉を見失ったようだった。

「そんなこと言ったって、あなたは病気なんだから」彼女はしどろもどろに言うと、助けを求めるように夫の方を見た。

「カヲル、お前はもう病院に戻りなさい」カヲルの父親は、やさしいけれど有無を言わせぬ口調で言った。「病院の先生には、お父さんから事情を話しておいた」

「今夜はみんなと一緒にいます」カヲルは静かに拒絶の言葉を繰り返した。

「言うことを聞きなさい」父親は押し殺した声で言った。

「あの、お願いします」ぼくは遅ればせに申し出た。「彼はぼくたちの親友でした。他には友だちもいません。きっと寂しがっていると思います。だから今夜だけでも一緒にいさせてください」

「カヲルの病気はきみが考えているほど軽くはないんだよ」口調は柔らかだが、父親の言葉にはどこか侮蔑の響きがあった。

「あなたはカヲルさんの病気の原因について考えたことがあるんですか」

「やめなさい」母が横から厳しく制した。

「これはわたしたち家族の問題だ」父親はきっぱりと言った。

「ぼくには口出しする権利がないとでも?」

「きみの与り知らないことだからね」

「どうしてそんなことが言えるんです」

「もうやめなさい」再び母が言った。

母の泣きそうな顔を見て、ぼくは少し冷静になった。

「今日亡くなった友だちは、カヲルさんの病気のことをいちばんよくわかっていた人間なんです。彼は最初からカヲルさんの病気の本質を理解しているようでした。いまではそれがよくわかるんです」

「素人の勝手な解釈じゃないのかね」と父親は言った。

「そうかもしれません」従順に頷いて、カヲルの方へ目をやった。彼女は放心したように母親のそばに立っている。「ぼくにしたって偉そうなことを言える立場じゃない。なにしろ変な奴でしたからね」不意に言葉が詰まった。涙声にならないようにつづけた。「おかしなことばかり言ってる奴でした。ぼくはいつも彼の言うことを適当に聞き流していました。真剣に理解しようとしたことさえなかった。でもいまになってわかるんです。彼はいつも正しいことを言っていたんだと。あらゆることについて。カヲルさんの病気にかんしても」

「なんと言ったのかね、その友だちは」

彼の方を見た。その目を真っ直ぐに見つめた。これがカヲルの父親なのだと思った。ぼくが地球上の誰よりも愛している人の父親なのだ。

「カヲルさんを病気にしているのは、ぼくであり、そしてあなたであると」

父親の顔が見る見るうちに上気して赤くなった。彼はきっと超人的な努力をして自分を抑えたのだと思う。

「馬鹿な」と吐き捨てるように言うと、妻に向かって、「帰るぞ」と声をかけた。

「帰るとおっしゃっても」彼女はおろおろしながら、「わたしたちはどうすればいいんですか。カヲルはどうするんです？」

「残りたいと言うのなら残らせてやれ。病院へは明日連れて行けばいいだろう。お前も好きにしろ」それからぼくに向かって、「話にならん」と言った。

何が話にならないのか、わからなかった。ぼくたちはこんなに似ているのに。彼は認めたがらないだろうけれど。部屋を出ていく際に、カヲルの父親は娘に向かって静かに、「許さんぞ」と言った。ぼくとのことだろうか。とにかく彼は最後まで威厳と冷静さを失わなかった。その点は立派だったと思う。カヲルの母親は娘に何か言い含めて、足早に夫のあとを追った。

2　それからぼくたちがしたこと

車は海岸端の暗い道を走っていた。防波堤の向こうは海で、遠くに見える街の灯は、昨日ぼくたちが渡った島だろうか。マッチ棒の先でつついたような小さな灯が、赤みを帯びて無数に光っている。あれらの光の一つ一つに、人の暮らしがあるのだと思うと、なんだか胸を締めつけられるような気分になった。

「これからどうするつもりだ」それまでほとんど口をきかなかった父が、フロントガラスの先を見つめたまま、助手席からたずねた。「お前があんなことを言うから、話はややこしくなったぞ」

「わかってる」とぼくは言った。

「とにかくよく考えてみることだ」父はいつになく厳めしい口調でつづけた。「すべてがお前の責任だとは言わないが、このままでは済まないぞ。あちこちに迷惑もかけたことだしな」

「わかってるよ」再びぼくは言った。

ジーコの死んでしまったあとの静けさが、世界を覆っているようだった。たんに世界から一人の人間がいなくなったのではなく、彼がいなくなることによって、世界そのものが微妙に変質してしまった。世界の手触りや、色合いや、温もりが、どことはなしに、しかし確実に変わってしまった。たぶんそういうことなのだ、友だちが死ぬということは。

葬儀会社の斎場は、小綺麗なビルのなかにあった。エレベーターで二階に上がると、弔問客を受け付けるロビーがあり、結婚式場と見紛うような白に銀の刺繡をほどこした扉の向こうが、葬儀の執り行われるホールらしかった。葬儀会社の職員に案内されて、廊下の突き当たりの部屋に通された。部屋の入口に「遺族控室」と書かれたプレートが掲げられていた。なかは二十畳ほどの和室で、上座に簡単な祭壇が設けてある。すでに柩も安置され、二列に並べられた折り畳み式の座り机のまわりに、紫色の座布団が配されていた。ジーコの両親はいなかった。黒いネクタイをした若い男が二人、こまめに立ち働いて世話を焼いていた。

祭壇に安置された柩を覗いてみた。ジーコはあいかわらず馬鹿げた化粧を施され、両手を胸の上で組まされていた。照明の関係か、警察署の霊安室にいたときよりも、頬や唇には赤みがさしているような感じがした。しかし彼はやはり死んでいたのだし、そのことはぼくとしても認めざるをえない。ただジーコの死に慣れることができなかった。なんというか、彼の死とうまく折り合うことができないのだ。白装束に身をかため、母親の手で化粧をほどこされたジーコが、自分の死とうまく折り合っていないように。

すべてが虚構じみているように感じられた。人が死ぬということのリアリティが、彼の死には欠けているように思えた。人はみんな自分の死を身体の奥深くに宿している。それがしだいに成熟していって全体を覆うとき、人は死ぬ。少なくともぼくが子供のころから見知ってきた死は、そのようなものだった。曾祖母も祖父も、そんなふうにして死んでいった。ところがジーコの死はとても無造作で、どこか乾いた印象を与えた。まるで物陰にひそんでいた何かが、ポッと飛び出して取りついたような感じだった。死というよりは、ババ抜きでジョーカーを引き当てたようなものだった。にもかかわらず、彼は取り返しのつかないまでに死んでいた。その事実をぼくの理性は受け入れた。ただ感情が、事実の重さについていけなかった。

ぼくはまわりの誰彼にこう言いたかった。「これは冗談なんです、彼は冗談でちょっと死んでいるだけなんです」と。しかし事態はますますシリアスに進展して、ますます冗談ではすまなくなりそうな雲行きだった。ふと、この安っぽい祭壇も欺瞞に満ちた柩も、みんな木っ端みじんに吹き飛ばしてしまいたい衝動にかられた。これら儀式めいたものをみんな吹き飛ばしてしまえば、ジーコの死も一緒に帳消しにしてしまえるのではないだろうか。馬鹿げた化粧の下で、彼は死んでいた。脱脂綿を嚙まされているせいか、その表情はベソをかいているようにも、また照れ臭そうに笑っているようにも見えた。

やがてジーコの両親が戻ってきた。彼らはどこからか調達した喪服を着ていた。そしてさっそく、ぼくの両親やカヲルの母親と慇懃な言葉のやり取りをはじめた。ぼくの両親は、ジーコの父親に本通夜や葬儀の予定を聞いてから、支度も何もしてきていないからと断って、一旦家に戻ることになった。カヲルの母親もそれにならおうとしたが、カヲルがどうしても残ると言い張るので、諦めてここで夜を明かすことにしたようだった。

夜半近くになって、ジーコの親戚の人たちが何人か通夜に訪れた。みんなきちんと喪服を着込んでいる。彼らは喪主であるジーコの両親にたいして、一様に大袈裟な驚きと悲しみを表明した。しかし死者のことは、あまりよく知らないようだった。簡単な料理と酒が運び込まれた。広い部屋は、ようやく通夜らしくなった。それでも部屋にいるのは、ぼくたちを含めて十人程度だった。そのなかで、白っぽいサマー・ドレスを着て祭壇のそばに鎮座しているカヲルは人目を引いた。どうやら親戚の人たちは、彼女をジーコの恋人と思い込んでいるようだった。若い女が着の身着のままで仏に付き添っているのだから、彼らの誤解は無理もない。

通夜は永遠につづくように思われた。親戚の人たちは、いくつかのグループに別れて低い声で四方山話をつづけた。久しぶりに会った親戚同士が、近況をたずねあっているといった感じだった。そのうちに何人かの男たちが、座布団を並べて眠りはじめた。祭壇のある部屋の隣に、襖を隔ててもう一つ部屋があり、寝具も用意され、仮眠がとれるようになっている。女たちの多くはそちらへ引っ込んだ。ぼくは薄い掛け布団だけを借り、男たちにならって部屋の隅に横になった。カヲルは隣の部屋に引っ込もうとも、掛け布団を借りようともせずに、あいかわらず祭壇の近くに坐って、ジーコの母親となにやら小声で話をしていた。それを見ていると、本当にカヲルがジーコの許嫁であってもおかしくはないような気がした。カヲルの母親は、近くで掛け布団にくるまって寝ていた。勧められるままに飲んだ冷や酒の酔いがまわって、ぼくは急速に眠くなりはじめていた。こんなところでいったい何をしているのだろうと思った。みんな切り上げて、早く家に帰って眠りたかった。

夢を見ていた。ジーコと泳いでいる夢だ。ぼくたちは沖の筏を目指して泳いでいる。筏は遥か遠くできらきら輝いている。真っ青な空には入道雲が湧いて、カモメが飛び交っている。ぼくたちはぐんぐん泳いでいく。ジーコが先を泳ぎ、その後から付いていく。二人とも抜き手を切って、疲れを知らないクロールで泳いでいく。海水が唇を漱ぎ、その塩辛さのなかには無限の可能性が秘められているような気がする。しかし筏はいつまでも近づいてこない。ぼくは少しずつ疲れてくる。そろそろ引き返さないか、と声をかける。あまり沖に出ると、帰りが大変だぞ。ジーコは聞こえなかったかのように、同じペースで泳ぎつづけている。ぼくは立ち泳ぎをしながら彼の名前を呼んでみる。青かった空はいつのまにか昏くなり、白い入道雲はもうない。黒っぽい鳥が、頭上を遥かに飛び交っている。あたりの風景はネガのように反転し、沖の筏と、筏に向かって泳いでいくジーコの姿だけが、ほの暗く輝きながら浮かび上がっている。もう一度名前を呼んでみる。何度も繰り返し呼ぶ。しかしジーコがぼくの方を振り返ることはない。彼はどこまでも沖を目指して泳いでいってしまう。

目が覚めたときには、一瞬、自分がどこにいるのかわからなかった。部屋の電灯は煌々ともり、線香と蠟燭の匂いが淀んでいる。横になったままあたりを見まわした。さすがにみんな眠ったらしく、話し声も聞こえない。かわりに誰かの高鼾が聞こえた。トイレに行くために身を起こそうとして思いとどまった。それはカヲルのせいだった。みんな寝静まった部屋のなかで、彼女一人だけが起きていた。ジーコの遺体が安置された柩に屈み込んで、何やらごそごそやっている。しばらく様子を窺った。そのまま声をかけずに、トイレも我慢することにした。ジーコの両親や他の人たちを起こしてはまずいし、彼女にぼくが起きていることを知られるのも気が引けた。

つぎに目を覚ましたときには、すでに窓の外が白みはじめていた。カヲルは祭壇の陰に隠れるようにして眠っている。しかし短くなった線香が燃え尽きずに残っているところを見ると、彼女が眠ったのはそんなに前ではないのだろう。起き上がると頭の芯が重く、身体の節々が痛んだ。ぼくは柩のなかを覗き込んだ。そしてはじめて、夜中にカヲルがやっていたことを理解した。どうやら彼女も、同じことを感じていたらしい。化粧を拭き取られたジーコの顔は、ずっと自然な感じに戻っていた。彼の母親が見て騒ぎださなければいいが、とぼくは思った。新しい蠟燭に火を灯し、その火を線香に移した。自然に掌を合わせていた。自分もこういうことのできる人間なのだと思うと、なんだかおかしかった。やがてカヲルが目を覚ました。ぼくは何も言わず彼女に微笑みかけた。カヲルはその意味がわかったらしく、薄く笑って目を伏せた。

「そろそろ抜け出さない?」と彼女は言った。

「大丈夫?」

「夕方には病院へ戻るつもりだから」

「お父さんを完全に怒らせてしまうだろうな」

「もう完全に怒ってるわ」

部屋のなかの人たちはみんな眠っていた。カヲルの母親も、祭壇の近くで険しく眉を顰めて眠っている。やがて彼らはつぎつぎに起きだして、新しいお茶をいれたり、窓を開けて空気を入れ換えたりしはじめるだろう。

「それじゃあ行こうか」とぼくは言った。

「ええ」カヲルは小さく頷いた。

斎場を出たところで、黒いネクタイをしめた若い男の人と会った。通夜の席で見かけた人だった。彼は通夜に参加した人たちのために、朝食のパンと牛乳を買い出しに行って戻るところらしい。ぼくは彼にカヲルの母親への伝言をことづけた。夕方には戻るので心配しないでください、とかなんとか。でも、やはり彼女は心配するだろう。そして夫になんと言い訳しようか考えておろおろするだろう。

「これでよし」とぼくはカヲルに言った。

3　カヲル

ぼくたちは斎場を出て、あてもなく通りを歩いていった。空気の澄んだ秋の朝だった。人々はまだ眠っているか、朝の支度をしている時間なので、通りに人影はほとんどなかった。ゴルフのクラブを持った初老の男が犬を散歩させていた。制服姿の高校生が何人か自転車で通り過ぎていった。自分たちがどこへ向かっているのかわからなかった。とりあえず路面電車の走っている通りまで出よう。そうすればおおよその場所も、これから向かうべき方向もわかるだろう。でも、そんなことがわかったからといって、問いの答えに近づくわけではない。もう少しこのまま歩いてみるべきだろうか。ジーコの死を抱えて。彼が何者だったかわかるまで。そしてぼくたちが何者なのかわかるまで。カヲルとぼくの未来をどんなふうに思い描けるか。せめて小さなヒントを手に入れるまで、このまま馴染みのない街の、見知らぬ通りを歩いていくべきだろうか。

「何か食べようか」横を歩いているカヲルにたずねた。

「いまはやめとく」と彼女は言った。

「昨夜から何も食べてないじゃないか」

「いま食べると、際限なく食べてしまいそうな気がするの」さり気ない調子で自分の病識を口にした。

「お腹は減らないの」おそるおそるたずねてみた。

「そりゃあ減るわよ」彼女はどことなくはしゃいだ様子で言った。「だからできるだけ食べ物の近くには連れていかないで」

朝食は諦めた方がよさそうだった。それにしても、見知らぬ通りを空腹を抱えて歩くのは惨めだった。なんだか童話の主人公にでもなったような気がした。ぼくたちは悪いお妃の奸計にかかってお城を追放された兄妹で、こうして右も左もわからない城下をほっつき歩いている。

「お金持ってる」カヲルが唐突にたずねた。

「少しならね」とぼくは言った。

「行ってみたいところがあるの」

ぼくはラブ・ホテルにたいしてとくに偏見を抱いている人間ではない。時と場合によっては、その手のホテルを活用することもあるだろう。しかし時と場合によっては、「ラブ・ホテル」

と聞いても、足元から一向に情熱らしいものが湧き上がってこないこともある。いまがそうだった。

「ちゃんとしたホテルに行こうよ」控えめに提案してみた。「そのくらいのお金なら持ってるから」

「一度行ってみたかったの」

「わざわざこんなときに行かなくても」

「こんなときだから、わざわざ行くのよ」

そこは正真正銘のラブ・ホテルだった。ラブ・ホテルというよりも「連れ込み」と言った方がふさわしい。通りから細い路地を入ったところにひっそりと建っており、隣はパチンコの換金所だった。「空室」という緑色のランプが目に飛び込んできたとき、ぼくは思わずカヲルの手を引いて逃げだしたくなった。でもいったいどこへ逃げればいいのだろう？　入口で躊躇していると、横手にある出口から中年のカップルが出てきた。男が先に出て、ややあって女が出た。少し行ってから、二人は付かず離れずに肩を並べ、あとはほとんど口もきかずに歩いていった。ぼくは思いきって入口のドアを押した。オレンジ色のライトが灯ったフロントに、呼び込み風の若い男がいた。彼は「ご休憩でしょうか」とたずねた。夕方まで休みたいのだが、と答えた。彼は料金を言い、ぼくは金を払った。

通された部屋には、開閉できない小さな窓があった。しかも窓は白いペンキで塗り潰されて、外の景色を見ることはできない。大きなベッドが一つとバスルーム、余分なものは何一つない。ただ「やる」ためだけに作られたような部屋だった。ぼくたちは呆然と部屋のなかを見まわした。目が合うと、カヲルはちょっと恥ずかしそうに微笑んで、目を伏せた。

「シャワーを浴びる？」ぼくはたずねた。

「疲れたからもう休む」と彼女は言った。

どちらからともなく服を脱ぎ、下着だけになってベッドに入った。何も喋らずに、薄い下着ごしに抱き合った。キスもせず、ただじっとしていた。三人で過ごした最後の夜のことを思い出していた。そしてジーコはどこへ行ったのだろうと考えた。

「いらっしゃい」カヲルが耳元で囁いた。

「いいの？」

カヲルは返事をするかわりに、ぼくの耳たぶにキスをした。彼女の下着を取り、それから自分も裸になった。身体を入れ換えるときに、膝がカヲルの陰毛に触れた。肘で自分の体重を支えながら、ゆっくり彼女のなかへ入っていった。ガラス細工の膣と性交しているような気分だった。

「なかでしていいわよ」

「妊娠したら大変だ」

「もう何ヵ月も生理がないから大丈夫よ」

「万が一ってことがある」

「してほしいの」

ぼくは長い時間かかって、カヲルのなかへ射精した。物事には原因があり、結果がある。子供のころから、そう教えられてきた。でも「いま」という瞬間を持ちこたえることができなければ、原因も結果もありはしない。ぼくたちが生きていく世界さえも……。少なくとも、カヲルの膣のなかで、そんなふうに考えていた。いまカヲルのなかへ射精することができなければ、永久に世界とすれ違ってしまうだろう。カヲルの膣と、ぼくのペニスだけが世界のような気がした。そしてぼくがペニスの先から迸らせたものは、ジーコだった。もちろん馬鹿げた、突飛な思いつきだった。だがぼくは、カヲルの肩に歯をあて、冷たい射精に震えながら、たしかに見たのだ。暗い膣のなかを、アメリカへ向かって泳いでいくジーコの姿を。

「泣いてるの」カヲルが不思議そうにたずねた。

答えるかわりに、ゆっくり上半身を起こしかけた。

「動かないで」彼女が囁いた。

ぼくは再びカヲルの上に折り重なった。あいかわらず泣いていたのだと思う。そして射精のあとの虚脱感から、涙を拭うことさえ億劫になっていた。

「どうしたの」再びたずねた。

「お腹が空いたんだよ」とぼくは言った。

「お腹が空いて泣いているの？」

「そういうことにしといてくれる？」

カヲルは小さく笑って、「ごめんなさい」と言った。「少し眠りなさい。そうすればお腹が空いていることも忘れるから」

ぼくは彼女の背中に腕をまわして、注意深く力をこめた。頰と頰をくっつけて、うなじに唇をあてた。何も恐れることはない、とぼくは思った。こうして身体と身体をくっつけてじっとしていれば、誰もぼくたちを引き離すことはできない。鬼が来て彼女を食べてしまうこともない。彼女を失うことは絶対にない。

夕暮れ近くにホテルを出た。十時間近く眠ったので気分は良くなっていたが、あいかわらず腹は空いていた。ほとんど餓死寸前といった趣だった。空腹を抱えて、暮れかけた空を歩いていった。いや、実際は暮れかけた空の下を歩いていたのだが、あまり空腹なので、空を歩いているような気がした。このままどこまでも歩いて、ぶっ倒れるまで歩いて、夜を歩み抜いてしまおうと思った。何時ごろなのか、正確な時間はわからない。街はもうどこもかしこも赤みを帯びて、古いアルバムのなかの写真みたいだった。朝のような夕暮れのような、不思議な時間がだらだら流れていた。空の雲が、地平線に近づいた太陽の光に照らされて、金色に輝いている。そこから少し離れたところに、黄昏の星が出ている。通りを吹いてくる風が、街路樹の葉を揺らしながら駆け抜けていった。

「これからどうしようか」ぼくはたずねた。

「そろそろ病院へ戻るわ」カヲルは前を向いたままで言った。「あまり両親を心配させると悪いから」

「病院でやっていけるの」

カヲルはしばらく考え込み、「ええ、大丈夫」と答えてから、ちらっとぼくの方を振り向いて微笑んだ。

「本当はもう治ってるの。治ろうと思えば、いつでも治ることができるの。でも病気が治ったからといって、幸せにはなれないもの」

少し先の十字路を路面電車が走っていくのが見えた。あの電車に乗れば、カヲルの病院まで行くことができる。でも、彼女を電車に乗せるべきなのだろうか。それともこのまま二人で歩いていくべきだろうか。明るい星が瞬く、あの空の下あたりまで。

「手をつなごうか」

彼女は言われるままに手を差し出し、そして大きく一つ溜め息をついた。

「帰りたくなければ、帰らなくてもいいんだよ」肩を抱き寄せながら言った。「ぼくたちは幸せになれないかもしれないけど、このままずっと一緒にいることはできるんだから」

カヲルはぼくの言ったことについて、もう一度よく考えているようだった。それからふと目を上げて、「公園」と呟いた。

そこは通りに面した小さな児童公園だった。砂場に滑り台、シーソー、ブランコなどの遊具が一通り揃っている。

「少し遊んでいきましょう」言うが早いか、ぼくの手をほどいて小走りに駆けていった。

公園には誰もいなかった。「犬のフンお断り」という看板が、厳めしく入園者を監視している。カヲルはまずブランコに腰を下ろして、ゆっくり揺らしはじめた。ぼくは藤棚の下のベンチに坐って彼女を見ていた。ベンチの端に、誰かの忘れていったプラスチックのスコップが置いてある。それを手に取り、またもとの場所に置いた。カヲルはブランコから降りて、今度はシーソーの方へ歩いていった。

「一緒にしよう」彼女はぼくの方を振り向いて言った。

いまさらシーソーで遊ぶ歳でもあるまいに、と億劫な気分で思いながら、それになにしろ腹が減っているので、一度腰を下ろしたベンチから立ち上がるにも、相応の決意が必要だった。シーソーは水色のペンキがほとんど剝げて、木もところどころ腐っている。しかし支柱の部分は頑丈な鉄でできているので、まだしばらくは遊具として機能しそうだった。カヲルはドレスの裾を気にもせず、中ほどに横を向いて坐った。

「早くいらっしゃい」と彼女は言った。

ぼくは仕方なく藤棚の下のベンチから腰を上げた。

「もっと後ろに坐らなきゃ釣り合わないよ」歩きながら言った。

「これでもあなたが考えてるよりは重いんだから」

しかしぼくが腰を下ろすと、カヲルは紙屑のように宙に舞い上がってしまい、そのまま地上一メートルくらいのところで静止した。ドレスの裾から突き出した足が、ちょうど目の高さにあった。

「ほら見ろ。見栄を張ってないで、もっと後ろへ行けよ」

カヲルはもぞもぞお尻を動かして移動しはじめた。男の子みたいな恰好で鉄の把手を跨ぎ越し、最後尾まで移動したけれど、あいかわらずシーソーはぼくの方へ傾斜したまま動かない。

「体重ってものがあるのかい」

「あなたの方こそ、少しはダイエットなさい」

「いまやってるよ」

「すごくいい眺め」彼女は晴れやかに言った。「そこからは何が見える?」

「宙に浮かんだカヲルが見えるさ」

「ここからはいろんなものが見えるわよ」

「もう降りるよ。これじゃあシーソーにならない」

「動いちゃだめ」聞き分けのない子供みたいに言った。

「いつまでここで重しになってればいいのかな?」

それには答えずに、カヲルは足をぶらぶらさせている。片方の手で鉄の把手をつかみ、シーソーに横向きに腰を下ろしている痩せっぽちの少女。その情景はまるでシュールレアリスムの絵のなかから抜け出してきたみたいだった。

「やっぱりこのまま病院へ戻るわ」

「戻ってどうするの？」

「健康になるの」

「健康になんかならなくてもいいよ」

「せめてシーソーができるくらい体重を増やさなくちゃ」

「いまのままでもいいじゃないか」

「このままではだめなのよ」カヲルは遠くを見つめるような眼差しで言った。「わたしはまだ誰とも出会っていないような気がするの。あなたとも誰とも。わたし自身とも。だからまず自分を見つけなくちゃ。あなたと出会うためにも。それが健康になるってことじゃないかしら。わたしは健康になって、それから幸せになりたいの」

　そのとき公園が少し賑やかになった。学齢前と思われる姉と弟の小さな二人組が、がやがや言いながらやって来た。弟は髪をクルー・カットにして、横縞のポロ・シャツを着ている。姉の方はゴロ付きの自転車に乗っていた。そして「よく探してみなさい」とか「砂場の方じゃないの」とか、まるで母親みたいな口ぶりで弟に指図している。弟は小走りに公園のなかを走りまわり、シーソーにいるぼくたちには目もくれず、ジャングル・ジムの下をくぐり抜け、滑り台の上と下を確かめて、それから最後に藤棚の方へ駆けていった。彼はそこに探し物を見つけたようだった。男の子は「あった！」という嬉しそうな声とともに、ベンチの陰からプラスチックのスコップを取り上げ、その腕を高く掲げた。姉はあいかわらず母親になりきって、「だめじゃない、そんなとこに置いたままにしといちゃ」とか「今度からは忘れずに持って帰るのよ」とか言っていたが、弟はそんな小言もなんのその、自分のスコップを目の前に翳してしげしげと眺め、それからはじめてシーソーにいるぼくたちの方へ目をくれると、スコップを持っていない方の手で、ちょっと得意気に鼻の下を拭った。それから公園の外で待っている姉の方へ、勢いよく駆けていった。

姉弟がいなくなると、公園は再び静かになった。空はますます暗くなり、夜はもうすぐそこまで来ている。

「いい気持ち」そう言って、カヲルはうっとり空を見上げた。細い咽喉が、空に残った最後の光を浴びて薔薇色に輝いた。

「もうしばらくこうしていたい」ひとりごとみたいに呟いた。「もうしばらく、このままでいたい」

ぼくは聞こえないふりをしてシーソーに腰掛けていた。彼女の身体は軽く、このまま立ち去っても、夕暮れの空にずっと浮かびつづけていそうだった。カヲルは心持ち顎を上げて、遠くを見るように目を細めている。その瞳にどんな景色が映っているのだろう、とぼくは思った。

〈出典〉
那珂太郎「はかた」（ユリイカ・1973・2）
ライナー・マリア・リルケ「愛の歌」（大山定一訳）

本作品は一九九五年に新潮社より刊行されました。
復刊に際して「デジタル・リマスター」を施しました。（著者）

装丁……緒方修一
写真……畠山直哉

片山恭一［かたやま・きょういち］

1959年愛媛県生まれ。福岡市在住。九州大農学部卒。
同大大学院博士課程(農業経済学)中退。
86年に「気配」で「文学界」新人賞。
著書に『きみの知らないところで世界は動く』(新潮社)『ジョン・レノンを信じるな』(角川書店)
『世界の中心で、愛をさけぶ』『満月の夜、モビイ・ディックが』(いずれも小学館)
『DNAに負けない心』(新潮OH!文庫)『空のレンズ』(ポプラ社)がある。

きみの知らないところで世界は動く

二〇〇三年八月二十五日　第一刷発行

著　者　片山恭一
発行者　坂井宏先
編　集　佐久間憲一
発行所　株式会社ポプラ社

〒160-8565　東京都新宿区須賀町5
電話　03-3357-2213(営業)
03-3357-2305(編集)
03-3357-2211(受注センター)
ファックス　03-3359-2359(ご注文)
振替　00140-3-149271
第三編集部ホームページ　http://www.dai3hensyu.com

印刷・製本　図書印刷株式会社

N.D.C.913/315p/20cm　ISBN 4-591-07797-7

大好きな韓国

四方田犬彦

二度の長期滞在経験をもとに、現在の韓国のあらゆる文化を描く体感的韓国論。知っているようで知らない隣の国、韓国への理解が深まる充実の1冊。

今読めない、読みたい本

出久根達郎

昔、こんな本があった。大正時代の健康本や、勤労中学生の手記、日本初のクイズ番組の本など、興味深い古本を次々紹介。そこに描かれていたのは……?

男が「離婚」を語るとき

亀山早苗

「なぜ俺がこんな目に」。離婚件数は毎年増加の一方。女性と比して口をつぐみがちな男性の離婚経験者に取材。数々の生の声を引き出す。

立花隆秘書日記

佐々木千賀子

1993年からの5年間。立花隆事務所に勤めた名物秘書が激動の日々——田中角栄死去、阪神大震災、オウム真理教事件——をリアルに活写する。

ネオコンの真実

ローレンス・F・カプラン／ウィリアム・クリストル 著
岡本豊 訳

米国共和党の最右翼に位置する政策集団ネオコンの考える「正義」とは何なのか。イラク戦争の彼方にある、恐るべき彼らの世界戦略を明らかにする。

空のレンズ

片山恭一

ネット上で知り合った4人が、謎のキーワードに誘われてさまよう不可思議な世界。果たしてこれは現実なのか。気鋭による渾身の、死と再生の物語。